I0756262

VERONIQUE TOUZEAU

SANTA BARBARA, *I Love You*

Roman

Mentions légales

Edition, illustration, correction : Véronique Touzeau
Bêta-lecture : Nadège Vialle et François Touzeau
ISBN 979-10-979475-3-8
Première édition : Mars 2026
Véronique Touzeau Marseille
Dépôt légal : Mars 2026

www.veroniquetouzeau.com

À ma famille et mes amis,

Ma communauté de cœur,

Pour votre soutien indéfectible, visible ou invisible.

Note sur les sigles et institutions utilisés dans ce livre

Pour faciliter la lecture, voici la signification des principaux sigles et institutions dans le texte :

Universités et établissements scolaires

- SBCC : Santa Barbara City College – université post-bac de Santa Barbara, proposant des diplômes de deux ans et des cours préparatoires universitaires
- UCSB : University of California, Santa Barbara – université publique de Santa Barbara
- UCLA : University of California, Los Angeles – université publique de Los Angeles
- UC Santa Cruz : University of California, Santa Cruz – université publique de Santa Cruz
- CalPoly : California Polytechnic State University – université publique de Californie, connue pour ses programmes techniques et ingénierie
- Boston University : université privée de Boston, Massachusetts

Police et shérif

- SBPD : Santa Barbara Police Department – police municipale de la ville de Santa Barbara
- Sheriff's Office (comté de Santa Barbara) : bureau du shérif du comté, responsable de la sécurité dans tout le comté. Il comprend plusieurs divisions, dont :

    - Division des enquêtes criminelles : dirigée par un commandant, elle est elle-même divisée en deux bureaux :

        - Bureau des enquêtes criminelles (dirigé par Ian, notre héros)
        - Bureau des enquêtes spéciales

- FBI : Federal Bureau of Investigation – agence fédérale américaine chargée des enquêtes criminelles
- IRS : Internal Revenue Service – administration fiscale américaine
- SFPD : San Francisco Police Department – police municipale de San Francisco
- NYPD : New York Police Department – police municipale de New York

Ces sigles apparaissent régulièrement dans le récit et sont conservés tels quels pour refléter le contexte américain.

Prologue

Santa Barbara Harbor, juin 2022.

— L'amour, ma chère... vous devriez écrire sur l'amour.

Emma leva brusquement les yeux de sa tasse de café et reposa son muffin à moitié entamé. La voix provenait de la table voisine. Une dame élégante, d'environ soixante-dix ans, aux traits fatigués, mais au sourire charmant, la regardait comme si elle la connaissait depuis longtemps. Pendant une seconde, Emma demeura stupéfaite. Autour d'elles, la terrasse du coffee shop vivait son agitation habituelle du matin. Face au port, l'endroit attirait les plaisanciers qui y prenaient un café avant de partir en mer. Elle aimait cette atmosphère animée, l'odeur salée de l'océan, les conversations légères, le cliquetis des drisses dans le vent. Ici, tout semblait simple et insouciant, même si ses pensées étaient loin d'être aussi paisibles. Elle venait de raccrocher avec son agent littéraire, après une discussion difficile. Les mots de Jason bourdonnaient encore dans sa tête : « Ton polar ne trouve pas son public, Emma. Tes lecteurs attendent autre chose de toi. Ils veulent tes romances. » Et voilà qu'une inconnue lui servait exactement la même critique... mais sous une forme beaucoup plus déroutante. Elle avala sa bouchée de muffin. Un rictus moqueur s'invita sur ses lèvres.

— L'amour ? Merci du conseil, mais le marché déborde déjà de romances à l'eau de rose.

La femme émit un petit rire amusé.

— Ce n'est pas une question de marché. L'amour ne se démode jamais.

Emma se renfonça dans sa chaise, bras croisés.

— Peut-être... Mais je n'en suis plus très convaincue. Et je n'écris que sur ce en quoi je crois.

Elle eut une moue désabusée, comme si elle regrettait sa naïveté passée.

— Les couples passent plus de temps à se disputer qu'à s'embrasser. Et quand ce n'est pas le cas… ils se trompent.

— Même les histoires imparfaites sont des histoires d'amour, répondit l'inconnue. Les blessures ne font pas disparaître les sentiments ; elles les compliquent parfois… mais ils demeurent.

Emma soutint son regard, un brin piquée.

— Est-ce vraiment suffisant ?

— Permettez-moi de vous poser une question. Dans votre cercle social, y a-t-il quelqu'un qui vous inspire encore un peu ?

Elle hésita, puis soupira.

— Il y a mon oncle et ma tante. Ils s'adorent depuis toujours… mais ils sont d'une autre génération.

— Et c'est tout ?

Emma glissa ses doigts dans ses mèches ondulées, ramenant sa chevelure brune sur une épaule, pensive.

— Peut-être… Mes amis Olivia et Léo. Leur histoire a débuté de manière… comment dire… compliquée. Mais je dois l'admettre, maintenant, ils sont très heureux.

La dame inclina la tête avec une satisfaction évidente. Sa posture gracieuse et son visage fin lui donnaient des airs d'Audrey Hepburn, plus âgée. La curiosité d'Emma s'éveillait, malgré elle. Ses grands yeux marron brillaient d'impatience à l'idée de la décortiquer.

— Je m'appelle Emma, finit-elle par dire.

— Eliza. Je suis ravie de faire votre connaissance, Emma.

— Vous vivez ici, à Santa Barbara ?

— Non. Je viens rendre visite à un ami très cher.

— Un ami ? répéta Emma. Peut-être est-ce à vous de me raconter une histoire.

Eliza sourit devant son audace.

— Pourquoi pas. Pour tout vous dire, je viens voir mon bien-aimé. L'homme que j'ai aimé toute ma vie.

Elle marqua une légère pause.

— Je suis atteinte d'un cancer, reprit-elle d'une voix étonnamment sereine. Il me reste quelques mois. Je ne suis pas sûre de revenir un jour. Je voulais être ici tant que j'en ai encore la force.

Emma demeura muette. L'émotion la saisit si vite qu'une boule se forma dans sa gorge. Sa vision se brouilla. Eliza posa une main douce sur la sienne.

— Ne soyez pas triste pour moi, ma chère. J'ai la chance d'aimer et d'être aimée.

Elle se redressa avec lenteur. Se lever de sa chaise exigeait déjà un effort de sa part. Elle pressa légèrement les doigts d'Emma.

— Merci de m'avoir écoutée, Emma. Et souvenez-vous... ne renoncez jamais à l'amour.

Son regard avait la douceur d'un adieu. Elle s'éloigna dans la lumière du matin, laissant Emma immobile, le cœur serré, troublée sans savoir pourquoi.

Chapitre 1

Santa Barbara, cinq mois plus tard.

Le soleil avait atteint son zénith quand Emma Montgomery poussa la porte de son appartement, et s'effondra sur son sofa avec un soupir satisfait. Son corps, réchauffé par la marche, se détendit au contact de la fraîcheur de la pièce, lui procurant une sensation de bien-être immédiat. Depuis son emménagement à Santa Barbara, elle retrouvait régulièrement sa tante Claire et son oncle Robert pour un brunch. Ce matin, elle avait profité de la douceur de l'été indien pour se promener et les rejoindre à la fameuse boulangerie-restaurant Jeannine's. Elle avait toujours aimé cette saison en Californie, d'abord pour sa météo clémente, mais aussi pour les couleurs flamboyantes dont se paraient ciel, terre et végétation durant l'automne. Les couchers de soleil sublimes, le rouge vif des érables, les flancs rosés des montagnes la subjuguaient. Le muret bordant la cour du restaurant face à l'océan, orné de grosses citrouilles et d'un épais feuillage, faisait déjà honneur à Halloween. Le brunch pris dans le patio à l'ombre des grands parasols et près de la fontaine avait été délicieux. L'endroit offrait une variété de plats pour le petit-déjeuner et le déjeuner. Emma avait choisi une omelette végétarienne. Une sage décision, puisque la fête des voisins l'attendait le soir même dans le jardin de sa copropriété. Elle s'était rapidement intégrée au sein de cette petite communauté sympathique.

Martha, une des voisines, avait pris en charge l'organisation et chaque participant savait ce qu'il devait apporter ou cuisiner pour l'occasion. Emma avait promis de préparer des tartes à la citrouille. Elle savourait ces brunchs en famille ou ces fêtes de voisinage qui ponctuaient ses semaines. C'était une excuse parfaite, en vérité. Une manière élégante de remettre à plus tard ce qu'elle n'avait pas du tout envie d'affronter : son manuscrit. Son agent littéraire le lui avait répété depuis juin, après l'accueil mitigé reçu par son polar : ses lecteurs voulaient de l'amour, pas des crimes sanglants. Mais elle, depuis des mois, s'obstinait à penser pouvoir écrire autre chose que des romances. En vain. Ils n'avaient pas suivi. Les critiques étaient polies, mais le mot revenait partout : « fade ». Et Emma le savait, au fond d'elle. Elle ne manquait pas d'idée, non. C'était pire : elle ne parvenait plus à se reconnaître dans les pages qu'elle noircissait.

****

Une fois l'inventaire des ingrédients nécessaires à ses tartes réalisé, Emma se rendit chez Ralph's, le supermarché le plus proche. Arrivée sur place, elle se faufila rapidement entre les rayons, un panier au bras, maudissant secrètement la longue file d'attente à la caisse. Les allées débordaient déjà de couleurs criardes. En ce début octobre, Halloween envahissait tout : bonbons orange et noirs, citrouilles en plastique, toiles d'araignée factices suspendues aux étagères. Elle sourit en apercevant une fillette supplier sa mère pour un seau en forme de chauve-souris. Elle se remémora ses propres soirées costumées à New York quand elle arpentait les rues avec son ami Ted, les deux déguisés de façon improbable. Ici, à Santa Barbara, les fêtes étaient plus familiales, mais la joie restait la même. Elle termina ses achats au rayon épices. Le pot de gingembre dont elle avait besoin la narguait depuis la dernière étagère, bien hors de portée. « Quelle idée de mettre des produits aussi haut », s'exaspéra-t-elle. Elle se hissa sur la pointe des pieds. Impossible. Tentative de petit saut discret. Sans succès. Un deuxième saut.

— Besoin d'un coup de main, peut-être ?

La voix grave, masculine surgit derrière elle. Surprise, elle se retourna pour faire face à un homme dont le regard amusé la déstabilisa un instant. Son visage lui semblait familier, mais impossible de le replacer.

— Heu… oui, merci.

Il attrapa le pot sans effort et le lui tendit, un sourire en coin.

— Voilà. Jolie technique, ceci dit. Presque efficace.

Un rire lui échappa malgré elle.

— On se connaît, non? Mais d'où? demanda-t-elle en fronçant les sourcils.

— Jacob. Un barbecue chez lui il y a quelques années. Tu te souviens?

La mémoire lui revint d'un seul coup.

— Ah oui… Ian Miller! Tu étais venu avec ton épouse.

Un léger silence se fit.

— C'est ça.

— Tu travailles toujours au bureau du shérif?

— Toujours. Au bureau de Goleta, division des enquêtes criminelles.

Elle le dévisagea, impressionnée.

— Jacob doit être content de voir la relève assurée.

— Je lui dois beaucoup. Il m'a appris le métier.

— Il a toujours été très investi dans son travail, fit remarquer Emma. Et pourtant, d'après Gabriela, il a toujours trouvé le temps d'être un père présent.

Ses traits s'adoucirent en évoquant la famille de sa meilleure amie. Ian ne manqua rien de ce changement et son visage parut se détendre, comme gagné par cette sérénité.

— Et toi? Tu continues à écrire? demanda-t-il.

— J'essaie, même si mon dernier roman n'a pas vraiment rencontré son public.

— Ah bon? Je l'ai lu et je l'ai trouvé bon.

Emma cligna des yeux, surprise.

— Vraiment?

— Oui. C'est solide. Bien mené. Ton enquêteur est à la fois malin et attachant.

La chaleur lui monta aux joues, la prenant au dépourvu. *Était-il sincère ? Poli ?* Elle ne se souvenait pas lui avoir trouvé autant de charme la première fois. *Ou peut-être ne l'avait-elle pas assez regardé ?* Ses doigts renforcèrent leur prise sur le pot de gingembre.

Au moins, pensa-t-elle, *une personne l'a lu jusqu'au bout.*

— Merci Ian.

— Tu es en vacances ?

— Non, je vis à Santa Barbara depuis un an.

— Super ! Tu avais parlé de t'installer ici avec ton conjoint, si je me souviens bien.

À la mention de son ex-fiancé, une pointe de malaise piqua son ventre.

— Finalement, je suis venue seule.

Une cliente s'approcha pour attraper un pot ; ils se reculèrent en même temps. Leurs regards s'accrochèrent un instant dans une complicité soudaine qui balaya le malaise d'Emma.

— Et tu ne regrettes pas New York ?

— Non pas du tout. Je suis amoureuse de Santa Barbara.

Ian la regardait, ses yeux d'un bleu-gris intense ancrés dans les siens. Emma ressentit cette attention dans tout son corps.

— Ça te dirait de poursuivre cette conversation autour d'un café ? proposa-t-il.

Elle resta muette quelques secondes. *Il était marié... non ? Ou bien séparé ? S'agissait-il d'une invitation amicale ?* Son pouls s'emballa.

— Je ne peux pas, je dois préparer des tartes pour ce soir. C'est la Fête des voisins.

Il eut un sourire, juste assez pour faire bouger la barbe sur son menton.

— Ce sera pour une prochaine fois, alors. Ça m'a fait plaisir de te revoir, Emma.

Elle se surprit à l'observer un instant de plus, fascinée par la ligne de sa mâchoire, la façon dont son menton se dessinait sous la barbe courte, parfaitement taillée. ...Un détail minime, presque insignifiant, et pourtant impossible à ignorer. Elle le suivit des yeux alors qu'il s'éloignait dans l'allée, aimantée. Quand il se retourna et lui adressa un dernier signe de la main, elle sentit ses joues rosir et son cœur battre un peu trop vite à son goût.

****

Emma manœuvra le loquet du portillon de l'entrée arrière et inspira l'air tiède du jardin. Ses pensées vagabondaient encore vers Ian, mais la vue familière de la résidence l'apaisa. C'était une grande demeure victorienne du XIXe siècle, toute en boiseries peintes en jaune clair et blanc, posée sur un socle de pierre blonde. Construite en 1871, elle avait été baptisée Victoria House, du nom de l'épouse de l'homme qui l'avait fait ériger. Transformée en neuf appartements, elle gardait pourtant le charme d'antan avec ses bow-windows ouvragées, son porche aux colonnettes et son toit aux pans multiples. On trouvait quatre logements au rez-de-chaussée, quatre autres au premier, et le dernier, plus spacieux, occupait les combles. La maison était entourée d'un jardin. À l'arrière s'étendait la partie la plus vaste, véritable cœur de la communauté. Les voisins s'y retrouvaient pour leurs fêtes, leurs repas partagés ou de simples soirées autour du brasero. De sa petite terrasse, au premier étage, Emma possédait une vue plongeante sur ce refuge luxuriant : palmiers bruissant lentement dans le vent, bougainvilliers éclatants, chèvrefeuille odorant, arbres de jade aux troncs tortueux. Et au loin, les montagnes qui, au coucher du soleil, se coloraient de rose. Elle adorait vivre ici. Elle posa sa paume sur la rampe pour monter les marches de la maison quand une voix familière et enjouée la fit sursauter.

— Hey ! Ma voisine !

Elle se retourna. Diego Alvarez, torse nu, se tenait sur le pas de la cabane de jardin, un arrosoir dégoulinant à la main. Ce n'était pas la première fois qu'il se promenait ainsi. Tous les vendredis, il avait pris l'habitude de descendre faire sa lessive à la buanderie commune et de glisser au dernier moment son tee-shirt dans la machine. Emma l'avait croisé à plusieurs reprises dans ce costume minimal, son panier sous le bras. Elle avait cru au début qu'il le faisait exprès, sorte de provocation discrète. Mais en réalité, c'était simplement lui. Il ne semblait pas se soucier du regard des autres. Un sourire espiègle illuminait son visage hâlé. Une fresque d'encre noire habillait son côté droit : un enchevêtrement de calaveras et de symboles aztèques qui remontait du biceps pour s'étaler sur son pectoral.

— J'arrosais les plantes, lâcha-t-il en levant légèrement son arrosoir, et je me demandais si tu avais besoin de quelque chose.

Son clin d'œil naturel lui arracha un rire étouffé. Son cœur, calmé après sa rencontre au supermarché, accéléra de nouveau quand elle réalisa que ses yeux s'attardaient un peu trop longtemps sur les abdominaux de son voisin. Diego, loin de s'en offusquer, haussa les sourcils, amusé, une expression de satisfaction flottant sur ses lèvres. Ils s'étaient liés d'amitié peu après son emménagement. Elle se souvenait encore du jour où il avait débarqué sur sa terrasse avec trois pots de plantes sous le bras. « Tu ne peux pas vivre ici sans un peu de verdure », avait-il déclaré en les déposant sans lui demander son avis. Aujourd'hui, ces mêmes pots et jardinières débordaient de végétation, et les fleurs attiraient des colibris minuscules dont le vol effréné émerveillait Emma. Elle ne se lassait pas de ces battements d'ailes, si rapides qu'on avait parfois l'impression que le temps suspendait sa course autour d'eux. Quant à Diego, depuis, il avait conservé cette façon légère et attentionnée de veiller sur elle. Elle le trouvait à la fois intrigant et taquin, mais aimait leur relation décontractée. Il déposa son arrosoir et essuya distraitement ses mains sur son short.

— Tu viens à la fête des voisins ? demanda-t-il.

— Bien sûr. J'ai promis des tartes à la citrouille.

— Parfait. Parce que ce soir, j'ai une bonne raison de célébrer.

— Ta formation ? Tu as obtenu ton diplôme de paysagiste ? s'enthousiasma-t-elle.

— Oui ! Et je reprends la petite entreprise de paysagisme de mon oncle Humberto. Jardinage, élagage… je me lance.

— Diego, c'est génial. Je suis très heureuse pour toi.

— À bientôt 37 ans, j'ai envie de plus, tu comprends.

— Bien sûr je comprends.

— Les plantes, le travail dehors… c'est ma vie. Et puis c'est la famille.

Elle approuva d'un mouvement de tête, sincèrement touchée. Elle avait toujours perçu son énergie solaire, mais là, une ambition réelle s'ajoutait.

— Alors, ce soir, on fêtera mes débuts de futur magnat du jardinage.

Elle rit, le salua, monta les escaliers quatre à quatre. C'était fou : après des mois passés à se protéger complètement des hommes, voilà qu'en une heure, deux d'entre eux venaient de la troubler, chacun à leur manière.

Chapitre 2

À 18 heures, Emma emporta ses tartes et se dirigea vers le jardin pour la fête des voisins. Martha et Luigi avaient déjà dressé les tables pour le buffet. Comme toujours, ils s'étaient disputés sur la meilleure façon de les agencer, mais, finalement, tout tenait debout. L'air était imprégné de l'odeur riche et sucrée du chèvrefeuille. Le long de la clôture, la plante, dont la floraison se prolongeait grâce à la chaleur d'octobre, dégageait un parfum entêtant.

— Luigi, tes lasagnes étaient incroyables la dernière fois, s'exclama Emma en s'approchant. J'y pense encore...

Elle posa les tartes sur une des tables.

— Ah, tu vois, Martha ? fit Luigi avec un petit rire triomphant. On reconnaît les véritables gourmets.

— Ou les pauvres victimes, répliqua Martha du tac au tac ! Ne l'écoute pas, Emma. Ce soir, tu goûteras mes cookies. Je te parie qu'après ça, tu oublieras ses pâtes dégoulinantes de sauce.

— Dégoulinantes ?! s'offusqua Luigi, faussement vexé. Ce sont des lasagnes maison, al dente. De la vraie cuisine italienne, pas des gâteaux secs bons à tremper dans le café !

— Ah ! Parce que toi, tu sais faire des gâteaux peut-être ? répondit Martha, les yeux brillants de malice.

Emma éclata de rire devant leur chamaillerie habituelle.

— Vous êtes impossibles tous les deux. Je goûterai à tout, d'accord ? Pas de jaloux.

D'ordinaire, la joute se poursuivait encore longtemps, chacun essayant d'avoir le dernier mot. Mais ce soir-là, Luigi se contenta d'un sourire distrait. La conversation semblait glisser sur lui, sans vraiment l'atteindre. Emma échangea un regard interrogateur avec sa voisine, qui haussa simplement les épaules. Martha et Luigi, tous deux retraités, étaient à la fois les aînés et les piliers de la petite communauté. Ils occupaient tous les deux des appartements au rez-de-chaussée. Martha avait emménagé cinq ans plus tôt, après le décès de son mari, et s'était aussitôt investie dans la vie du voisinage. Luigi, soixante-treize ans, habitait ici depuis près de deux décennies. Ancien cuisinier, il régalait tout le monde de ses spécialités italiennes. Martha, elle, défendait farouchement ses gâteaux, célèbres dans toute la résidence.

Le jardin resplendissait sous les couleurs du crépuscule. Diego avait accroché des guirlandes lumineuses, installé des bancs et des chaises, et préparé le bois dans le brasero. La fin de journée apportait une brise marine. Les autres arrivèrent peu à peu : James, que tout le monde appelait Jimmy, Karen et Mike, Gil, Aiden et Gilbert. Seule manquait Vanessa, leur voisine ne participait jamais à leurs petits rassemblements.

— Elle doit encore trouver ça trop bruyant, commenta Jimmy avec un haussement d'épaules, qui amusa Emma.

Guadalupe Delgado, la meilleure amie de Martha, à la vie sociale débordante, ne tarda pas à les rejoindre. Elle ne ratait jamais une fête.

****

Une fois la nuit tombée, les guirlandes s'illuminèrent une à une, diffusant une lueur féerique au-dessus des tables garnies de mets. Le crépitement du feu ajoutait une chaleur douce. Les conversations allaient bon train. La soirée fut rythmée par une succession de bonnes nouvelles. Diego profita d'un intervalle plus calme pour annoncer son projet. Emma vit la fierté briller dans ses yeux... mais aperçut aussi une discrète appréhension. Puis, ce fut au tour de Karen et Mike, qui, main dans la main, révélèrent attendre un enfant, provoquant une explosion de joie : cris, félicitations, tapes dans le dos. Jimmy, emporté par l'euphorie, leva son verre trop vite et en versa la moitié sur son pantalon. Les rires fusèrent. Emma jeta un coup d'œil vers Luigi. Assis près du brasero, il tordait sa serviette entre ses doigts. D'ordinaire, il aurait lancé un toast ou une plaisanterie. Là, il semblait perdu dans ses pensées, les flammes dansaient dans ses iris et son regard paraissait lointain. À ses côtés, Aiden et Gilbert se querellaient gentiment au sujet d'un jeu vidéo dont Emma n'avait jamais entendu parler. Leur enthousiasme était contagieux : chacun cherchait à convaincre l'autre, tout en se tenant par la main sur le plaid qui couvrait leurs cuisses. Ils avaient l'air de deux grands enfants, s'aimant visiblement avec la même intensité que leurs passions de geeks.

Jimmy discutait à voix basse avec Gil, la plus jeune du groupe. À vingt-cinq ans, elle travaillait comme serveuse à El Encanto, l'un des hôtels les plus prestigieux de la ville, mais son accent trahissait ses origines texanes. Discrète, elle se contentait souvent d'écouter plus que de prendre la parole, une réserve naturelle qui s'accordait parfaitement à l'élégance feutrée de son lieu de travail. Aujourd'hui pourtant, elle ne cessait de rire aux remarques de Jimmy assis à côté d'elle. Ils semblaient inséparables depuis le début de la soirée. Emma les observa un instant, intriguée par l'intimité qui émanait d'eux.

Et puis, sans le vouloir, elle songea à Ian. L'image lui revint nette. Ses yeux bleu-gris, sa voix grave. La façon dont il l'avait regardée et l'avait écoutée. Ce souvenir l'effleura avec une chaleur surprenante, et elle s'étonna de sourire toute seule. La voix de Martha l'arracha à sa rêverie.

— Emma ! Viens goûter ces cookies, lança-t-elle en pointant une assiette remplie de biscuits.

Elle s'exécuta et elles se retrouvèrent à discuter avec Karen et Guadalupe.

— Mike et moi avons passé notre lune de miel à Hawaï, raconta Karen, et nous aimerions y retourner pour nos cinq ans de mariage, mais, avec l'arrivée du bébé, nous attendrons.

— J'y ai passé la mienne aussi ! intervint Guadalupe. Avec mon second mari ! Mon troisième voulait y aller, mais je l'ai convaincu de changer. On est allés dans les Caraïbes.

Elle riait fort, amusée par sa propre histoire. Tout d'un coup, elle se tourna vers Martha et lui proposa :

— Que dirais-tu d'une semaine de croisière dans les Caraïbes, début d'année prochaine ?

— Une croisière ? Oh je ne sais pas...

— Ce serait super ! renchérit Emma. Vous avez raison de profiter.

— Non, non... il y a trop à faire ici... le jardin, les plantes...

— Ne t'inquiète pas pour ça, rassura Karen. Diego et Luigi sauront très bien s'en occuper. Et pour tes plantes d'intérieur, nous prendrons le relais.

Martha hésita... puis secoua la tête.

— Et Winston alors ?

Depuis deux ans, Martha avait pris l'habitude de nourrir Winston, le chat errant du quartier. Du moins le croyait-elle... jusqu'au jour où elle découvrit que le chenapan appartenait au nouveau locataire de la maison d'à côté et qu'il quémandait auprès de tout le voisinage. Malgré tout, l'animal avait sa préférence et, chaque soir, il s'installait sur le petit porche de l'appartement de Martha et attendait patiemment son dîner.

— Winston ne mourra pas de faim, tu sais. Tout le monde le nourrit en douce, réagit Emma.

Martha détourna les yeux, caressant machinalement ses mains sur la table.

— Ce n'est pas juste ça, chuchota-t-elle.

Guadalupe la regarda avec surprise.

— Alors quoi ? Tu le sais. Je ne vais pas te lâcher tant que tu n'auras pas répondu.

Un sourire triste affleura sur les lèvres de son amie.

— Je n'ai jamais voyagé sans lui. Depuis que Grayson est mort, l'idée de partir loin... de profiter sans lui... ça m'effraie.

Un silence tomba. Même Guadalupe se tut. Martha baissa les yeux. Emma sentit sa poitrine se comprimer. Jusqu'ici, elle voyait surtout le franc-parler de sa voisine, ses cookies, ses rivalités avec Luigi. Pas la femme derrière : celle qui avait aimé si fort qu'elle n'arrivait plus à concevoir sa vie autrement. Elle posa sa main sur celle de Martha.

— C'est la plus belle raison de rester... mais peut-être aussi la plus belle raison de partir un jour, murmura-t-elle.

Les yeux de Martha s'humidifièrent. Elle essaya de se reprendre.

— Enfin... vous voyez, voilà pourquoi je trouve toujours des excuses. Ce n'est pas que je ne veux pas... je ne sais juste pas comment faire.

Un frisson de peur parcourut la romancière. Grayson avait fait une crise cardiaque devant sa femme, et, malgré les tentatives de celle-ci pour le sauver, rien n'avait pu y faire. Les secours étaient arrivés trop tard. Emma s'imagina perdre une personne aimée, aussi brutalement. L'idée seule lui donna le vertige. Elle serra fort la main de Martha, un geste simple, mais sincère, incapable de trouver les mots justes. À cet instant, elle sut qu'elle ne la regarderait plus jamais de la même manière. Elle repensa à Eliza. Ses paroles lui revinrent en mémoire : « Écrivez sur l'amour, ma chère. » Bien sûr. C'était cela. L'amour qui persistait malgré la perte, se réinventait, se donnait sous mille visages. Martha, dont l'âme était encore toute entière habitée par Grayson, lui montrait une vérité essentielle. Eliza, venue dire adieu à l'amour de sa vie, en avait porté une autre. L'idée naissait en elle. Martha pourrait lui raconter toute son histoire. Peut-être cela lui ferait-il du bien de mettre des mots sur ce qui pesait, de parler de Grayson. Et peut-être cela l'aiderait-elle, elle, à écrire de nouveau sur l'amour. Puis une nouvelle pensée suivit : pourquoi s'arrêter là ? Guadalupe, avec ses trois mariages et son énergie débordante, portait, elle aussi, un regard unique sur les élans du cœur. Karen, dans son bonheur tranquille auprès de Mike, en incarnait encore un autre. Toutes ces voix, toutes ces expériences... oui, elle désirait les entendre. Elle voulait écrire sur les multiples visages de l'amour.

Chapitre 3

Le soleil était encore bas sur l'océan, et l'air salin caressait le visage de Ian tandis qu'il filait le long de la plage. Chaque foulée était mesurée, précise, comme les battements réguliers de son pouls sur ses tempes. Il aimait ce moment de solitude, ce temps suspendu avant que la journée ne commence vraiment. Il avait parcouru ce trajet des dizaines de fois, pourtant, il ne se lassait jamais de sa beauté. De Leadbetter Beach, en passant par le port jusqu'à East Beach : chacun de ces lieux marquait une étape de son rituel matinal quand il n'allait pas à la salle de sport.

À cette heure-là, tout était paisible. La lumière rasante du soleil faisait scintiller les vagues, et le cri des mouettes résonnait par-dessus le ressac. Il traversa la route pour rejoindre la piste longeant Andrée Clark Bird Refuge. Près du point d'eau, les bancs dispersés attendaient les premiers observateurs d'oiseaux. Ian y jeta un coup d'œil rapide. Ce havre de paix, avec ses canards et ses pélicans, était l'endroit où il tentait d'ordinaire de mettre de l'ordre dans ses pensées. Mais, ce matin, la sérénité du paysage ne parvenait pas à masquer la réalité : pour un homme dans sa position, le calme n'était qu'une illusion passagère. Sa charge mentale, ce flux ininterrompu de problèmes à résoudre, l'avait rattrapé avant même qu'il ne pose un pied dehors. À peine avait-il quitté son appartement que Madame Ortega, sa voisine de palier, l'avait intercepté dans le corridor, comme si l'insigne qu'il portait lui donnait aussi juridiction sur les pannes domestiques.

— Il faut faire quelque chose, lieutenant ! s'était-elle exclamée. C'est la troisième fois ce mois-ci que la machine à laver se bloque et qu'on ne peut plus l'utiliser !

Il avait souri intérieurement, mélange d'exaspération et d'amusement. L'appareil, fonctionnant avec des pièces de vingt-cinq cents, avait la fâcheuse tendance d'engloutir la monnaie sans jamais se mettre en route. À l'instar de nombreuses autres résidences de la ville, l'ensemble de la copropriété appartenait à un seul et même propriétaire. La leur, une ancienne chirurgienne à la retraite, gérait la location de son bien elle-même, ce qui ne facilitait pas les choses. Depuis des mois, cette dernière s'obstinait à faire venir un réparateur à chaque fois au lieu de remplacer l'engin défectueux. Et bien sûr le problème se reproduisait. Aussi, Madame Ortega en avait fait son cheval de bataille. Mais à défaut de contacter directement la principale intéressée, elle passait systématiquement par lui, convaincue que son statut d'homme de loi pouvait lui offrir des privilèges particuliers. Et elle n'avait pas tout à fait tort. Grâce à son intervention, la copropriété avait obtenu l'aménagement de places de parking supplémentaires sur le terrain jouxtant la résidence, propriété de la même femme. Depuis, chaque problème, même mineur, semblait se retrouver entre ses mains.

— Je vais m'en occuper, Madame Ortega, avait-il fini par annoncer pour pouvoir s'échapper.

Il devait bien l'admettre : il n'avait pas encore eu le courage de lui dire de s'en charger elle-même. À chaque fois il se le promettait sans jamais y parvenir. La vieille dame lui rappelait la grand-mère de son beau-frère Ignacio, pour qui il éprouvait une grande affection. Et puis, finalement, il ne détestait pas ce rôle de garant de l'ordre même au sein de sa propre copropriété.

Il fit demi-tour et regagna Leadbetter Beach pour récupérer sa voiture. En rentrant chez lui, il fila sous la douche. L'eau brûlante massa ses épaules tendues, chassant les résidus de sel et de fatigue de sa course. Quelques instants après, il enfilait une chemise blanche parfaitement repassée. Il ne portait plus l'uniforme beige du shérif au quotidien, préférant la sobriété du commandement civil qui correspondait à son rang. Il ajusta son holster en cuir noir sur ses hanches et fixa son étoile à sa ceinture. Un dernier coup d'œil dans le miroir pour s'assurer que le lieutenant avait bien remplacé le joggeur matinal, et il quitta l'appartement.

****

Dix minutes de route suffirent pour que l'élégance balnéaire de Santa Barbara s'efface derrière lui. Il s'engagea sur Calle Real, à Goleta. Loin des palmiers de State Street, le quartier général du Shérif se dressait comme un bastion de stuc niché au pied des collines sèches. Ian gara son 4Runner gris acier sur son emplacement réservé. Au moment où il se penchait pour attraper un épais dossier sur le siège passager, une silhouette familière s'approcha de sa portière ouverte.

— Toujours le premier au rapport, lieutenant, lança Axel avec un hochement de tête qui maniait habilement respect professionnel et camaraderie.

Ian se redressa, le document sous le bras, et esquissa un sourire. Son ami et collègue depuis dix-sept ans, avait ce don pour apparaître exactement quand il avait l'esprit ailleurs.

— Quelqu'un doit bien surveiller les dossiers que tu laisses traîner, Jenkins, plaisanta-t-il.

Après plusieurs années à être adjoints, les deux hommes avaient intégré le bureau des enquêtes criminelles, d'abord en tant que détectives, puis comme sergents, un service que Ian dirigeait désormais. Sa supériorité hiérarchique n'avait en rien entaché, le lien qui les unissait.

Axel s'appuya contre l'aile du véhicule, baissant d'un ton pour passer sur un registre plus personnel :

— En parlant de traîner... On sort boire...

Il n'eut pas le temps d'achever sa phrase. À quelques dizaines de mètres, la lourde porte métallique de la prison principale s'ouvrit dans un vacarme infernal, rompant le silence du parking. Axel attendit que le bruit s'estompe, les yeux fixés un instant sur le bus de transfert qui s'engouffrait dans la cour intérieure du pénitencier. Il reporta son regard sur Ian, comme si de rien n'était.

— Je disais donc : demain soir, on se retrouve pour boire un verre avec Ignacio ?

— On en reparlera demain, Axel. Pour l'instant, je veux qu'on mette la main sur ces voleurs. On ne peut pas laisser une bande de pillards se balader dans les vignobles du comté sans réaction. Je veux des résultats aujourd'hui.

Le sergent acquiesça, comprenant que la tête du lieutenant Miller venait de reprendre les commandes. Ils se dirigèrent ensemble vers l'entrée sécurisée du bâtiment principal. D'un geste machinal, Ian plaqua son badge magnétique contre le lecteur. Un déclic résonna, libérant le verrou, et la porte s'ouvrit sur un univers climatisé où, à cette heure-ci , seul le bourdonnement de la machine à café troublait le silence ambiant.

****

Ian, les manches de sa chemise blanche impeccablement retroussées sur ses avant-bras, se tenait droit devant ses deux sergents, indiquant une zone viticole sur la carte du comté accrochée au mur.

— On a trois vignobles touchés en cinq jours, et la pression des syndicats agricoles sur le shérif monte d'un cran chaque matin, expliquait-il d'une voix calme, mais sans appel. Vous allez mutualiser vos ressources sur les secteurs de Santa Ynez et Santa Maria. Jenkins, tu mobilises tes détectives sur les réseaux de revente de matériel lourd. Lopez, je veux un rapport d'ici ce soir sur les failles de sécurité qu'ils ont exploitées. Si c’est le même système d'alarme qui a été neutralisé à chaque fois, je veux le savoir. On a déjà trois longueurs de retard sur eux. Verrouillez le secteur. Est-ce clair ?

Un « Reçu, Lieutenant » unanime lui répondit.

À cet instant, le silence se propagea depuis l’entrée de la

division. Ian leva les yeux. Le commandant Reynolds arrivait, mais il ne marchait pas en tête. Il escortait avec une déférence inhabituelle un homme dont la simple présence semblait pétrifier l'agitation ambiante. Le juge Bennett portait un costume sombre, d'une coupe impeccable qui soulignait sa carrure encore droite malgré les années. Son visage, sculpté par trois décennies de jugements et, plus récemment, par une douleur incommensurable, ne laissait filtrer aucune émotion. Sa fille, Sarah, jeune étudiante à UCSB, avait été portée disparue pendant plusieurs jours avant que l'enquête du bureau de Ian ne lève le voile sur une fin tragique. Une noyade accidentelle lors d'une soirée étudiante au lac Cachuma. Ian se rappelait encore l'odeur de terre brûlée et de l'épaisse broussaille où ils avaient trouvé le corps. Les « amis » de Sarah l'avaient sortie de l'eau après la noyade, mais la panique et la drogue les avaient poussés à l'innommable : abandonner la dépouille sous la végétation au lieu de contacter les secours. L'exposition aux éléments et à la vie sauvage pendant plusieurs longues journées d'été indien avait rendu l'identification pénible, un souvenir qu'il tentait chaque soir de verrouiller dans un coin de sa mémoire.

Reynolds lui fit un geste de la main.

— Miller. Vous avez deux minutes ?

Ian se redressa, congédiant ses hommes d'un bref signe de tête. Il contourna son bureau pour accueillir le juge. Bennett ne s'arrêta pas aux formalités. Ses yeux d'acier se fixèrent dans ceux de Ian.

— Lieutenant, commença-t-il d'une voix grave qui fit se retourner quelques têtes dans le couloir.

Ian désigna un fauteuil, cherchant à offrir un semblant d'intimité à cet homme dont la dignité était le dernier rempart.

— Monsieur le juge. Entrez, je vous prie.

Une fois la porte vitrée refermée, le silence du bureau parut soudain très dense. Ian ouvrit le petit coffre-fort situé dans un tiroir sous clé. Il en sortit un sac de velours bleu nuit, un objet qui n'avait rien d'un scellé judiciaire classique. Il le posa sur le bureau avec une précaution infinie.

Bennett fixa le sac. Ses doigts esquissèrent un mouvement, comme s'il voulait le toucher, avant de se raviser. Il leva les yeux vers Ian.

— Je sais, la procédure veut que ces objets soient étiquetés, mis en boîte et stockés dans un entrepôt anonyme, lieutenant. Merci d'avoir compris qu'ils étaient tout ce qu'il me restait.

Il marqua une pause, et Ian vit, pour la première fois, une faille dans l'armure de cet homme. Une lueur de gratitude sincère.

— On m'avait dit que vous étiez un homme de tête, Miller. Je découvre que vous êtes aussi un homme de cœur. Votre discrétion a été le seul réconfort de ma femme ces dernières semaines.

— J'ai simplement traité Sarah comme j'aurais aimé que l'on traite ma propre famille, Monsieur.

Le juge hocha la tête, prit le sac et le glissa dans sa poche intérieure.

— Ne changez pas, Miller. Ce bureau a besoin de piliers dans votre genre.

****

Les notes de guitare s'étouffèrent brusquement lorsque Ian coupa le contact. Le silence ne lui parut pas pesant, cette fois, mais libérateur. Il demeura un moment immobile, les mains sur le volant, savourant la fin d'une journée qui pesait lourd sur ses épaules. Il revoyait l'éclat de la fine chaîne en or et les perles du bracelet de Sarah. Ces objets étaient restés trop longtemps dans des boîtes d'archives froides ; les voir retourner auprès du juge lui donnait le sentiment d'avoir remis un peu d'ordre dans le chaos, même minime. Il s'extirpa du véhicule avec un soupir de soulagement. Il n'aspirait plus qu'à une douche chaude pour passer à autre chose. Mais en atteignant la cour intérieure de la copropriété, il comprit que le repos attendrait encore un peu. Greta, sa voisine du rez - de -chaussée, était assise sur son patio, un verre de vin à la main et un sourire qui ne laissait pas de place au doute.

— Vous rentrez bien tard, Ian, lança-t-elle d'une voix traînante, le regard parcourant sa silhouette avec une insistance assumée.

Ian eut un sourire poli, ne voulant pas la froisser, mais il ne s'arrêta pas de marcher vers la porte d'entrée.

— Bonsoir Greta. Dans ce métier, nous n'avons pas vraiment d'horaires.

— Justement. À force de porter la misère du monde, on finit par s'épuiser. J'ai un merlot qui attend qu'on lui fasse honneur... et je déteste boire seule.

Elle fit un pas vers lui, quittant la terrasse. Elle dégageait un parfum de vanille un peu trop entêtant pour ses sens déjà saturés. Si elle n'avait pas été sa voisine, Ian aurait peut-être trouvé la proposition tentante autrefois. Mais ce soir, Greta lui paraissait terriblement superficielle. Son manège habituel l'agaçait plus qu'il ne le flattait. Il n'avait aucune envie de jouer à déchiffrer ses intentions.

— C'est gentil, mais j'ai eu une journée... particulière. Je ne serais pas une très bonne compagnie.

— Vous dites ça à chaque fois, Ian, soupira-t-elle avec une moue déçue, mais pas découragée. Je finirai par vous croire.

— Bonne soirée, Greta.

Il gagna le corridor et grimpa au premier étage pour rejoindre son condo. Il referma la porte derrière lui, s'appuya contre le mur froid, et savoura enfin le calme. Il traversa son appartement plongé dans la pénombre, sans même allumer les lumières. En passant devant le plan de travail, son regard se posa sur le pot de muscade acheté trois jours plus tôt au supermarché. Il ne savait toujours pas comment il s'était débrouillé pour prendre de la muscade à la place du poivre. La seule chose dont il se souvenait, c'était cette romancière aux yeux bruns qui avait perturbé sa journée. Emma. Il se sentit soudain d'une stupidité sans nom. Il avait tenté sa chance, lui proposant ce café, mais elle avait décliné. Pourtant, il avait vu ce rose monter à ses joues, ce trouble qu'elle n'avait pas réussi à masquer. Il aurait pu insister, trouver une répartie pour la séduire, mais il n'avait pas voulu être ce genre de type. Un geste de gentleman qui, ce soir, lui paraissait bien dérisoire. En souhaitant être délicat, il avait oublié l'essentiel : il n'avait même pas son numéro de téléphone. Il était reparti avec sa politesse sous le bras, un pot de muscade inutile et aucun moyen de la recontacter.

Il ne s'était ni attendu à la revoir ni à se sentir autant attiré par elle. Il repensa à la façon dont elle l'avait regardé, avec cette curiosité et ce sourire franc. Et ses cheveux ondulés... Bien sûr, quand il l'avait rencontrée trois ans plus tôt chez Jacob, il l'avait trouvée belle et intelligente, mais les invités l'avaient accaparée pour lui parler de son best-seller. Et puis, à l'époque, il y avait Christina. Aujourd'hui, elle était seule. Et lui aussi. Une chaleur inattendue se répandit dans sa poitrine, écartant l'ombre du deuil des Bennett. Greta avait raison sur un point : il avait besoin de décompresser. Mais il avait désormais le sentiment que seule l'énergie pétillante d'Emma pourrait lui changer les idées. Il se fit la promesse de trouver un moyen, une excuse, n'importe laquelle, pour la revoir. Et cette fois, il ne la laisserait pas partir sans avoir obtenu ce café.

Chapitre 4

Vanessa Bowen. La simple vision suffit à faire grimacer Emma. En la voyant avancer dans l'allée, droite comme un piquet, sa mâchoire se crispa. Dès que sa voisine l'aperçut, elle détourna la tête et accéléra le pas. Ce geste fit bouillonner Emma. Cette femme habitait l'immeuble depuis trois ans, et personne n'avait vraiment percé son mystère. Élégante, sportive, la quarantaine, elle exerçait la profession de coach de fitness privé auprès d'une clientèle fortunée de Montecito. Une connaissance de Martha avait déjà suivi ses cours. Le reste demeurait opaque. Célibataire ? En couple ? Personne ne le savait. Ce qui, en revanche, ne faisait aucun doute, c'était sa tendance à l'indifférence, parfois si poussée qu'elle frôlait la grossièreté. Elle pouvait croiser ses voisins sans même leur adresser un bonjour. Vanessa était l'incarnation de la perfection glacée. Sa discipline physique se manifestait dans chacun de ses mouvements, dans la façon dont ses cheveux noirs, tirés en une queue-de-cheval impeccable, ne laissaient échapper aucune mèche rebelle. Emma la soupçonnait de se préparer pour le combat chaque matin, prête à affronter le monde avec la même rigidité qu'elle imposait à ses clients. Cette froideur, la romancière la prenait comme un défi personnel. Elle détestait ça et elle n'était pas du genre à renoncer. Elle se planta sur son chemin.

— Bonjour, Vanessa.

La coach n'eut d'autre choix que de répondre, un bonjour bref, poli, mais sans chaleur. Emma se rappela le temps où, remplie de bonnes intentions, elle lui avait proposé de boire un verre pour faire connaissance. Vanessa l'avait envoyée paître avec dédain. Depuis, leurs interactions se limitaient à ces salutations forcées. Pourtant, Emma ne pouvait s'empêcher de se questionner sur les secrets que cette femme dissimulait sous sa carapace. Elle la laissa filer, puis pressa le pas pour rejoindre Guadalupe.

Trois jours plus tôt, la fête des voisins s'était terminée dans la bonne humeur générale. Emma, saisissant l'occasion, avait demandé à chacun s'il accepterait de partager ses histoires d'amour passées, présentes, heureuses ou non. À sa surprise, tout le monde s'était montré curieux, enthousiaste même. Et, naturellement, elle avait décidé de commencer par Guadalupe. Avec ses trois mariages, son franc-parler et sa joie de vivre, elle semblait la candidate idéale pour démarrer ce projet. Elles se retrouvèrent à *Carlitos*, un restaurant mexicain du centre-ville. Elles s'installèrent sur le patio, à l'ombre d'un grand parasol. Près d'elles, une fontaine agrémentée de carreaux colorés laissait jaillir un filet d'eau de la gueule d'un lion sculpté. Le clapotis se mêlait aux conversations animées des tables voisines. Des odeurs délicieuses de maïs grillé, de coriandre fraîche et de sauce épicée flottaient dans l'air. Depuis la terrasse, on apercevait l'Arlington Theater. Sa façade blanche et son clocher surmonté d'une flèche effilée dominaient la rue tel un décor de cinéma, rappelant à quel point Santa Barbara vibrait de culture et d'histoire.

Guadalupe saisit la rondelle de citron ornant son verre.

— Alors, tu abandonnes ton polar? demanda-t-elle en croquant dedans.

— Je fais un break pour le moment. J'aimerais essayer de revenir à ce que j'écrivais le mieux. L'amour. Je ne connais pas encore la forme exacte, mais j'ai envie d'entendre vos récits.

Le sourire de Guadalupe devint complice, voire impatient. Elle leva son verre de limonade. Emma ne put s'empêcher d'admirer, comme toujours, l'allure chaleureuse de cette femme : ses cheveux noirs courts, son visage expressif, sa silhouette généreuse mise en valeur par sa robe lilas, son collier de perles fines… mais surtout cette énergie incroyable, cette vivacité de gestes. L'âge semblait ne pas avoir de prise sur elle.

— Alors, écoute, commença-t-elle. Mon premier mari, Jesús… le père de José et Armando. On se connaissait depuis toujours. On a grandi à Los Angeles. Deux gamins mexicains du même quartier, inséparables. Nous avons tout vécu ensemble. On s'est mariés jeunes. On a eu des enfants. Un jour… nos fils avaient dix et douze ans à ce moment-là… il m'a avoué aimer aussi les hommes. Pas en théorie, hein ! Il était amoureux.

Emma se figea. Guadalupe parlait avec une simplicité désarmante.

— J'ai cru que le sol s'ouvrait sous mes pieds, continua-t-elle. Mais il ne voulait quitter ni moi ni les garçons. Nous en avons beaucoup discuté. J'ai fini par accepter. Nous avons vécu comme ça, à trois dans cette relation, pendant des années. Pour les enfants, oui… et puis on s'aimait, d'une manière étrange, mais réelle.

Elle marqua une pause. Dans ses yeux noirs brillait une nostalgie, teintée de fierté.

— Quand les garçons ont grandi, on s'est séparés. Mais nous n'avons jamais complètement rompu. Aujourd'hui encore, Jesús fait partie de ma vie. Toujours une famille, autrement.

Emma fut touchée. On ne pouvait jamais vraiment savoir ce qui se jouait dans l'intimité d'un couple, loin des regards. Le premier mariage de Guadalupe ne ressemblait en rien à une histoire d'amour conventionnelle, pourtant, il débordait d'amour, d'un amour têtu, pluriel, qui avait trouvé sa propre voie. Au moins pour un certain temps.

— C'était une belle histoire entre vous deux. Je suis désolée qu'elle ait pris fin.

— Oh, ne le sois pas, rétorqua Guadalupe en agitant sa main. Toutes les histoires ne sont pas destinées à durer éternellement. Certaines doivent céder la place à d'autres.

Elle prit une gorgée de limonade, puis son expression changea, révélant une pointe d'amusement.

— Le deuxième, ça a été autre chose. Je l'ai rencontré à la banque où je travaillais. Mon chef de service. J'ai d'abord cru à un coup de foudre. On s'est mariés très vite... et l'on a divorcé tout aussi vite.

Un rire bref lui échappa. Le serveur arriva avec leurs enchiladas fumantes. Emma en coupa distraitement un morceau.

— Un an à peine, reprit Guadalupe. Il me parlait comme si j'étais encore son employée, même à la maison. Alors je l'ai quitté. Et j'ai quitté la banque aussi. Et c'est en changeant de travail que j'ai rencontré Martha. Et crois-moi, ça valait mieux qu'un mari !

Emma sourit à son tour, tandis que le serveur posait une carafe d'eau fraîche sur la table. Elle redevint soudain songeuse, observant les perles de condensation qui commençaient à tracer de longs sillons transparents sur le verre givré.

— Tu crois que le coup de foudre, ça n'existe pas vraiment ? finit-elle par demander.

— Oh si, répondit Guadalupe en fronçant un sourcil. Ça existe. Mais ce n'est pas toujours le début d'une belle histoire. C'est une étincelle, pas forcément un feu durable. Et excuse-moi pour la métaphore, mais elle peut s'éteindre tout aussi vite qu'elle peut te réduire en cendres.

Le regard de la romancière se teinta d'amertume.

— Je vois très bien.

Guadalupe la fixa un instant.

— Toi aussi, tu t'es brûlée, pas vrai ?

— Disons ça, oui... murmura Emma. Avec Anthony.

Elle détourna les yeux vers la fontaine.

— Mais parlons de toi.

Guadalupe reprit, plus calme :

— Mon troisième mari, c'était autre chose. Il s'appelait Richard. Avec lui, j'ai connu la stabilité. Vingt ans de mariage. Un homme bon, attentif. On a beaucoup ri, voyagé... Mais en vieillissant, il s'est refermé. Plus de projets, moins de sorties. Il voulait la tranquillité. Notre différence d'âge n'a pas aidé. Avec mes quinze ans de moins, j'avais encore envie de profiter de la vie. Pas seulement de la regarder passer.

Son expression reflétait une profonde tendresse mêlée de regret.

— L'amour était là. Mais à force, je me suis sentie enfermée. J'ai fini par partir. Nous n'étions pas brisés… juste plus sur la même route.

Emma resta silencieuse un instant. Elle trouvait depuis toujours bouleversante l'idée qu'un mariage puisse s'achever non pas par trahison ou drame, mais par un simple décalage de rêves. Elle repensa à Anthony. Leur histoire n'avait même pas eu cette noblesse-là. Elle avait passé six ans à se battre contre un mur invisible. Ils n'avaient pas cessé de rêver ensemble, c'était pire. Lui ne rêvait pas. Pas de projets, pas d'élans, seulement une existence bien réglée, rationnelle, confortable. Il était une ancre, mais dans le mauvais sens du terme : il l'empêchait de naviguer. Elle, en revanche, s'était projetée sur un avenir à deux, s'était nourrie de promesses jamais sincères. Plus elle évoquait l'idée de déménagement ou de changement de carrière, plus le regard d'Anthony s'assombrissait, irrité par cette « fantaisie » incompréhensible à ses yeux. Et plus elle rêvait, plus il s'éloignait. Elle réalisa avec un pincement qu'elle avait peut-être rêvé seule depuis le début.

— Et après ce troisième divorce ? demanda-t-elle gentiment. Tu as retrouvé quelqu'un ?

Guadalupe sourit d'un air malicieux.

— J'ai bien cru, pendant un temps. J'ai eu le béguin pour Luigi, à l'époque où Martha a emménagé à Victoria House.

Emma manqua d'avaler de travers.

— Luigi, mais qu'as-tu fait ? Tu lui en as parlé ?

— Je l'ai invité à dîner. Je lui ai dit ce que je ressentais. Et il m'a répondu que son cœur était déjà pris.

— Luigi ? Je n'en reviens pas. Je ne l'ai jamais vu avec une femme. Je n'ai jamais entendu parler d'une compagne non plus.

— C'est vrai.

— À vrai dire, je l'ai toujours pensé veuf, mais, en fait, je n'en ai aucune idée. Je n'ai jamais osé lui poser cette question.

Emma s'en voulait presque. Elle qui aimait tant percer les secrets des gens, s'était toujours imposé une limite avec Luigi, par peur d'être indiscrète ou de raviver une blessure qu'il préférait taire.

— Tu devrais l'interviewer aussi.

— Oui, il était déjà parti se coucher l'autre soir quand je vous ai demandé, mais je lui proposerai quand je le verrai. Tout ça m'intrigue beaucoup.

— Je te souhaite de déchiffrer le mystère Luigi, dit Guadalupe, en riant.

— Et moi, je te souhaite de trouver un homme qui te chamboule à nouveau.

Guadalupe pencha la tête, un pli insolent sur les lèvres.

— Je n'ai pas dit mon dernier mot en amour, ma chère... Et toi ?

— Non, rien de nouveau.

— Ah bon ? Pourtant, j'ai bien vu comment Diego te regarde...

— Diego est juste un ami.

— Dommage. Il est charmant. Et torse nu, il y a de quoi faire tourner des têtes.

Emma éclata de rire, un peu trop fort.

Quand elles se quittèrent, elle resta immobile quelques secondes. Guadalupe avait vécu trois mariages, des ruptures, des désillusions, et elle parlait encore d'amour avec des étoiles dans les yeux. C'était rassurant. Inspirant. À soixante et onze ans, elle refusait de croire que le meilleur était derrière elle. Emma, elle, avec ses trente-cinq ans, doutait déjà. Peut-être se trompait-elle. Peut-être l'amour n'était-il pas une question d'âge, mais une question de courage.

Chapitre 5

Quand Emma arriva chez les Walsh, le soleil de midi jouait sur les murs de la maison, et les citronniers embaumaient l'air d'une fragrance acidulée. Sur la terrasse, Gabriela, sa meilleure amie, l'attendait, souriante, un verre de vin à la main. Ce simple sourire raviva tous les souvenirs : les jeux d'enfance, les secrets chuchotés, la promesse de ne jamais se quitter. Cette maison avait gardé leurs rires, leur insouciance. Malgré le passage des années, elle se sentit instantanément chez elle. Jacob et Maria Walsh, les parents de Gabriela, étaient des amis de Claire et Robert Edwards, l'oncle et la tante d'Emma. C'était lors des nombreuses vacances passées avec eux que, petite fille, elle avait rencontré Gabriela. À l'adolescence, puis à l'âge adulte, cette amitié ne s'était jamais altérée. Les Walsh devinrent pour elle une seconde famille presque aussi chère que les Edwards. Les deux couples vivaient dans la même rue, au cœur du quartier résidentiel d'East San Roque, un coin paisible et verdoyant de Santa Barbara, bordé d'arbres majestueux et de haies fleuries.

Depuis cet endroit, des rues montaient vers les collines, offrant parfois des vues imprenables sur l'océan ou sur les montagnes Santa Ynez. La maison des Walsh reflétait à merveille le style du secteur : un vaste pavillon de plain-pied aux lignes simples, crépi blanc et persiennes vert pâle, entouré d'un extérieur soigné. Deux palmiers hauts se dressaient de chaque côté de l'allée pavée menant au garage, tandis qu'un massif de fleurs et de plantes grasses apportait des touches de couleur devant la façade. À l'arrière, le salon et la cuisine s'ouvraient sur le jardin. Une terrasse carrelée accueillait une grande table en bois et un barbecue. Maria avait pris l'habitude d'y organiser tous les repas de famille et, au fil des années, cet espace était devenu l'âme de la maison.

Les deux amies s'installèrent à l'extérieur pour profiter du soleil. Maria terminait quelques préparatifs dans la cuisine, laissant aux filles un moment à elles avant l'arrivée des invités. Pendant ce temps, Jacob apportait des chaises supplémentaires.

— Au fait, lança Emma, j'ai croisé l'ancien collègue de ton père au supermarché le week-end dernier.

— Lequel ? demanda Gabriela en nouant dans un chignon décoiffé ses longs cheveux bruns.

— Ian Miller.

Son amie se redressa, intriguée.

— Ah oui ? Alors, il t'a reconnue ?

— Oui, plus vite que moi... enfin, ça faisait des années, raconta-t-elle en picorant un grain de raisin blanc dans le bol entre elles.

— Eh bien, tu le verras à nouveau aujourd'hui. Il sera là pour l'anniversaire de papa. Tu sais qu'il est devenu une figure locale respectée. Il a été promu au rang de lieutenant.

Emma inclina la tête, feignant l'indifférence, mais son cœur battit plus vite. Elle pinça les lèvres et demanda d'un ton qu'elle espérait anodin :

— Et... comment va sa femme ?

Gabriela la dévisagea, amusée par sa fausse désinvolture.

— Sa femme ? Tu veux dire son ex-femme. Ils sont divorcés depuis deux ans. Tu ne le savais pas ?

Emma cligna des paupières.

— Ah... non. Je l'ignorais.

Elle sentit ses joues la trahir aussitôt. Gabriela arqua un sourcil, avec un air de délectation.

— Pourquoi cette soudaine curiosité ? Emma ne me dit pas que...

Une ombre interrompit sa question. Les deux amies se retournèrent simultanément : Ian se tenait là, les mains dans les poches, un sourire tranquille aux lèvres.

— Salut! lança-t-il.

Un silence tomba. Emma et Gabriela échangèrent un regard inquiet, la même question traversant leurs yeux : avait-il entendu? Emma leva la tête vers lui. Debout face à elle, il paraissait impressionnant. Sa carrure athlétique entretenue sans excès, ses épaules larges et sa posture assurée donnaient à son corps une présence à la fois imposante et rassurante. Sa barbe courte assombrissait un peu son visage, accentuant la ligne de sa mâchoire et du menton qu'elle avait déjà remarqué. Ses cheveux châtain foncé, légèrement désordonnés, avaient l'air de vouloir tracer leur propre route. Et puis, il y avait ses yeux, ce bleu-gris profond et changeant, qui la troublaient plus que tout. Une chaleur étrange la submergea.

— Je ne m'attendais pas à te revoir si tôt, Emma. C'est une agréable surprise.

Son regard se posa sur le foulard pourpre tombé près de la chaise d'Emma. Il se pencha pour le ramasser et le lui tendit.

— Je pense qu'il est à toi.

Il la fixa, parcourant son visage avec une lenteur impudente, puis ajouta :

— Très belle couleur.

Elle n'eut pas le temps de répondre : depuis la cuisine, la voix de Jacob appela Ian pour savoir ce qu'il voulait boire. Il s'effaça discrètement pour le rejoindre. Emma suivit des yeux sa silhouette qui s'éloignait, encore un peu étourdie par ce bref échange.

****

Le repas se déroulait dans une atmosphère décontractée. Les assiettes circulaient sur la grande table, et l'odeur alléchante de la viande grillée se mêlait à l'arôme acidulé des arbres du jardin. Emma se sentait enveloppée par la chaleur et la simplicité de la famille Walsh. Son attention dérivait vers Ian plus souvent qu'elle ne l'aurait voulu, sans qu'elle puisse s'en empêcher. Ils n'avaient guère l'occasion d'échanger, Jacob absorbant totalement son ancien protégé, et pourtant, Ian la gardait dans son sillage, ses yeux s'ancrant dans les siens dès que son mentor lui laissait un instant de répit. Gabriela, assise en face d'elle, esquissa un sourire entendu : son amie, d'ordinaire si curieuse, restait étrangement silencieuse. Prise en flagrant délit, Emma sentit le rouge lui monter aux joues et reporta vite son attention sur la table. À ses côtés, Jacob tenait la main de Maria ; ce geste de tendresse la ramena à la conversation. La curiosité reprit le dessus :

— Et vous deux ? Comment vous êtes-vous rencontrés ? Je ne pense pas vous avoir demandé.

Jacob sembla à la fois amusé et étonné qu'elle ne le sache pas déjà. Maria reposa sa fourchette.

— Tu veux la version courte ou la longue ? plaisanta-t-elle.

— La vraie ! répondit Emma en riant.

Maria prit une gorgée de vin pour se donner le temps de replonger dans ses souvenirs.

— C'était il y a... presque quarante ans, souffla-t-elle. Mon père venait de trouver un emploi à Santa Barbara grâce à son frère aîné. On vivait tous ensemble dans une petite maison sur Castillo Street. Imagine : neuf personnes sous le même toit, entre mes parents, mes frères, mes cousins et mon oncle. On ne s'ennuyait pas.

Elle s'interrompit avant de reprendre.

— Jacob était encore shérif adjoint. On s'est rencontrés lors d'un baptême.

Elle chercha le regard de son mari, l'invitant silencieusement à achever l'anecdote.

— Mon collègue Jorge m'avait invité au baptême de son fils, expliqua-t-il. Je me souviens avoir hésité à y aller. J'avais l'impression d'être l'intrus, le gringo invité à une grande fête de famille mexicaine.

— Tu semblais si tendu ! Toute ma famille te regardait comme si tu atterrissais d'une autre planète.

— C'est vrai, admit Jacob en riant. Et puis, j'ai aperçu cette jeune femme courir partout, aidant à la cuisine, surveillant ses frères, servant les assiettes... Elle souriait constamment. J'ai eu un coup de foudre. Je me suis dit : ce sourire-là, je ne veux plus jamais le perdre de vue.

Maria feignit un regard vers le ciel, émue.

— Tu exagères toujours... Mais c'est vrai tu ne m'as plus lâchée.

— Il me fallait un prétexte pour l'aborder.

Emma, attendrie, pencha légèrement la tête.

— Et tu as trouvé ? s'enquit-elle.

— Oui, réagit Maria. Il m'a demandé où était Jorge, alors qu'il venait de lui serrer la main cinq minutes avant.

Un rire général envahit la tablée.

— Aucun autre prétexte ne m'était venu à l'esprit ! ajouta Jacob, haussant les épaules.

— Et moi, j'ai joué le jeu. Nous avons discuté, puis il m'a invitée à danser pendant la fête. Ensuite, chaque semaine, il passait « s'assurer que tout allait bien dans le quartier ». Mes parents n'étaient pas ravis que je fréquente un shérif, mais il a été persévérant.

Elle lui adressa un clin d'œil malicieux.

— Après un an de visites, de promenades et de danses, je l'ai épousé.

Jacob serra sa main sur la table.

— Et depuis, je n'ai jamais eu de regret.

Emma les observa, touchée par la simplicité de leur histoire. Elle ne fit aucun commentaire, intérieurement envahit par l'émotion. Jacob et Maria partageaient un amour profond et authentique, cultivé patiemment pendant des années, enraciné dans la vie quotidienne. Elle se demanda si la recette d'une relation durable se trouvait là : persévérer, croire à deux, même quand les débuts semblaient ordinaires. Une réflexion la traversa. Certes, Anthony n'avait jamais eu cette patience ni cette volonté. Mais elle, l'avait-elle eue ? Avait-elle réellement espéré un amour de cette nature avant ? Aujourd'hui, elle se sentait déchirée entre l'envie et la peur. Ses yeux se levèrent machinalement, et ils rencontrèrent le regard de Ian. Il l'observait, silencieux, avec une intensité troublante qui lui fit perdre le fil de ses pensées. Pendant un instant, tout se résuma à ce lien muet entre eux. Emma détourna la tête, le cœur palpitant, une légère sensation de vertige dans la poitrine.

****

Prétextant aller chercher une bouteille de vin et des chips, Emma emporta avec elle un saladier vide et disparut dans la maison. Elle avait besoin d'air, de tranquillité, pour apaiser son esprit et ses émotions. Elle ne parvenait pas à déterminer ce qui la troublait le plus : l'amour rassurant et patient de Maria et Jacob, ou cet échange de regards avec Ian. Les battements de son cœur, ce frisson étrange. Tout son corps réagissait à chaque fois que ses yeux trouvaient les siens. Elle ne comprenait pas pourquoi tout s'emballait ainsi : un homme qu'elle n'avait croisé qu'une fois chez Jacob, il y a des années, alors marié, et une semaine plus tôt au supermarché... et voilà que ses pensées, ses sensations, semblaient obéir à lui seul. *Non, non. Ça n'avait aucun sens.* Elle devait se reprendre. Elle secoua légèrement la tête et pénétra dans la cuisine profitant du calme relatif de la pièce. Maria avait laissé la radio allumée, et une chanson retentit soudain : *My Girl* des Temptations. Ce morceau, des années soixante, au charme tendre et insouciant, lui donna envie de se laisser aller. Elle se mit à fredonner en ouvrant le paquet de chips. Elle versa son contenu dans le saladier, puis, sans y réfléchir, elle commença à se balancer doucement au rythme de la mélodie. Son jean moulait ses hanches, son tee-shirt blanc épousait ses courbes. Elle s'abandonna à quelques pas de danse. C'était un de ces moments où elle oubliait tout : Anthony, ses doutes, même son projet d'écriture. Tout ce qui existait, c'était la musique et elle.

Ian s'était arrêté dans l'embrasure de la porte, subjugué par la scène qui s'offrait à lui. Il ne dit rien d'abord, il se contenta de la regarder. Sa manière de danser exprimait à la fois grâce et vulnérabilité. Une femme libre l'espace d'un instant, sans masque ni calcul. Ses yeux suivaient ses gestes : le mouvement de ses épaules, la façon dont ses longs cheveux bruns ondulés bougeaient quand elle inclinait la tête en cadence. Elle ne l'avait pas encore remarqué. Un sourire discret fleurit sur ses lèvres. Une chaleur lui monta du bas ventre au torse, mélange d'affection et de désir. Il la trouvait belle, vivante et... terriblement attirante. Depuis des jours, il espérait la revoir, et l'invitation de Jacob tombait comme un cadeau inespéré.

Emma finit par se retourner, stupéfaite de le voir planté là, appuyé contre le chambranle, les bras croisés sur sa poitrine.

— Tu comptes rester là longtemps à m'espionner ? demanda-t-elle en plantant ses mains sur ses hanches.

— Oui, si tu continues de danser comme ça, répondit-il d'un ton posé, les yeux rieurs.

Un silence complice suivit, seulement troublé par les dernières notes de la chanson. Elle posa la bouteille et le tire-bouchon sur la table, esquivant un instant son regard. Il s'avança, sortit une bière du réfrigérateur et referma la porte. Il resta près d'elle, assez proche pour qu'elle capte son parfum boisé, marié à la note plus subtile de sa peau. Elle tenta de se maîtriser, mais son corps trahissait sa résolution. Ses battements s'accélérèrent et un tremblement imperceptible gagna ses mains, soudain moites.

— Emma, prononça-t-il d'une voix plus basse, tu voudrais... sortir un soir ? Dîner, boire un verre, ce que tu veux.

Elle releva les yeux vers lui. Son regard n'était pas pressant, juste attentif, et cette attention silencieuse accentua la tension entre eux. La dernière fois, elle s'était dérobée. Pourtant, à cet instant, la proximité, la musique, ce bleu-gris profond et les pulsations dans sa poitrine, tout la poussait à céder. Cette porte qu'elle croyait scellée s'entrouvrait à nouveau. Malgré l'appréhension qui persistait, une lueur de bonheur s'épanouit sur son visage.

— Oui, murmura-t-elle simplement.

Chapitre 6

— Tiens, essaye ça. Ça devrait régler le problème de ton bougainvillier.

— Merci, Diego, répondit Emma en attrapant le sachet d'engrais qu'il lui tendait.

Il enfouit ses mains dans ses poches.

— On organise un apéro demain soir avec Jimmy dans le jardin pour fêter le début du week-end. Tu viens ?

— Non, je ne suis pas disponible. Je... je sors.

— Ah, super ! Si on ne se croise pas d'ici là, amuse-toi bien. Et passe le bonjour à Gabriela.

Emma sourit intérieurement. Sa vie sociale se résumait à des soirées avec les voisins de la copropriété, son oncle et sa tante, et bien sûr Gabriela. Diego en déduisait toujours qu'elle sortait forcément avec son amie. Elle hésita une seconde à le corriger, à lui révéler qu'elle ne voyait pas Gabriela, mais... Ian. Le prénom se coinça dans sa gorge. Ian. La rencontre était récente, elle voulait la garder pour elle. Après le repas chez Jacob et Maria, elle n'avait eu aucune nouvelle pendant plusieurs jours. Elle s'était demandé s'il avait changé d'avis. Puis, la veille, un message était arrivé pour fixer la date et l'heure. Immédiatement, le calme retrouvé s'était envolé, laissant place à cet emballement redevenu familier dans sa poitrine.

Son bref épisode de flottement fut coupé par le craquement des marches de l'escalier. Quelqu'un grimpait vers le premier étage. Un septuagénaire, grand et mince, avec des cheveux poivre et sel courts apparut devant eux. Il se mouvait d'un pas incertain, ses mains tremblaient un peu, et ses yeux paraissaient éviter le contact. Emma remarqua instantanément sa nervosité. Elle n'avait jamais vu cet homme auparavant. Un coup d'œil à Diego confirma que lui non plus. L'inconnu balaya du regard l'espace autour de lui. Avec son costume italien gris parfaitement taillé, il semblait décalé dans l'atmosphère détendue de Santa Barbara.

— Bonjour, pouvons-nous vous aider, Monsieur ? demanda Emma avec bienveillance.

— Bonjour... oui, merci. Je cherche l'appartement de Louis.

Diego plissa les yeux.

— Il n'y a pas de Louis ici, Monsieur.

L'homme parut soudain confus.

— Ah... Pourtant, on m'a donné cette adresse.

Il s'apprêtait à redescendre quand Emma eut une intuition.

— Vous voulez peut-être dire Luigi ? Luigi, c'est Louis, non ? Salerno?

Le visage de l'inconnu se détendit.

— Oui, c'est ça.

— C'est un ami à vous ? interrogea Emma sans détour.

Il acquiesça, mais un léger malaise se lisait dans son regard.

— Oui. Tout à fait.

Avec la chaleur de l'été indien, une humidité moite perlait à la racine de ses cheveux et le long de son col. Emma nota l'absence de valise ou de bagage. Il semblait être arrivé là dans l'urgence.

— Il habite au rez-de-chaussée, précisa-t-elle. Son appartement se trouve à droite en entrant dans l'immeuble. Le numéro 1.

— Merci beaucoup Mademoiselle.

Il inclina respectueusement la tête avant de redescendre les escaliers. Emma et Diego restèrent immobiles un instant. L'ambiance, encore légère quelques minutes plus tôt, s'était alourdie.

— Luigi ne nous a jamais parlé de cet homme, chuchota-t-elle. Tu as vu ses mains ? Son expression ? Il n'a pas l'air porteur de bonnes nouvelles. Et l'autre soir, Luigi était... bizarre.

— C'est l'écrivaine en toi qui parle Emma, plaisanta Diego.

Tu vois des histoires partout.

Lorsque Diego la quitta, Emma demeura un moment dans le couloir. L'image de l'homme nerveux persistait : les tremblements, le regard inquiet, ce « Louis ». Elle chassa ces pensées d'un simple soupir. Elle devait garder l'esprit clair pour Karen. Luigi et ses mystères attendraient.

****

Karen et Emma discutaient dans le salon, chacune avec une tasse de thé au citron. L'appartement de la romancière, le plus spacieux de l'étage, baignait dans une lumière spectaculaire. Dès l'entrée, un vaste espace ouvert révélait le salon et la cuisine sur la gauche ; à droite, la chambre, et en face la salle de bain. La cuisine, donnant sur le balcon par une large baie vitrée, recevait la clarté du matin. Deux grandes bow-windows, orientées au sud, l'une dans la pièce principale, l'autre dans la chambre, inondaient le logement de soleil, prodiguant à l'ensemble une atmosphère paisible. Emma avait installé son bureau devant celle du salon : une simple table en bois où s'accumulaient cahiers, livres, bougies. Un mug, quasiment toujours rempli de thé, y occupait une place permanente. De là, elle apercevait la cime des arbres qui entouraient la propriété et, au loin à gauche, les montagnes. Mais ses lieux de prédilection pour écrire restaient l'îlot de la cuisine et le balcon, d'où la vue sur les monts des Santa Inez demeurait superbe du matin au soir.

Un parquet en bois chaleureux recouvrait le sol de tout le logement. Le salon, avec son grand canapé taupe, ses deux fauteuils confortables et sa table basse arrondie, formait un cocon élégant et intime. Des coussins colorés, un plaid en laine, et la bibliothèque débordante de romans et de carnets ajoutaient leur touche personnelle à ce décor. Sur une étagère, deux photographies attiraient l'œil : un homme portait dans ses bras un bébé aux cheveux bruns ; sur une seconde, on voyait la petite fille, plus âgée, souriant entre sa mère et un soldat en uniforme, droit et fier dont elle tenait la main. Les images semblaient dialoguées entre elles, tels deux fragments d'une histoire familiale à la fois simple et complexe.

Karen se cala dans le fond du canapé, sa tasse entre ses paumes.

— Alors, par quoi on commence? Tu voulais écrire sur l'amour, mais tu n'as pas l'air très convaincue...

Emma émit un petit rire.

— Commençons par toi. Raconte-moi toi et Mike.

Karen s'éclaircit la gorge avant de commencer son récit.

— Mike et moi... On se connaît depuis notre jeunesse. Nous avons grandi ici. Mon frère Jesse et lui étaient des amis. Ils ont même choisi UCLA tous les deux pour leurs études. Mike y a obtenu son master en administration des arts. Après son diplôme, Jesse est parti travailler à San Diego, et Mike est resté à Los Angeles avec sa copine de l'époque... jusqu'à ce qu'il revienne à Santa Barbara pour devenir administrateur au Lobero Theater.

Elle se remémorait les événements, ses petits yeux bleu brillants de bonheur.

— Je ne l'avais pas croisé depuis des années. Un jour, il est arrivé aux urgences. Son épaule était complètement déboîtée. Il avait glissé dans un escalier mouillé par la brume. Il m'a fallu quelques secondes pour le reconnaître. La dernière fois qu'on s'était vu, il avait dix-huit ans... et moi quatorze. Et là, je me trouvais devant un homme de trente ans. Imagine le choc pour nous deux.

— Et ensuite ? demanda Emma, déjà absorbée.

— Nous avons eu... un coup de cœur instantané, mais aucun de nous n'osait l'admettre. Alors, on est sorti comme deux vieux copains qui se retrouvaient. Nous discutions des souvenirs, du boulot... Il m'a proposé un film, puis un dîner. Et là, j'ai réalisé que je n'étais pas la seule à désirer plus.

— Tu lui en as parlé ?

— C'est lui. Un soir, il a fait le premier pas. On s'est

embrassés. Et voilà : six ans plus tard, on est mariés… et bientôt parents.

— Vous êtes adorables tous les deux. Excuse ma curiosité, mais comment ton frère a-t-il pris la nouvelle ?

— Il était super content ! Il a été le témoin de notre mariage, et il sera le parrain du bébé.

— C'est génial, Karen. Je suis très heureuse pour vous.

Karen adopta un air plus sérieux.

— Je le suis aussi, mais… Mike est très inquiet pour ma grossesse.

— Inquiet comment ?

— Il a peur pour moi aux urgences, surtout la nuit. Il repense souvent à l'agression. Tu te souviens ? Il y a six mois. La fois où j'ai dû intervenir à cause d'un junkie agressif avec ma collègue ?

Emma approuva d'un mouvement de tête. Elle se rappelait bien, elle s'était demandé comment cette femme menue, d'un mètre cinquante-cinq, avait réussi à mettre hors d'état de nuire un drogué en manque. L'adrénaline certainement. Cette histoire avait accentué son admiration pour Karen et son métier.

— Je sais que c'est irrationnel, poursuivit Karen en replaçant une de ses mèches blondes derrière son oreille. Santa Barbara est une ville sûre, pourtant… il n'arrive pas à faire taire ses craintes.

— Ah oui, en effet. Ce n'est pas facile à vivre, ni pour lui ni pour toi. Malheureusement, on ne peut pas tout contrôler. Sinon, on ne ferait plus rien.

— Nous en avons beaucoup discuté, tous les deux. En vérité, j'y pensais déjà. J'adore la nuit, l'adrénaline, la gestion de crise. Je suis infirmière en chef de l'équipe de nuit maintenant, mais je pourrais aussi devenir infirmière formatrice. Transmettre, former, superviser… C'est une autre manière de faire plus.

— Ce serait une excellente façon d'utiliser ton expérience !

— Exactement. Et ça me permettrait d'être là le soir… et la nuit. Ce n'est pas un compromis. Je veux cette carrière pour la famille que nous construisons.

Puis, comme si elle confiait un secret :

— Et... même si nous adorons vivre ici, on pense à déménager. Louer une maison. Avoir un jardin à nous. Et je dois l'avouer, je commence à en avoir un peu de marre de la régence de Martha.

— Je comprends, je ne le vis pas de cette façon-là, mais je comprends.

— L'autre jour encore, reprit Karen en baissant d'un ton, elle est venue frapper pour me dire que mon courrier dépassait trop de la boîte, que ça faisait « négligé » pour la copropriété. Elle a ajouté que Mike avait l'air fatigué, qu'il devrait manger plus de protéines. Elle est adorable, Emma, vraiment, mais j'ai l'impression d'avoir une seconde mère qui vérifie si j'ai bien brossé mes dents.

Emma esquissa une moue diplomate, sans renchérir. Karen exagérait un peu. Pour les autres, les interventions de Martha étaient comme le ronronnement d'un vieux moteur : on n'y prêtait plus attention, ou mieux, on se sentait protégé par sa présence. Et, au final, tout le monde se tournait toujours vers elle pour un conseil.

— En tout cas, avoir un extérieur à vous avec un enfant, c'est le mieux, dit-elle pour détourner le sujet de Martha.

Elle s'efforçait de sourire, mais, en écoutant Karen parler de Mike, de leur future famille, de leurs projets mûris ensemble, Emma ressentait le poids de son rêve brisé l'écraser. Elle avait désiré de tout ceci avec Anthony : un mariage, Santa Barbara, une maison, une vie partagée. Tout était prêt. Jusqu'au moment où, d'un mot, il avait tout détruit.

Ses yeux humides s'abaissèrent vers sa tasse.

— Emma... ça va ?

Elle releva la tête.

— Oui... Je pense à mon ex. Ça fait plus d'un an, et je ne parviens pas à m'expliquer pourquoi je suis encore aussi émotive.

Karen lui caressa le dos avec sa main.

— Emma, un an, ce n'est pas long. Le deuil d'une relation ne suit pas un calendrier. Les sentiments ne disparaissent pas sur commande.

— Non, je n'ai plus de sentiments pour lui. Je le sais. Mais je m'étais beaucoup projetée. J'ai perdu le lien, mais aussi tous mes espoirs et mes rêves. Je pensais avoir dépassé tout ça. Il faut croire que non, je me sens encore trahie.

— C'est normal. Ça prendra peut-être encore un peu de temps. Et un jour, tu rencontreras quelqu'un avec qui construire ce que tu veux vraiment.

Emma resta silencieuse un instant. Le visage de Ian s'imposa à son esprit, malgré elle.

— C'est ça le problème, Karen... Je ne sais même plus si j'y crois.

Pourtant, à l'idée de ce rendez-vous, un trouble délicat l'envahit. Un mélange de crainte et d'attente, un petit vertige qui tentait de se frayer un chemin à travers les décombres de son passé.

Chapitre 7

Debout devant son miroir, Emma soupira. *Pourquoi cette agitation ridicule?* Ce n'était qu'un verre. Juste un verre. Elle avait pourtant eu deux ou trois rendez-vous depuis sa séparation, sans jamais éprouver cette anxiété. Ce soir, cependant, c'était différent. Ce n'était pas tant la peur de ce tête-à-tête en lui-même, mais plutôt la perspective de s'ouvrir à nouveau, de se laisser atteindre. Cette crainte persistante l'avait poussée depuis plusieurs mois vers des histoires sans lendemain. Elle n'avait rien dit à personne, mais son calme habituel s'était fissuré. Impossible de se concentrer pendant la journée. Son sarcasme, cette armure dont elle se servait si souvent, semblait s'être volatilisé, laissant place à une nervosité qu'elle ne reconnaissait pas. Ian l'avait conviée à prendre un verre et à grignoter un morceau au Boathouse, sur Hendry's Beach. Rien de plus simple, en apparence. Mais la simplicité de l'invitation rendait l'enjeu plus lourd encore. L'endroit était décontracté. Un restaurant en bord de mer ouvert sur le sable, et pourtant, Emma avait passé une heure à tourner en rond devant son dressing. Chaque tenue lui paraissait trop, ou pas assez.

Finalement, elle enfila un jean qui dessinait sa taille, un tee-shirt blanc ajusté et un long gilet beige pour se prémunir de la fraîcheur du soir. Elle soupira à nouveau. Le téléphone à la main, elle hésita, prête à lui écrire qu'elle ne se sentait pas très bien, qu'elle préférait repousser. Elle n'en fit rien. Cette fois, elle refusait de fuir. Sa conversation avec Karen lui revenait à l'esprit. Ses propres paroles résonnaient encore dans sa tête, comme un mantra. Elle avait affirmé douter de l'amour. Et pourtant, en descendant les escaliers pour rencontrer Ian ce soir-là, son cœur battait bien fort pour quelqu'un qui ne croyait plus en rien.

Ian l'attendait, appuyé contre sa voiture. Lui aussi avait opté pour la simplicité : un tee-shirt beige, un jean noir et une veste marron en daim souple. Dans son allure, Emma retrouva cette assurance tranquille qui l'avait troublée dans la cuisine de Maria. Il lui adressa un large sourire en la voyant. Elle le lui rendit, un peu trop vite peut-être.

— Salut, dit-elle en s'approchant.

Elle hésita une fraction de seconde, puis se pencha vers lui pour l'enlacer. L'étreinte fut brève, un peu trop.

— Salut, répondit-il. Prête ?

Elle s'écarta. Ian ouvrit la portière de la voiture pour elle avec un geste naturel, presque protecteur. En montant, elle sentit son parfum boisé répandu à l'intérieur. Quand il s'installa à son tour, la proximité fit naître une tension douce et un frisson courut le long de sa nuque. Le moteur vrombit, la radio s'enclencha. Elle diffusait *El Rey,* et, en deux secondes, la voix grave de Vicente Fernández emplit l'habitacle. Emma sourit en réalisant que le poste était bloqué sur une station hispanique.

— J'ignorais que tu étais amateur de musique mexicaine, dit-elle, amusée.

Ian haussa légèrement les épaules.

— C'est la faute d'Ignacio, mon beau-frère. Il m'a converti. Depuis, impossible d'écouter autre chose en voiture.

— Je comprends. J'adore. On dirait que cette chanson a été écrite pour nous inviter à rouler jusqu'à Mexico.

Il lui sourit.

Trompettes et accords de guitare les enveloppaient. Emma posa sa tête contre le siège, se laissant bercer par les rythmes cuivrés, les yeux mi-clos. Elle s'imagina passer des heures dans cette voiture, assise à côté de lui à profiter de cette musique. Pour la première fois depuis longtemps, elle se sentit à l'aise dans cette proximité avec un homme. Ian jeta un coup d'œil discret vers elle et son sourire s'agrandit.

Dix minutes plus tard, ils s'installaient à l'une des tables hautes de la terrasse. The Boathouse était l'un de ces endroits appréciés pour leur authenticité. Un bar à cocktails presque posé sur le sable, réputé pour ses plats de fruits de mer, ouvert sur l'horizon. Autour d'eux, l'espace était parsemé de chauffages sur pied diffusant une chaleur agréable. À l'intérieur, on devinait des banquettes en similicuir blanc et un grand comptoir où les verres s'alignaient sous la lumière des néons. Hendry's Beach s'étendait entre deux falaises. Le lieu, s'il semblait être un secret bien gardé, était en réalité bien connu des habitants du coin. De leur table, Emma pouvait voir les vagues s'écraser sur le sable, si près qu'on aurait pu croire qu'elles allaient les atteindre. La brise transportait des effluves d'embruns venus se mêler à l'odeur du citron vert et de la tequila de leurs margaritas. Elle respira profondément. L'atmosphère était apaisante, pourtant, dès que ses yeux trouvaient ceux de Ian, une tension insidieuse émergeait sur sa peau, douce, mais irrépressible.

— Tu te sens inspirée pour écrire en ce moment, entre les anniversaires et les fêtes avec tes voisins ? questionna Ian d'un ton taquin.

Emma fut surprise de cette question et se demanda s'il avait percé à jour sa récente procrastination. *Peut-être était-il un peu magicien ?* Cette pensée l'amusa.

— À vrai dire, je me trouve dans une période de phase préparatoire. J'interroge mon entourage sur leurs histoires, leurs expériences de l'amour. Ensuite, je les transformerai en un roman aux récits entrecroisés explorant les différentes facettes des relations amoureuses.

— C'est une idée originale. J'aime bien. Comment elle t'est venue ?

— Un conseil d'une inconnue, reçu il y a quelques mois à la terrasse d'un café. Ça a mûri. Et puis j'ai besoin de revenir à ce qui nourrissait ma plume auparavant.

— Tu as raison de suivre ton inspiration. Je comprends mieux pourquoi tu as interrogé Jacob et Maria sur leur rencontre, l'autre jour.

— Le secret de leur amour m'a toujours intriguée.

— Tu sembles te poser beaucoup de questions, remarqua-t-il gentiment. Je te souhaite de trouver les réponses que tu cherches.

Son ton n'était pas moqueur, ni même curieux. Il y avait dans sa voix une forme de bienveillance et de compréhension. Emma eut l'impression qu'il voyait à travers elle, devinant ce qu'elle gardait enfoui au fond d'elle. Elle baissa les yeux, émue par cette clarté implicite. *Bien sûr, elle avait des questions. Trop, peut-être.* Elle releva le menton et le fixa, songeuse.

— Et toi, je t'ai entendu discuter avec Jacob l'autre jour. Tu as cette façon de parler de ton travail avec calme et détachement, comme si rien ne t'atteignait. Comment fais-tu, avec tout ce que tu vois et dois gérer ?

— Je pense avoir appris à compartimenter. Si je laisse tout m'envahir, je deviens inutile.

Emma approuva d'un mouvement de la tête. Dans un geste gracieux, elle ramena l'ensemble de sa chevelure brune sur son épaule.

— Gabriela m'a dit que tu dirigeais le bureau des enquêtes criminelles maintenant.

— Oui, depuis huit mois, je suis passé Lieutenant.

— Bravo. À ton âge c'est impressionnant !

Une lueur d'amusement, mêlée à une pointe de fierté, traversa le regard de Ian.

— Je ne suis pas si jeune, tu sais.

— Ah… quel âge as-tu ?

— Quarante-deux. Bientôt quarante-trois.

— Quarante-deux ans ? Mais c'est jeune ! Ça doit avoir entraîné pas mal de changements dans ta vie, non ?

— Le rythme est différent : moins d'action, plus de prises de décision, et quelques nuits blanches aussi. Mais j'aime ça.

Emma, le coude appuyé sur la table, le menton posé dans la main, le dévisageait. Ses yeux marron, en amande, perçants, brillaient de curiosité.

— On sent que tu es fait pour ça. Il y a chez toi une forme de... solidité, mais pas froide.

— « Pas froide » ? répéta-t-il, amusé.

— Oui. Je veux dire pas austère. Une solidité rassurante, quoi.

Ian se surprit à mesurer les mots d'Emma. Une douce pression s'installa au creux de son plexus. Il ne s'attendait pas à recevoir des compliments, encore moins à se laisser atteindre par eux. Pourtant, la profondeur de son regard, sa manière de s'intéresser à lui, le flattèrent et le touchèrent tout autant. Il inclina légèrement la tête pour dissimuler cette réaction intérieure, avant de recentrer son attention sur elle.

— Et toi ? finit-il par demander, sa voix plus basse. Écrire, ça te ressemble ?

Elle prit une seconde pour répondre.

— Oui. J'étais journaliste avant. Puis je suis passée assistante du directeur du journal. J'ai perdu ma passion dans ce travail. L'écriture me manquait, le terrain aussi. Et surtout, le fait de chercher, d'enquêter, de comprendre les gens.

— Tu sembles nostalgique de cette époque.

— Ce n'est pas vraiment le cas. Je regrette le métier de mes débuts pas ce qu'il est devenu. Les médias ont perdu leur humanité; ils ressemblent à des machines impersonnelles. C'est sans doute pour ça que je me suis tournée vers une approche plus personnelle.

— Ton prochain roman, par exemple ?

Elle sourit et mordilla sa lèvre inférieure. Ian sentit sa poitrine gonfler de désir face à ce petit geste.

— Oui. C'est ma manière de réapprendre à écouter.

— Belle réponse, affirma-t-il, tout entier tourné vers elle. Et... belle façon de vivre, aussi.

Un court silence suivit. Ni gênant ni vide, juste cette parenthèse temporelle où deux êtres se reconnaissent dans leurs contradictions. L'un, ancré dans la réalité brute ; l'autre, tournée vers l'émotion et les mots. Ils se regardèrent comme on observe une étoile filante, à la fois éblouis et conscients de la fugacité du moment. Ian détourna finalement les yeux, un demi-sourire aux lèvres, et ses doigts effleurèrent son verre pour tenter de s'enraciner dans l'instant présent.

— Cette conversation mérite un deuxième cocktail, non ?

— Seulement si tu promets d'arrêter de m'analyser avec ton regard de flic, plaisanta-t-elle, soulagée par cette échappatoire légère.

— Marché conclu. À condition que toi, tu arrêtes de tout transformer en matière pour ton prochain roman.

Tandis qu'il attendait le serveur, Ian remarqua l'attention des occupants d'une table voisine sur eux. Emma ou lui avait été reconnu ? Ou eux deux ? Difficile ici de passer inaperçu. Il se redressa sur sa chaise. Le garçon ne tarda pas à apporter deux verres. Ils trinquèrent. Un faible coup de vent fit voltiger une mèche d'Emma. Elle la replaça distraitement, ses doigts glissant dans les ondulations brunes. Ian resta immobile, mais son œil, trop attentif pour être insensible, suivit le geste.

— Je ne vais pas avoir le choix d'écrire cette scène, susurra-t-elle.

— J'espère avoir droit à une belle description, répondit-il d'un ton joueur.

Le silence réapparut, mais il n'était plus le même. Il possédait ce charme tendu des débuts, celui qui précède le premier aveu ou le premier acte. La soirée se prolongea, ils choisirent des plats et poursuivirent leur discussion.

Deux heures plus tard, Ian garait le 4Runner un peu plus bas dans la rue où se trouvait l'appartement d'Emma. Bath Street était plongée dans l'obscurité, éclairée seulement par des lampadaires dispersés. Il éteignit le moteur, et le calme s'installa.

— Je te raccompagne jusqu'à l'entrée de la résidence, ajouta-t-il en débouclant sa ceinture.

Emma acquiesça, le cœur un brin affolé. Ils descendirent du véhicule. Les cent derniers mètres semblaient s'étirer. Ils marchaient côte à côte, leurs bras se frôlant à chacun de leurs pas. Ian pensait déjà au moment où ils devraient se séparer. L'envie de l'embrasser le dévorait. Tandis qu'ils passaient près d'un lampadaire, un halo de lumière vint se poser sur le profil d'Emma. Il ne put s'empêcher de la contempler : ses lèvres étaient délicatement pulpeuses, assez pour rendre fou, et les ombres soulignaient la finesse de ses traits. La vision lui coupa le souffle. Il tenta de calmer sa nervosité par une remarque.

— Les rues sont mal éclairées. Le shérif et le département de police le répètent au maire, mais... ça traîne. Heureusement, notre taux de criminalité est plutôt bas, mais bon, ce n'est pas sans danger.

— Oui, c'est vrai. Après avoir vécu à New York, je me sens en sécurité ici. La porte de la résidence n'est même jamais verrouillée. Je n'avais jamais vu ça.

— Sois prudente quand même.

— Oui, shérif, répondit-elle, avec espièglerie.

Ce surnom amusa Ian. Ses doigts effleurèrent les siens, il glissa sa main dans la sienne. Elle ne la retira pas. Un frisson remonta le long de son bras. Arrivé devant l'entrée, il ralentit le pas juste assez pour rester à sa hauteur. Quand leurs yeux se croisèrent, Ian sentit à nouveau cette pression subtile au creux de son plexus.

— J'ai passé une excellente soirée, remercia Emma.

Il entrelaça ses doigts aux siens, capturant leur chaleur, tandis que ses pulsations s'emballaient, entre excitation et appréhension.

— Moi aussi. J'aimerais te revoir. Et toi ? demanda-t-il.

— Oui, j'aimerais beaucoup.

Il la regardait, une intention claire brûlant dans ses prunelles. Emma la perçut avant même qu'il ne bouge, et son désir lui monta dans la nuque, puis aux joues. L'attente devint un poids délicieux dans son ventre. Il s'approcha jusqu'à mêler leurs respirations ; son regard glissa sur ses lèvres. Il n'y résista plus et s'en empara. Elle ferma les paupières. Le monde s'effaça dans ce contact : une caresse hésitante devenue soudain un baiser affamé, chargé de toutes les émotions accumulées depuis leur rencontre. Le parfum de Ian, mêlé à la fraîcheur de la nuit, l'enivra. Elle s'abandonna, sa retenue volant en éclats, tandis que ses doigts se crispaient contre les siens.

Lorsqu'ils se séparèrent, Ian laissa échapper un souffle léger. Il caressa le dos de sa main du bout des doigts, puis y déposa un baiser.

— Bonne nuit, Emma.

— Bonne nuit, murmura-t-elle, encore troublée.

Elle pénétra dans la résidence, le goût de ses lèvres toujours sur les siennes. Elle y sentait la douce empreinte de sa présence. Son visage s'illumina de joie alors qu'elle grimpait les escaliers.

Chapitre 8

Emma sortit de la douche, encore enveloppée de vapeur. Elle attrapa une serviette, l'enroula autour de ses cheveux trempés, puis enfila un short en jean et un tee-shirt. Son portable vibra sur la table de chevet. Ian. Un élan de bonheur dans sa poitrine la prit au dépourvu. Elle n'avait cessé de penser à lui, à leur soirée et à ce baiser, à cette part d'elle-même qu'elle croyait endormie et qui s'éveillait à nouveau. Tout ça, la chamboulait.

Samedi s'était étiré en une interminable journée : l'envie de lui écrire luttait avec la peur d'en révéler trop, trop tôt. *Comment faisait-on, déjà, dans les débuts? Devait-elle exprimer son enthousiasme ou rester prudente?* Elle n'en avait plus la moindre idée. Elle s'empara du téléphone et porta l'appareil à son oreille.

— Je ne savais pas si j'allais te réveiller.

— Non, je suis quasiment prête pour aller prendre mon petit déjeuner.

— Une chance que je sois venu maintenant alors.

— Venu ?

Emma fronça les sourcils, se dirigea vers la bow-window de la chambre. Elle se pencha. Il se tenait debout devant la maison, portable à la main. Son cœur fit une embardée. Il était là, pour elle.

— Je t'attends en bas, dit-il avant de raccrocher.

Une légèreté surprenante se répandit en elle, son corps devenant soudain trop petit pour contenir toutes ces sensations. *Ridicule*, pensa-t-elle, mais impossible de l'empêcher. Elle inspira profondément, libéra ses cheveux de la serviette, les ébouriffa du bout des doigts. Elle vérifia son reflet dans le miroir : présentable. Pas trop. Juste assez.

Elle descendit les marches d'un pas rapide, le souffle un peu court. En l'apercevant debout au bout de l'allée, dans la clarté du matin, elle fut frappée par la simplicité de l'instant. En plein jour, il paraissait moins intimidant… mais pas moins désarmant. Ses yeux étaient rivés sur elle, un regard franc qui la pénétra comme un rayon chaud.

— Qu'est-ce qui vous amène de si bon matin, shérif? lança-t-elle, incapable de masquer sa joie de le voir.

— Eh bien, madame… je revenais du Lighthouse Coffee et je me suis dit que vous auriez peut-être envie de déguster un petit-déjeuner.

Il leva légèrement un porte-gobelet et un petit sachet kraft.

— J'adore cet endroit ! s'exclama-t-elle.

— Je m'en doutais. Alors j'ai tenté le pain au chocolat. Tu aimes ça, j'espère.

Cette attention, cette délicatesse… Avant même d'y réfléchir, elle s'avança, posa ses mains sur son torse. Elle hésita juste assez pour sentir sa respiration se suspendre, puis, encouragée par son sourire, elle se hissa sur la pointe des pieds et l'embrassa. Quand elle recula, Ian la retint contre lui d'un bras sûr. Le second baiser, plus passionné, la fit chavirer. L'onde brûlante qui parcourut sa peau lui donna l'envie de prolonger cet état indéfiniment.

— Merci, murmura-t-elle contre sa bouche. Veux-tu prendre ton petit déjeuner avec moi ?

— J'aimerais beaucoup… mais je dois rejoindre ma sœur et mon beau-frère. Mes neveux ont un match de baseball à Elings Park.

Il lui tendit le café et la viennoiserie. Elle attrapa les deux.

— Quel âge ont-ils ?

— Rafael a dix ans, Noah huit. Ils jouent dans la Santa Barbara Pony Baseball League.

— Ça promet une matinée joyeuse. Tu me raconteras ?

— Bien sûr. Et toi, des plans pour aujourd'hui ?

— Une balade vers l'ancienne mission, un peu de lecture au

parc.

— Un dimanche tout en douceur.

— Oui, tout en douceur. Comme toi.

Ian marqua un temps, un pli discret affleura au coin de ses lèvres.

— Comme moi ?

— Oui, répondit-elle, soutenant son regard avec une franchise tendre.

Il remonta ses doigts le long de sa joue, caressant ses cheveux encore humides, avant de l'effleurer d'un baiser léger. Ils restèrent un instant, suspendus dans ce face-à-face, chacun cherchant dans les yeux de l'autre l'écho de sa propre émotion.

— Je t'appellerai pour décider de la suite, annonça-t-il à voix basse.

Elle posa sa main sur son avant-bras, lui offrit un dernier sourire et recula légèrement, hochant la tête. Il contourna sa voiture et s'installa au volant. Avant de démarrer, il la contempla encore, incapable de s'en empêcher. Elle était irrésistible, simple et lumineuse dans son short en jean et son tee-shirt. Il aimait la manière dont elle se tenait, sa spontanéité, cette curiosité qui semblait toujours prête à surgir au coin de ses lèvres. Et puis il y avait sa façon de ramener ses cheveux sur une de ses épaules. Ce geste-là s'accrochait à lui. Une image s'imprégna alors dans son esprit : elle, assise à ses côtés sur un banc à Elings Park, un gobelet de café à la main, les yeux rivés sur le terrain où jouaient ses neveux. Une tendre expression traversa ses traits... il secoua légèrement la tête pour chasser cette pensée. C'était trop tôt. Beaucoup trop tôt.

****

Après son petit déjeuner, Emma partit en balade. Elle marchait sur Laguna Street en direction de l'ancienne mission franciscaine. Se promener dans la ville était l'une de ses passions.

Depuis son enfance, elle admirait l'architecture de Santa Barbara. Cette fascination ne l'avait jamais quittée. Elle avait exploré les monuments des dizaines et des dizaines de fois, fait le tour des plus belles demeures, et pourtant, chaque recoin dévoilait un nouvel aspect, selon la saison ou la lumière. Cette ville ne cesserait jamais de la captiver. À l'adolescence, elle aimait emmener Gabriela dans ses excursions, et toutes deux s'amusaient à repérer les maisons du XIXe siècle, inventant des histoires sur les familles qui y avaient vécu. Elle s'arrêta brièvement devant le numéro 1219.

Elle pensa à Ian et se mit à rêver de lui partager cette passion. Il avait grandi ici. *Peut-être apprécierait-il ces rues et ces façades, comme elle. Où peut-être la trouverait-il trop farfelue ?* Elle secoua la tête avec un sourire : après tout, cet amour pour Santa Barbara faisait partie d'elle. Son esprit s'égara vers le matin, sa visite impromptue. Elle visualisa Elings Park, imaginant les familles débarquer avec leurs glacières, les enfants en tenues de sport un peu trop grandes, le bruit des battes et le soleil tapant sur l'herbe. Et là, Ian, assis sur un banc, observant ses neveux. Ses yeux bleu-gris se plissaient légèrement derrière ses lunettes de soleil, laissant apparaître, à chaque sourire, de fines ridules au coin de son regard. Emma soupira de bien-être.

L'arrivée à la mission, la ramena à la réalité. Elle retrouva ce tableau magnifique qu'elle connaissait par cœur. La chapelle, avec sa façade rose pâle, ses piliers et ses clochers jumeaux, contrastait avec le ciel bleu limpide et les montagnes en toile de fond. Elle s'installa pour une pause sur l'un des bancs du long corridor voûté de l'édifice. De là, elle pouvait apercevoir l'océan à l'horizon. En contrebas, une vaste pelouse et un jardin de roses s'étendaient, encadrés sur un flanc par de hauts eucalyptus dont les branches formaient des pompons. Emma ferma les yeux, son esprit bercé par le murmure de la fontaine. Elle resta là un moment, puis se dirigea vers le parc. Elle étala sur l'herbe un tissu jaune pâle sorti de son tote bag, se coucha sur le ventre et commença à lire. La chaleur des rayons traversait son tee-shirt et réchauffait sa peau, tandis que le parfum des roses, encore en floraison avec l'été indien, emplissait l'air. Tout à coup, une ombre vint couvrir le soleil. Emma releva la tête : Luigi se tenait là, debout près d'elle.

— Tu profites du beau temps, ma douce ?

— Oui, et toi ? Tu arrives de ton cours de taï-chi ?

Emma se leva pour l'enlacer.

— Oui. Et j'avais envie de me promener un peu. Tu sais comme j'aime m'asseoir ici.

— On s'installe sur un banc ?

— Je ne voudrais pas te déranger, tu lisais.

— Ne t'en fais pas. Je connais ce roman par cœur.

Emma ramassa son tissu et referma son livre. Ils choisirent de se placer face aux roses et à la mission. Ce n'était pas la première fois qu'ils se retrouvaient ici, tous les deux à contempler la vie autour d'eux. C'était devenu un rituel quand ils se rencontraient dans le coin. La journée au parc s'écoulait tranquillement : des touristes se photographiaient avec la chapelle en arrière-plan, un couple installé sur deux chaises de camping sirotait une bière, et une soixantenaire promenait deux labradors tirant sur leurs laisses comme elle le pouvait. Dès son emménagement, Emma s'était prise d'affection pour Luigi. Il lui rappelait son grand-père Grant : même silhouette longiligne, mêmes yeux marron empreints de douceur, et cette voix légèrement rauque qui semblait porter mille histoires. Elle aimait écouter ses anecdotes sur le restaurant où il travaillait autrefois ou sur les rencontres de son club de retraités. Luigi possédait, selon elle, un vrai talent de conteur. Ils restèrent un long moment sans parler à observer les gens et les roses.

— Tu vois cette rose ? demanda Emma en désignant un rosier blanc éclatant. Sugar Moon. Ma préférée. Elle sent divinement bon.

— Hum, oui. Moi, j'adore Whispers. Juste là.

— Oh oui, magnifique aussi.

Ils échangèrent un regard complice.

— On ne s'est pas croisés de la semaine, remarqua Emma.

— Je suis parti trois jours. Changer d'air.

— Ça t'a fait du bien ?

— Oui. Mais... Je suis quand même au courant de ce qui se passe.

Il lui lança un clin d'œil.

— Je t'ai aperçue embrasser ce bel homme ce matin.

Un sourire spontané émergea sur les lèvres d'Emma. Luigi, depuis son appartement du rez-de-chaussée donnant sur la rue, disposait d'une vue directe sur l'allée.

— Quel sourire ! Tu sembles très heureuse.

— Nous avons juste eu un premier rendez-vous... mais oui.

— Il y en aura un deuxième, je suppose ?

— Oui, souffla-t-elle.

— Je suis content pour toi, ma douce.

— Merci.

Elle hésita un instant.

— Je... j'ai décidé d'écrire sur l'amour. Sur toutes ses facettes.

L'attention de Luigi s'était fixée sur un corbeau noir qui virevoltait au-dessus du jardin.

— Tu vas en avoir des choses à raconter.

— Luigi ? J'ai demandé à mes proches de me parler de leurs expériences. Accepterais-tu de me parler de la tienne ?

Son expression changea aussitôt. Une brèche douloureuse s'ouvrit dans son regard. Emma saisit tout de suite le message.

— Je suis navrée... je ne voulais pas...

— Tu ne pouvais pas savoir, murmura-t-il. Mais je n'ai pas envie d'en parler.

— Je comprends. Je n'aborderai plus le sujet. Sache simplement que, si un jour tu désires m'en parler, non pas pour mon livre, mais pour toi-même, je serai là.

— Merci, Emma. Tu es une jeune femme adorable.

Le calme revint apaisant.

— Au fait, comment va ton ami ? As-tu eu l'occasion de passer du temps avec lui ?

— Un ami ? Quel ami ?

— Un homme grand, élégant, cheveux poivre et sel. Il te cherchait. J'ai mis un peu de temps à comprendre, car il demandait « Louis ».

À ce mot, Luigi blêmit. La panique pure traversa ses prunelles. Il se raidit, puis se leva d'un bond.

— J'ai oublié un truc chez moi. Je dois y aller.

— Attends, on peut rentrer ensemble, si tu veux ? proposa Emma, déconcertée.

— Non, reste… profite du soleil. On se revoit bientôt.

Sans lui laisser le temps de réagir, il s'éloigna d'un pas rapide, fuyant. Emma le suivit du regard, interdite, apeurée sans savoir pourquoi. Quelque chose clochait. Elle le sentait. Comme un changement d'air avant l'orage.

Chapitre 9

Ça aurait été trop beau pour être vrai. En quittant le bureau du shérif ce soir-là, Ian s'était autorisé un rare sentiment de satisfaction. Après plusieurs jours de tension, son équipe avait enfin mis la main sur la bande qui pillait le matériel des vignobles de Santa Ynez et de Santa Maria. Des arrestations propres, des aveux rapides, et la certitude d'avoir coupé court à une série de vols qui empoisonnait tout le comté. Avant de rentrer, il avait fait un détour par la maison de son père. Une visite brève, faite d'une discussion simple autour d'un café. Puis il avait repris la route, impatient de retrouver son appartement. Ce soir, il comptait bien s'affaler sur son canapé, téléphone en main, et appeler enfin Emma pour la revoir.

Il s'apprêtait à poser ses clés quand un bruit sourd, suivi d'un gémissement étouffé, résonna dans la cage d'escalier. Ses réflexes prirent le dessus avant même qu'il n'ait pu réfléchir. Madame Ortega gisait, en bas des marches, le visage crispé par la douleur, serrant son poignet contre elle. Greta était déjà là, penchée sur elle, agitant ses mains sans savoir quoi faire.

— Je l'ai trouvée comme ça! s'écria Greta en voyant Ian arriver. Je crois qu'elle a glissé.

— Merci, mais je suis là et je peux encore parler, répliqua la vieille dame.

Ian s'agenouilla près d'elle, sa voix devint immédiatement calme et rassurante.

— Où avez-vous mal, Madame Ortega? Votre tête a-t-elle heurté les marches?

— Non, j'ai ripé sur la dernière marche. En me rattrapant, je me suis appuyée sur mon poignet. Ça me fait très mal. À part ça, et un bleu aux fesses, ça devrait aller.

Ian ne put s'empêcher de sourire. À l'approche de ses quatre-vingt-cinq ans, Pilar Ortega était une dure à cuire. Elle avait passé une grande partie de sa vie dans les champs de la région, le dos courbé à ramasser des fraises ou des framboises sous un soleil écrasant. Elle s'était mariée tardivement, avait eu deux enfants, puis avait adopté ceux de sa sœur décédée, dont l'époux alcoolique ne pouvait s'occuper. Tout cela en continuant de travailler dur. C'est Angel, le propriétaire du restaurant de tacos du quartier, qui lui avait raconté cette histoire ; car si Madame Ortega pouvait se plaindre de la machine à laver, elle ne s'épanchait jamais sur son passé.

Il observa le poignet de sa voisine. Rien de saillant en apparence, mais il valait mieux consulter.

— Je vais vous conduire aux urgences, on va faire vérifier ça.

La douleur devait être bien vive, car elle ne trouva rien à redire.

— Je vous accompagne, déclara Greta avec empressement. Je peux aider, et puis on...

Ian l'arrêta d'un regard ferme, sans appel.

— Non, Greta. C'est gentil, mais je gère.

— Mais...

— Elle a besoin de soins médicaux, pas d'un comité de soutien.

— Vous n'allez pas attendre seul aux urgences, cela pourrait durer des heures.

— On se tiendra compagnie, assura Madame Ortega venant à la rescousse de Ian.

— Je vais chercher mes clés de voiture, je reviens.

Tandis que Ian s'éloignait vers son appartement, la vieille femme se tourna vers Greta.

Ses yeux, d'ordinaire sévères, brillaient d'une lucidité implacable :

— Vous êtes en train de vous servir de moi pour vous rapprocher de lui ? demanda-t-elle sans détour.

— Non, je... bredouilla Greta, les joues soudain rouges.

— Tant mieux, parce qu'il n'est pas intéressé. S'il l'avait été, vous le sauriez déjà. Il faut vous résigner ma fille.

Greta n'eut pas le temps de répliquer. Le bruit des clés de Ian résonna dans l'escalier, et, lorsqu'il apparut, Madame Ortega avait retrouvé son masque de vieille dame souffrante. Ian l'aida à se lever avec une grande précaution, ignorant tout du petit séisme qu'elle venait de provoquer.

L'attente aux urgences de Cottage Hospital fut longue, rythmée par le va-et-vient des infirmiers, puis du docteur. Pilar avait effectué une radio de contrôle et, maintenant, elle patientait allongée sur le lit d'un des box de soins, Ian, assis à ses côtés sur un tabouret. Petite femme aux cheveux d'argent toujours noués en un chignon, elle paraissait presque minuscule dans sa robe en coton fleuri, sa peau tannée par des décennies de soleil, devenue un parchemin de rides profondes. Ian observait ses mains noueuses. Elles racontaient une vérité omise soigneusement par les brochures touristiques de Santa Barbara : cette ville ne tenait debout que par le labeur de ceux qui, comme Pilar ou Angel, avaient passé leur vie à travailler dans les champs, les vignes ou les cuisines brûlantes des restaurants de State Street. Il n'y avait pas une once de pitié dans le regard de Ian. Au contraire, il se sentait humble face à cette femme qui, malgré l'âge et la douleur, ne se plaignait pas. Elle possédait une dignité acquise à la sueur du front, qui imposait le silence.

Autour d'eux, le bâtiment, avec ses murs clairs et son atmosphère feutrée, semblait hors du temps au milieu de la nuit. Ian resta là tout du long, refusant de l'abandonner dans ce décor austère. Le diagnostic finit par tomber : une légère foulure au poignet, rien de cassé.

— Vous avez de la chance, avait commenté l'interne en lui posant une attelle. C'est du solide.

— Je vous l'avais dit, lieutenant, grommela-t-elle avec une pointe de fierté malgré la fatigue.

Sur le chemin du retour, la vieille dame, un peu sonnée par les antidouleurs, s'était confiée. Son fils aîné vivait en Arizona et insistait pour qu'elle vienne le rejoindre. Il s'inquiétait qu'elle soit seule. Quand il apprendrait son passage aux urgences, il ne manquerait pas de lui en reparler.

— Ça me ferait mal au cœur de quitter Santa Barbara, murmura-t-elle. J'ai grandi sur De la Vina Street. J'ai vu cet endroit changer, mais, pour moi, la vie n'aura jamais le même goût ailleurs. Peut-être que je n'aurai pas le choix.

— Je sais, répondit Ian. Moi aussi, j'ai mes racines ici. C'est une ville qui s'accroche à vous. Et pas seulement la ville, son histoire, les gens, les paysages. Tout.

Les paroles de Pilar sur Santa Barbara réveillèrent des souvenirs enfouis chez Ian depuis des années.

— Je me souviens, raconta-t-il, mon père nous emmenait parfois le dimanche sur les sentiers d'Inspiration Point. On partait tôt pour éviter la chaleur. Ma mère préparait des gourdes d'eau fraîche, des sandwichs. On grimpait en silence, ma sœur et moi, le regard rivé sur les fourrés dans l'espoir secret de débusquer un coyote ou l'ombre d'un cougar. Quoique, entre nous, on n'aurait sans doute pas été si fiers si on en avait vraiment croisé un. Arrivés en haut, face à l'océan, ma mère me disait toujours que c'était là, entre les montagnes et la mer, que l'on comprenait la chance qu'on avait d'être nés ici.

Madame Ortega le dévisageait, un sourire en coin étirant ses rides. Elle l'aimait bien, ce petit lieutenant. Sous sa carrure et son regard parfois trop sérieux, elle devinait une âme encore en quête de sens. Elle le trouvait bien seul dans son appartement, et cette solitude lui parlait. La sienne résonnait pareillement, à sa façon, derrière son franc-parler et ses manières brusques. C'était sans doute pour cela qu'elle n'hésitait jamais à le solliciter pour cette machine à laver capricieuse ou un fusible grillé.

Lorsqu'ils arrivèrent enfin à la copropriété, il était plus de vingt-deux heures. L'estomac de Ian commençait à se réveiller. Il ouvrit son frigo : un pack de bière, du beurre de cacahuète, mais rien à se mettre sous la dent. Bref, le vide habituel. Il ressortit et marcha jusqu'à Angel's Tacos à une centaine de mètres.

San Andres était calme. La rue était une voie résidentielle bordée de maisons traditionnelles aux toits de tuiles rouges. Son condo, bien que moderne, s'intégrait à merveille dans ce décor. Il s'y était installé après son divorce. Dans ce secteur réputé pour sa communauté hispanique et sa stabilité, la vie était animée en journée. On y croisait des marchands ambulants vendant des bouquets de fleurs aux couleurs vives, des fruits frais ou des burritos faits maison. Ian appréciait cette chaleur humaine et ce sentiment d'enracinement. Le soir, le quartier était paisible. Les néons rouges du restaurant grésillaient dans l'obscurité. Angel, un homme aux cheveux grisonnants et au tablier taché, se tenait derrière son comptoir, les yeux grands ouverts.

— Encore une nuit blanche, Angel ?

— Le sommeil est une perte de temps, *hijo*. Et toi ? Tu as encore sauvé le monde ?

Ian s'installa sur un tabouret, fixant le grill. Angel était insomniaque. Trois heures de repos le matin lui suffisaient, alors il ouvrait jusque tard dans la nuit. C'était l'unique établissement du coin à offrir ce refuge nocturne. Sans qu'il ait besoin de commander, il lui prépara ses deux tacos *al pastor*.

— Tu as mauvaise mine, lança le vieil homme en déposant l'assiette. Tu es trop seul dans ta grande carcasse de flic.

Angel n'avait pas tort. Depuis son divorce, deux ans plus tôt, il s'était lentement emmuré dans une routine de survie. Il se donnait à corps perdu au travail, enchaînant les heures sup' pour ne pas rentrer trop tôt dans son condo silencieux. Ses seules bouffées d'air étaient les barbecues chez sa sœur, les bières avec Ignacio ou les entraînements avec Axel. Le reste du temps, quand il en restait... Des rencontres sans lendemain, des visages oubliés sitôt le petit-matin venu, des aventures qui ne servaient qu'à combler un vide. Mais avec Emma, c'était différent. Ce n'était pas un besoin de combler le silence, c'était l'envie de l'écouter. Pour la première fois depuis deux ans, la solitude ne lui semblait plus être une fatalité, mais un vêtement trop étroit dont il était enfin prêt à se défaire. Depuis dimanche, où il était passé à l'improviste, ils s'échangeaient quelques SMS. Des riens, des détails sur leurs journées, une photo de l'océan ou une plaisanterie sur la voisine d'Emma. Pourtant, chaque vibration de son téléphone dans sa poche lui provoquait un frisson qu'il ne s'expliquait pas. Comme si quelqu'un venait de rallumer la lumière dans une pièce restée trop longtemps dans le noir.

Ian croqua dans son taco, le goût du piment le ramenant à la réalité. Il hésita, puis finit par lâcher, presque malgré lui :

— J'ai fait la connaissance d'une femme. Enfin, on s'était déjà croisés. Elle s'appelle Emma.

Angel arrêta de nettoyer son plan de travail et sourit, révélant une dent gris-argenté.

— Emma... Joli prénom. Et alors, tu lui as parlé ?

— Oui, on a dîné ensemble, on va se revoir.

— Quand ?

— J'en sais rien. Il faut que je la recontacte.

— Et t'attends quoi ? Que toute la ville soit au courant avant elle ?

Chapitre 10

Lane Farm Pumpkin Patch débordait de couleurs et de vie. En cette période d'Halloween, son célèbre champ de citrouilles attirait les foules. De toutes tailles, elles parsemaient le sol couvert de foin, certaines encore éparpillées au milieu des rangs, d'autres empilées sur des bottes de paille ou des roues de tracteur retournées. Des familles arpentaient les allées, tirant des chariots sur lesquels reposaient leurs futures Jack O'Lantern, tandis que les enfants couraient partout. Une vieille grange exhibait ses outils agricoles anciens, et une cabane en bois servait de point de paiement, accueillant les visiteurs avec son charme rustique. Le moulin à vent, perché sur son poteau, tournoyait lentement sous la brise, et le labyrinthe de maïs invitait à l'aventure. La montagne en arrière-plan, aux tons ocre et vert, encadrait ce tableau pittoresque. L'odeur du foin et de la terre imprégnait l'air, renforçant cette atmosphère automnale chaleureuse. Emma éprouvait un réel plaisir à choisir sa future lanterne pour Halloween. Enfant, elle effectuait souvent de longs week-ends à Santa Barbara à cette période, et son oncle et sa tante ne manquaient jamais de l'emmener à Lane Farm. Elle et Gabriela s'étaient retrouvées sur place et venaient de se lancer à la recherche de la citrouille parfaite pour décorer le rebord de la fenêtre d'Emma.

— Alors, raconte-moi, lança Gabriela en lui donnant un léger coup de coude. Comment s'est passée ta fameuse soirée avec Ian ?

Un petit sourire s'épanouit sur les lèvres d'Emma.

— C'était... agréable, répliqua-t-elle d'un ton faussement détaché.

— Agréable ? C'est tout ce que tu trouves à me répondre ? Ce mot-là, c'est pour décrire une salade de chou, pas un rendez-vous.

Emma se mit à rigoler.

— D'accord, c'était mieux qu'agréable. C'était génial. On a discuté pendant des heures. Il est... charmant, intelligent. Attentif. Un peu protecteur aussi. Et... ça me touche, je crois.

— Oh oui, le genre d'homme qui t'écoute vraiment, plaisanta Gabriela. Très dangereux, ce profil-là.

— Je me méfie, promit Emma en tentant de soulever une citrouille trop lourde avant de la reposer aussitôt.

Elle s'arrêta près d'un amas de courges empilées sur une vieille roue de tracteur. Elle passa ses doigts sur leur peau rugueuse. Certaines étaient presque trop parfaites, rondes et lisses comme des ballons, d'autres avaient des bosses et des petites cicatrices, témoins d'une courte vie mouvementée au champ. Gabriela l'observa un instant.

— Hum, si tu laisses ton cœur faire, tu ne vas pas te méfier longtemps.

— Je sais. Et puis il est tellement sexy !

— Ah nous y voilà ! Comment c'est fini la soirée ?

Emma soutint le regard de son amie, laissant le silence confirmer ce que ses joues rosies trahissaient déjà.

— On s'est embrassés.

Gabriela haussa un sourcil, mi-amusée, mi-surprise.

— Et... c'est tout ?

— Oui. Enfin... ça s'est fait tout seul. J'aurais pu lui proposer de monter, mais... je n'avais pas envie de ça pour notre premier rendez-vous. Et je crois que lui non plus.

— Intéressant... Tu ne t'étais pas posé la question avec... comment il s'appelait déjà ?

Son amie secoua la tête.

— Pablo. Avec Pablo, je savais dès le départ que ça n'irait pas plus loin. Mais là... c'est différent.

— C'est différent parce qu'il te plaît vraiment, tout

simplement.

— Oui... peut-être bien.

Alors qu'elles poursuivaient leur exploration, un mouvement à l'entrée du champ attira leur attention : le maire Thompson avançait avec son fils. Après quelques salutations aux visiteurs, ils se dirigèrent droit vers elles. Gabriela se raidit légèrement avant de prendre une inspiration.

— Emma, je te présente le maire Thompson, annonça-t-elle d'un ton solennel.

— Ah oui, vous êtes son amie écrivaine, n'est-ce pas? s'exclama-t-il avec enthousiasme.

— Enchantée, Monsieur le Maire, répondit-elle en serrant sa main.

Emma n'était pas étrangère à la notoriété. Ses dédicaces dans les librairies du coin et ses apparitions dans les événements littéraires de Santa Barbara faisaient d'elle une figure reconnue de la scène locale.

— Ma femme a adoré votre roman *Chasing the Dawn*. Je le lui ai offert à son anniversaire, ajouta-t-il, espérant montrer son bon goût.

Malgré le compliment, la romancière sentit une pointe de condescendance dans sa voix. Le visage de Gabriela se ferma aussitôt. Ses paupières se plissèrent, et elle demanda, d'un ton légèrement piquant :

— Ah oui ? Et votre femme n'est pas avec vous aujourd'hui, Monsieur le Maire ?

L'homme, pris de court, cligna des yeux, un rictus un peu crispé sur la bouche. Emma le regarda, essayant de décrypter le petit jeu de pouvoir qui semblait s'exercer ici. Le maire Thompson dégageait une assurance polie, le genre d'individu habitué à être le plus intelligent de la pièce. Elle remarqua sa façon de fixer Gabriela pendant une fraction de seconde de trop. C'était non seulement désagréable, mais cela rendait aussi son amie complètement hermétique. Elle soupçonnait un conflit personnel non réglé entre eux, au-delà de la sphère politique. Monsieur Thompson posa sa main sur l'épaule de son fils, changea vite de sujet, puis s'éloigna en prétextant devoir poursuivre leur visite.

Une fois hors de portée, Emma se tourna vers Gabriela.

— Tout va bien avec ton patron ?

Gabriela laissa échapper un petit soupir.

— Oui, oui... Tout va bien.

— Hum... Si jamais il te harcèle, je peux toujours lui régler son compte, suggéra Emma.

Gabriela éclata d'un rire franc. Elle travaillait au bureau du maire depuis cinq ans. D'abord chargée de mission, maintenant assistante de cabinet, elle supervisait la plupart des dossiers sensibles. Diplômée en sciences politiques de UCSB, la grande université de la région, elle avait grandi dans un environnement baigné de politique locale : son père, Jacob, avait été commandant d'une des divisions du bureau du shérif de Goleta. Elle comprenait mieux que quiconque les rouages du pouvoir, et cette familiarité la rendait redoutablement efficace.

— Merci... si ça tourne mal, je te ferai sortir tes gants de boxe.

— Marché conclu.

Emma ajusta son sac sur son épaule et planta son regard dans celui de son amie avec un air de défi.

— Allez, on y va, on le fait ?

Gabriela s'esclaffa de nouveau devant son espièglerie. Elles s'engouffrèrent dans le labyrinthe de maïs, amusées comme deux enfants. Les épis, agités par le vent, murmuraient autour d'elles, étouffant quasiment leurs rires.

Le téléphone d'Emma vibra dans sa poche. Sur l'écran : Ian.

— Tiens, parfait timing ! chuchota-t-elle, avant de décrocher.

— Salut, Emma. Je me demandais quand j'aurais l'occasion de te revoir, dit-il d'une voix tendre.

— Eh bien... en ce moment, je suis prise au piège dans un labyrinthe de maïs.

— Sérieusement ? ricana Ian. Tu es imprévisible.

— Tu devrais essayer, c'est l'aventure à l'état pur !

Ils rirent tous les deux. Emma fit un pas en avant, s'arrêtant devant un croisement.

— C'est la sortie qui se complique. Si je disparais, tu sauras où chercher.

— Très bien. Je monte une équipe de secours, si ça peut m'assurer de te voir ce week-end.

Le bonheur d'Emma à l'idée de le revoir lui donna soudain la sensation de planer, comme si elle flottait sur un nuage.

— Tu veux venir dîner à la maison ? proposa-t-elle.

— Chez toi ? Oui. Absolument !

****

Emma stationna sa voiture sur Bath Street et remonta la rue sa citrouille dans les bras. En face de Victoria House, *The Hawks* commençait à s'animer. Ce bar un peu défraîchi, mais plein de vie faisait partie du décor. On y croisait des vétérans de l'armée, quelques motards, et une poignée d'habitués fidèles à leur tabouret, toujours prêts à commenter les matchs diffusés sur le vieil écran du comptoir. Des statuettes de faucons, faisant écho à l'enseigne, trônaient partout, donnant au lieu un charme kitsch assumé. Devant, un drapeau américain flottait au vent, planté sur un poteau légèrement rouillé. Sur le côté, une salle attenante accueillait souvent des repas de baptême ou des fêtes d'anniversaire, la plupart du temps des célébrations mexicaines. Certains soirs, on pouvait entendre les mariachis mêlés aux rires et aux voix qui montaient jusqu'aux fenêtres. L'atmosphère semblait un peu brute, un peu vieillotte parfois, mais, pour Emma, il existait là une forme d'authenticité chaleureuse.

En arrivant, elle aperçut Martha devant la maison, avec son sécateur, affairée à tailler les géraniums du petit jardin. Comme d'habitude, sa voisine lui adressa un sourire accueillant. Depuis qu'elle s'occupait de la copropriété avec Luigi, elle était devenue une présence rassurante pour tous les habitants de la résidence. N'en déplaise à Karen, qui s'agaçait de ses conseils non sollicités, Emma aimait la bienveillance de cette femme aux cheveux argentés, dont le soin apporté aux plantes reflétait parfaitement celui qu'elle prodiguait aux gens. Martha savait toujours trouver le mot juste, qu'il s'agisse de partager un secret d'horticulture ou de réconforter ses voisins.

— Bonjour Martha !

Emma posa sa citrouille pour aller la saluer.

— Bonjour ma chérie ! Quelle belle journée !

Tout en parlant, elle essaya son sécateur sur un géranium, fronça les sourcils et murmura :

— Ah, il ne fonctionne pas bien... Je vais devoir le rapporter.

Emma ne put se retenir de sourire. Il n'était pas rare de voir Martha acheter quelque chose avec enthousiasme pour ensuite le retourner au magasin : papier toilette trop fragile, moule à gâteaux trop petits, outils de jardin médiocres... Martha, avec un aplomb surprenant, finissait toujours par obtenir un remboursement, comme si le monde entier devait se plier à son exigence de perfection.

— Bonsoir Mesdames, lança Diego d'un ton faussement solennel en s'approchant.

Il venait de terminer sa journée de travail et portait un vieux sweat à capuche. Sans attendre, il souleva la citrouille massive d'Emma avec une facilité déconcertante.

— Je te la monte. Je la pose devant ta porte.

— Merci, tu es un vrai gentleman, répondit Emma.

— T'entends ça, Martha !

— Je n'en doutais pas, mon grand, répliqua-t-elle.

Emma s'amusa de la scène. Tous les vingtenaires et les trentenaires de la résidence étaient un peu les enfants de Martha et Luigi, surtout Diego, que Martha adorait et dont les parents vivaient désormais une partie de l'année au Mexique, dans le village natal de son père.

— Tu pars rejoindre tes parents au Mexique cette année pour El Día de los Muertos ? s'enquit Emma alors qu'il commençait à marcher vers l'entrée.

— Pas cette fois, affirma-t-il en haussant les épaules. Trop de travail. Mais ils m'ont envoyé des photos de l'autel qu'ils ont dressé pour mon grand-père. Je vais fêter ça ici avec mon oncle Humberto et mes cousins.

Il s'arrêta un instant devant la porte.

— Tu passes boire un verre à la maison tout à l'heure ? Jimmy sera là aussi.

— D'accord.

Il s'éclipsa dans le hall.

— Martha, quand pourrais-je venir te voir pour discuter de ton histoire d'amour ? demanda Emma.

— Tu viens quand tu veux, ma chérie. Tu sais bien que je ne bouge pas beaucoup.

Elle rangea le sécateur dans une caisse en bois.

— Regarde qui voilà, s'exclama Martha.

Winston s'approchait lentement d'elle, son long pelage noir et marron brillant sous le soleil. Ses jeunes maîtresses, âgées de six et sept ans, lui avaient offert l'hiver passé une petite cravate rouge assortie d'une minuscule clochette. Presque un an plus tard, il continuait de la porter fièrement. On devinait sa présence bien avant de l'apercevoir, au tintement qui accompagnait chacun de ses pas. L'animal se frotta à elle, réclamant une caresse.

— Tu as faim, toi ! Quelle heure est-il ?

— Bientôt dix-sept heures, répondit Emma en consultant son téléphone. Déjà. Je n'ai pas vu la journée passée. Je te laisse, Martha.

Elle allait s'éloigner quand son regard se fixa vers l'appartement de Luigi. Les rideaux étaient tirés.

— Tiens... Luigi n'a pas encore exposé sa citrouille d'Halloween ?

Martha releva la tête, surprise.

— C'est vrai... C'est étrange. Il décore toujours en avance d'habitude. Il m'avait même annoncé vouloir installer des guirlandes lumineuses cette année.

— Il est peut-être sorti ?

— Sans doute, oui. Sa voiture n'est plus là.

Emma fixa la fenêtre close. Un léger malaise s'insinua.

— Il laisse rarement les rideaux fermés. Il m'avait dit que ses plantes n'aimaient pas ça.

— Oh, tu le connais, il a sûrement juste eu une course à faire, répondit Martha, rassurante.

Emma acquiesça et monta les marches du perron. Pourtant, une inquiétude latente persista, une ombre discrète glissée dans la douceur de sa journée. Elle n'avait pas recroisé Luigi depuis le parc.

Chapitre 11

Emma se précipita hors de la salle de bain. Il lui restait quelques minutes pour finir de se préparer. Elle avait invité Ian à dîner chez elle et, maintenant que l'heure approchait, elle commençait à se demander si c'était une bonne idée. L'excitation était là, indéniable, tel un petit feu dansant sous sa peau, mais la pensée d'ouvrir son espace, son cocon, lui donnait une sensation vertigineuse. Sa maison, ses habitudes, son désordre organisé... tout lui parut soudain trop intime, trop révélateur. Et, bien sûr, fidèle à elle-même, elle avait passé la journée à faire tout sauf se préparer. Résultat : elle se dépêchait de courir d'une pièce à l'autre, les cheveux encore humides, glissant un peu sur le parquet. Ses parents lui répétaient quand elle était enfant qu'elle avait « l'âme d'une artiste et aucun sens de la ponctualité ». Ce soir, ces mots revêtaient une signification trop littérale. Elle enfila un jean noir, une chemise fluide couleur ivoire, hésita sur les boucles d'oreilles, les mit, les retira, puis les remit à nouveau. Deux coups frappés à l'entrée la figèrent net. Son cœur fit un bond.

— Oh non ! Pas déjà !

Elle attrapa un élastique pour remonter ses cheveux en un chignon improvisé, jeta un regard paniqué au salon : plaid froissé, coussins de travers, livre abandonné. Elle rangea tout à la hâte, lissa d'un geste anxieux le tissu de sa chemise et ouvrit la porte, s'efforçant de paraître sereine. Ian se tenait là, une bouteille de vin à la main, un bouquet de renoncules rose pâle dans l'autre. Malgré son assurance habituelle, il semblait légèrement nerveux.

— Entre, je t'en prie, lui dit-elle en reculant.

— Je ne savais pas trop quoi choisir… alors j'ai pris ce qui me faisait penser à toi : rayonnant, mais pas trop sage, déclara-t-il en lui tendant les fleurs.

Son ton charmeur amusa Emma. Elle déposa un baiser rapide sur ses lèvres et emporta le bouquet vers la cuisine pour le mettre dans un vase. Des effluves de ricotta, d'épinards et de muscade emplissaient l'appartement.

— Ça sent très bon ! commenta-t-il en humant l'air avec gourmandise.

— C'est une recette de cannelloni de mon voisin Luigi. Je l'ai suppliée de me la donner, et, depuis, je la prépare souvent. Viens voir !

Elle ouvrit la porte du four pour lui montrer le plat. Sous la lumière jaune, le fromage fondait lentement, doré par endroits, formant des bulles qui frémissaient à la surface.

— Verdict dans quarante minutes, annonça-t-elle avec une petite fierté.

— Je suis déjà conquis, répondit Ian.

Son regard glissa alors vers la citrouille de Lane Farm, posée sur le plan de travail. À moitié creusée, entourée de graines et de morceaux de chair orangée.

— Projet interrompu ? demanda-t-il avec amusement.

— Je voulais la terminer avant ton arrivée, mais j'ai préféré éviter de te servir les cannellonis crus.

— Sage décision. Mais on ne peut quand même pas laisser une œuvre inachevée.

Il saisit la courge et la fit tourner dans ses mains.

— Donne-moi un couteau, chef.

Emma lui tendit l'ustensile. Ils se penchèrent tous deux sur le plan de travail, leurs têtes presque jointes, concentrés et maladroits, dessinant des yeux et une bouche sur la peau lisse. L'odeur sucrée et fraîche de la citrouille se mélangeait à celle de la cuisine et à la chaleur du four. En raclant une partie de la chair, Emma fit tomber un petit morceau sur sa propre joue. Ian la fixa, avec un sourire à la fois tendre et rempli d'une intention qu'elle ressentit dans tout son corps. Sans un mot, il s'approcha, non pas pour l'embrasser sur les lèvres, mais pour capturer l'éclat en déposant un baiser léger sur l'endroit exact où la pulpe s'était plantée. Un baiser lent. Chaud. Une décharge douce traversa la colonne vertébrale d'Emma, irradiant jusqu'à sa nuque. Son souffle se coupa un instant. Le monde se resserra sur ce point minuscule sur sa joue, puis autour de leurs deux corps inclinés l'un vers l'autre. Par ce simple contact, la tension était montée d'un cran, la faisant trembler d'un désir à fleur de peau. Ian effleura ensuite sa peau du bout du pouce, essuyant le reste orangé. Son toucher s'attarda sur la ligne de sa mâchoire.

— Tu le fais exprès...hein ? chuchota-t-il, sa voix prenant une teinte plus profonde alors qu'il se rapprochait d'elle.

Elle allait répliquer, mais ses lèvres se trouvèrent déjà pressées contre les siennes. Un baiser d'abord rieur, un peu maladroit, puis ardent, empreint de cette attraction qu'ils ne pouvaient plus contenir. Quand ils se séparèrent, encore légèrement essoufflés, leurs regards se portèrent sur la Jack O'Lantern, terminée, ses yeux triangulaires et sa bouche tordue éclairés par la lumière du soir.

— Je crois que nous sommes prêts pour Halloween, déclara Emma, admirant leur création.

Ils calèrent la citrouille devant la bow-window. Côté cuisine, le coucher du soleil colorait les montagnes de rose. Tandis qu'Emma préparait quelques snacks à grignoter, Ian servit le vin. Une fois terminé, il observa discrètement l'appartement. Son regard s'attarda sur deux photos installées sur une des étagères de la bibliothèque. Emma ne manqua pas de le remarquer. Elle déposa les bols apéritifs sur la table basse, attrapa un verre et lui en tendit un.

— À nous ! lança-t-elle.

Ils trinquèrent.

— Ce sont mes pères, expliqua-t-elle.

Elle désigna le cliché d'elle bébé dans les bras d'un homme brun aux yeux tendres.

— C'est mon père, Dean Montgomery. Il est mort dans un accident de voiture quand j'avais quatre ans.

Ian inclina légèrement la tête. Son regard attentif se posa sur elle, mesurant ce qu'elle venait de confier.

— Je suis désolé, Emma.

— C'est gentil. Mais je ne me souviens pas de lui. Ma mère m'a toujours dit qu'il était doux, très présent... J'aurais aimé l'avoir dans ma vie, évidemment. Mais s'il avait vécu... je n'aurais jamais connu mon autre père.

Elle saisit le deuxième cadre, celui où une Emma de huit ans souriait de toutes ses dents.

— Voici Jared. Ma mère et lui se sont rencontrés quand j'avais six ans. Ils se sont mariés un an plus tard, et il m'a adoptée. Il m'a toujours considérée comme sa fille.

Ian laissa son imagination reconstruire la scène : la petite Emma, tenant fermement la main de son père, radieuse et fière face au photographe.

— Je suis content que tu aies eu un père, dit-il. Il est dans la Navy ?

— Oui. Officier de carrière. Il est retraité depuis trois ans... mais il continue à se lever à six heures comme s'il devait rattraper un porte-avions.

Après avoir remis le cadre à sa place, elle se tourna vers Ian.

— Viens, on sera plus à l'aise ici.

Elle alluma deux lampes. Ils s'assirent sur le canapé, côte à côte, leurs verres à la main.

— Où vivent tes parents ? demanda Ian.

— À Norfolk.

— Et ta mère, que fait-elle ?

Emma lui raconta son enfance. Elle était née à Miami, mais elle n'en conservait que de vagues souvenirs. Après la mort de son mari, sa mère, Esther, avait choisi de quitter la Floride pour s'installer à Charleston, en Caroline du Sud. Elle y avait été nommée substitut du procureur. C'est là qu'elle avait rencontré Jared, alors officier dans la Navy. Quand ce dernier fut muté à Norfolk, elle avait accepté de le suivre, décidée à offrir à sa fille un foyer stable. Elle avait repris sa carrière là-bas et gravit les échelons, pour finalement devenir juge au tribunal de district, un poste qu'elle occupait toujours aujourd'hui. Quant à Emma, après le lycée, elle avait quitté la Virginie pour intégrer le programme de journalisme de Boston University, réputé pour son excellence.

La discussion se prolongea durant le repas. Ian s'était installé sur le bout de l'îlot, Emma sur le côté, si près que leurs genoux se touchaient quasiment. Les lampes suspendues au-dessus du plan de travail diffusaient une lumière jaune, éclairant les nuances du bois et les motifs des carreaux de la cuisine. Ian écoutait avec un intérêt sincère, curieux de son passé et amusé par sa manière de raconter.

— Tu m'as fait beaucoup parlé, remarqua Emma avec un air taquin. C'est plutôt ma spécialité d'habitude. Je n'avais aucune chance face à un shérif.

Ian s'adossa à sa chaise, croisant les bras avec un air satisfait.

— À mon tour, alors. Où as-tu grandi ? demanda-t-elle en se levant pour débarrasser.

— J'ai vécu toute ma vie ici, à Santa Barbara. Mon père, Graham, est à la retraite. Il était pompier. Ma mère s'appelait Nancy. Elle tenait une galerie sur l'Arcada Plaza. Tu vois, vers la fontaine aux tortues.

Il marqua une pause, cherchant ses mots.

— Elle est décédée il y a sept ans. Elle souffrait d'une sclérose en plaques depuis près de vingt ans.

Emma se figea un instant, puis l'étreignit sans prévenir. Ian, d'abord surpris, la serra affectueusement, son souffle contre son cou.

— Je suis désolée... chuchota-t-elle.

Il se recula pour la regarder.

— Merci, répondit-il en caressant sa joue. Tu sais, son état s'était tellement aggravé... ça a presque été une libération pour elle de partir.

— Et ton père ?

— Il a tenu bon. C'est un homme solide. Il a pris sa retraite l'an dernier. Maintenant il peut enfin profiter de ses petits-enfants.

Ian sortit son téléphone et commença à faire défiler les images.

— Voilà Deborah, ma sœur aînée, et ici mes neveux, Noah et Rafael. Mon beau-frère et ami Ignacio. C'est aussi l'un de mes collègues.

— Regarde celui-ci, dit-il en montrant Rafael. Il essayait d'avoir mon insigne pour jouer au shérif... et Noah, qui me poursuivait avec son pistolet en plastique.

— Ils sont trop mignons, commenta Emma.

Elle gardait un bras posé sur son épaule, suffisamment proche pour sentir la chaleur de son corps, tout en demeurant debout à ses côtés.

— Quand as-tu su que tu voulais exercer ce métier ? demanda-t-elle.

— À l'adolescence. J'envisageais de travailler soit dans la police, soit au bureau du shérif. Avec la maladie de ma mère, j'ai choisi de rester ici pour être près d'elle. Du coup, j'ai commencé la criminologie au City College, puis j'ai obtenu ma licence à UCSB. Après ça, j'ai intégré l'académie de police. Et ensuite le bureau du shérif.

— Tu as su combiner études, carrière et famille.

— Je me souviendrai toujours... ma mère...

Il s'arrêta, mais Emma lui adressa un regard bienveillant qui l'encouragea.

— Je jouais défenseur pour les Vaqueros. Ma mère assistait à toutes les rencontres. C'était au début de sa maladie. Elle disait vouloir venir tant qu'elle le pouvait. Il n'y a pas un match où je ne la voyais pas dans les gradins. Et puis j'ai abandonné le football en intégrant USCB.

Les yeux d'Emma s'humidifièrent.

— Je ne voulais pas casser l'ambiance, s'excusa Ian en remarquant son émotion.

— Tu ne l'as pas fait. Et j'ai envie de connaître ton histoire. Mais, je suis assez sensible comme tu peux t'en apercevoir.

Il prit sa main avec douceur.

— Et toi, après Boston University, comment as-tu atterri à New York ?

— J'ai eu la chance de décrocher un stage au New York Herald.

— Je ne sais pas si je pourrais vivre dans une ville comme New York, avoua-t-il.

— Je comprends. J'y ai passé de belles années, mais je n'en pouvais plus. Je suis contente d'y avoir vécu... et contente d'en être partie.

— À cause de ton ancien petit-ami ?

La question directe surprit un peu Emma.

— Pas seulement. Avec ou sans lui, je savais que je viendrais habiter ici. Mais je n'ai pas envie de parler de lui ce soir. Ce soir, j'aimerais parler de toi.

Elle le dévorait des yeux. Ian se leva lentement. Il s'approcha d'elle, sa voix plus basse, le regard chargé de désir :

— Eh bien... je n'ai plus envie de parler du tout.

Ses mains chaudes se posèrent sur ses hanches. Il l'attira contre lui, ses lèvres capturèrent celles d'Emma. Soudain, un vrombissement lointain se fit entendre. Il rompit le baiser, fronçant les sourcils, intrigué.

— C'est quoi ce bruit ?

— C'est notre machine à laver, expliqua-t-elle en riant. Elle est au rez-de-chaussée.

La porte-fenêtre du balcon était grande ouverte, laissant

entrer un courant d'air frais imprégné d'une odeur de lessive. *Décidément,* pensa Ian, les histoires de machine à laver le poursuivaient.

— Mais... qui fait sa lessive à cette heure-ci ? demanda-t-il, amusé.

Un petit éclair de malice passa dans les yeux d'Emma.

— C'est Diego, bien sûr, répondit-elle avec un haussement d'épaules. Il fait toujours sa lessive tard. Je sais, c'est bizarre, mais j'adore ça. Ça sent le propre, la maison, c'est réconfortant.

Ian éclata de rire, un rire profond, chaleureux.

— Mon Dieu, Emma, tu es folle. Mais j'aime ça.

— Folle, shérif?

— Terriblement.

Leurs yeux se rencontrèrent. Ian ne se retint pas : il saisit son visage et l'embrassa à nouveau, un baiser tendre et impulsif, rempli de sensualité. Leurs cœurs s'emballèrent, leurs corps se rapprochèrent. Ses paumes glissèrent le long du dos d'Emma. Les bras de la jeune femme enlacèrent son cou. Il la serra contre lui, et elle répondit en enfonçant ses doigts dans ses cheveux. Emma laissa échapper un souffle tremblé, surprise de sentir son propre désir si clair, si simple.

— J'ai tellement pensé à ça...

— Moi aussi, murmura-t-il. Plus que je n'aurais dû.

Il appuya son front contre le sien, frôlant ses lèvres sans les saisir, comme pour lui donner le temps de reculer. Elle n'en avait pas l'intention. Elle attrapa son tee-shirt, l'attira vers elle et l'embrassa plus passionnément.

— Viens, susurra-t-elle.

Ils avancèrent à tâtons dans le couloir, guidés par la lueur tamisée du salon, les paumes de Ian ancrées dans sa taille comme s'il craignait de la voir s'évaporer. Arrivés dans la chambre, il la maintint doucement contre lui, leurs corps collés, puis ses mains remontèrent le long de sa chemise. Ses gestes, d'habitude si assurés, tremblaient légèrement. Emma l'aida à libérer le dernier bouton, avant de glisser ses mains sous le coton de son tee-shirt pour sentir la chaleur de son torse. Le vêtement de Ian tomba à son tour dans un froissement discret, et ce premier contact intime les fit frémir. Ian laissa ses doigts courir sur son ventre et sa poitrine, puis remonta vers sa nuque, s'émerveillant du grain de sa peau, tandis qu'Emma se pressait contre lui, explorant la puissance de ses épaules. Le désir s'intensifia, et leur proximité évolua naturellement vers ce qu'ils espéraient tous deux : un moment sensuel, tendre, inévitable. Cette nuit-là, les mots disparurent dans l'étreinte. Seuls demeurèrent les frissons de leurs peaux et, au loin, le ronronnement paisible de la machine à laver.

Chapitre 12

L'arôme du café se mêlait à l'odeur sucrée des pancakes qui cuisaient sur la plaque. Emma déposa deux tasses fumantes sur l'îlot, puis s'assit pour l'observer. Pieds nus, concentré sur la cuisinière, Ian retournait une crêpe avec un sérieux attendrissant. Ses cheveux en bataille, son jean froissé et son tee-shirt collé à son dos lui donnaient cette allure détendue qui la faisait fondre. Elle se leva, s'approcha, et enlaça sa taille. Après leur première nuit ensemble, leurs gestes étaient imprégnés d'une affection partagée. Ils cherchaient instinctivement la chaleur de l'autre.

Ian caressa les mains d'Emma, posées contre son ventre.

— Oups... j'ai mis trop de pâte pour celui-ci.

Il haussa les épaules :

— Je suis plus habile pour retourner des criminels que des pancakes.

— À coups de spatule ? J'aimerais voir ça !

Il rigola.

— Tu as faim, j'espère ? demanda-t-il.

— Oui.

— Parfait, parce que tu as préparé assez de pâte pour nourrir un régiment, taquina-t-il. Je vais devoir doubler mes heures à la salle de sport.

Emma pouffa de rire, la joue contre son dos. Son tee-shirt sentait encore la lessive, associée à son parfum, une odeur qu'elle aurait voulu garder sur elle.

— Je suis gourmande. Et toi aussi, je crois.

Il se retourna, la spatule à la main, et, de l'autre, attrapa sa mâchoire. Son pouce glissa sur sa pommette avant qu'il ne l'embrasse. Emma se colla davantage contre lui, plongeant ses doigts dans les poches arrière de son jean pour le ramener contre elle.

— Si tu continues comme ça, je vais brûler la prochaine fournée...

Elle recula avec lenteur, un sourire fripon aux coins des yeux.

Quelques minutes plus tard, ils s'attablèrent à l'îlot, leurs assiettes pleines. Dehors, le soleil brillait dans un ciel limpide.

— C'est paisible ici, remarqua Ian en relevant la tête. On n'entend que le jardin, les oiseaux.

— C'est vrai. C'est l'avantage du samedi matin. Ce n'est pas comme ça tous les jours. Le jeudi, c'est le pire : réveil à cinq heures avec le camion poubelle, les bacs qu'on traîne dans l'allée. Et pourtant, je me trouve de l'autre côté !

Elle ponctua sa phrase d'une moue expressive.

— Et puis, le club de fitness de Carrillo Street est fermé ce matin. Les cours sont donnés sur la plage. Sinon, tu peux aussi être sorti du lit par les boum boum boum, et les cris de l'instructeur.

Ian ne put retenir un rire.

— Charmant.

— Et j'oubliais...en face, dans la rue, il y a le bar. Ils organisent souvent des fêtes, des anniversaires. Mais bon, ceux-là, c'est différent. Ils m'amusent beaucoup.

— *The Hawks*, je suppose ? Je visualise bien le genre de personnages que tu pourrais tirer d'eux pour tes romans.

Soudain, on frappa à la porte. Emma et Ian se regardèrent, l'air interrogateur. Elle se leva et alla ouvrir. Mike se tenait là, en tee-shirt jogging, sa tenue du week-end. Loin de l'allure impeccable et du costume sombre qu'il arborait la semaine pour administrer le Lobero Theater.

— Salut, Emma, excuse-moi...

Il se figea, son regard vert un peu ahuri, en découvrant Ian, pieds nus, tasse à la main, assis à l'îlot. Il reconnut immédiatement le lieutenant. Il l'avait vu sur NewsChannel 3, la chaîne locale, aux côtés du Commandant de la Division lors d'un appel à témoin, il y a un mois, au sujet de la disparition d'une étudiante. Ian le détaillait avec curiosité, cherchant à comprendre qui il était et la raison de sa présence de bon matin.

— Euh... désolé, je n'aurais pas dû venir sans prévenir. Bonjour, lança-t-il à Ian.

— Bonjour, répondit-il, inclinant un peu la tête.

— Ne t'en fais pas, rassura Emma. Karen va bien, j'espère ?

— Oui, très bien. Elle a travaillé cette nuit, et je voulais lui préparer des gaufres. Mais... plus de levure. Tu pourrais me dépanner ?

— Bien sûr. Entre.

Mike franchit le seuil, mais resta planté près de la porte, comme s'il craignait de piétiner un périmètre de sécurité. Avec sa carrure de sportif du dimanche et ses cheveux encore ébouriffés par le sommeil, il paraissait soudain bien jeune face à l'assurance du lieutenant.

— Tu as des nouvelles de Luigi ? s'enquit Emma en fouillant dans un tiroir.

— Non, je ne l'ai pas croisé depuis plusieurs jours. Pourquoi ?

— Je ne sais pas... il n'est pas là, et n'a prévenu personne. C'est étrange.

— C'est vrai, ce n'est pas son genre. Tu devrais demander à Martha.

— Déjà fait, elle n'a pas de nouvelles non plus. Je vais essayer de le rappeler plus tard.

Elle lui tendit le sachet de levure.

— Merci Emma. Tiens-nous au courant pour Luigi.

Lorsqu'elle referma la porte, Ian remarqua son expression soucieuse.

— Luigi, c'est ton voisin ? Celui de la recette ?

— Oui. Luigi Salerno. Ancien cuisinier. Il vit là depuis vingt ans.

— Qu'est-ce qui te tracasse ?

— Il se comporte bizarrement depuis quelque temps. Il est plus distant.

— Cet homme a le droit d'avoir son jardin secret, tu sais, dit Ian d'un ton volontairement léger pour la rassurer.

— Oui, mais nous sommes tous très proches ici. Mis à part notre voisine Vanessa Bowen, qui ne parle à personne, tout le monde s'entend bien, on se rend des services et l'on partage beaucoup de choses. Et Luigi ne part jamais sans prévenir quelqu'un, surtout pas sans demander à Martha d'arroser ses fleurs.

— Depuis combien de temps tu ne l'as pas vu ?

— Quatre jours maintenant. Il ne laisserait jamais les rideaux de sa maison fermés ni ses plantes sans lumière. Et puis il y a eu cet homme un peu étrange qui le cherchait l'autre fois...

Ian releva la tête, une ride émergeant entre ses sourcils.

— Étrange comment ? questionna-t-il d'un ton calme, mais plus attentif.

— Très nerveux, transpirant, en costume trois-pièces, alors qu'il faisait une chaleur impossible. Je me trouvais avec Diego dans le couloir, il nous a demandé où vivait Louis. C'était apparemment Luigi. Il prétendait être son ami. Quelques jours plus tard, quand j'en ai parlé à Luigi, il est devenu blême et a filé sans un mot. Il avait l'air vraiment perturbé.

L'attention de Ian s'attarda sur Emma : elle expliquait avec cette précision innée, celle d'une journaliste qui observe tout avec intérêt. Un mélange d'admiration et d'inquiétude passa dans ses prunelles. Il attrapa sa main et l'attira doucement vers lui.

— Il était peut-être déçu d'avoir manqué son ami, supposa-t-il en posant sa paume sur sa taille.

— Oui, peut-être répondit-elle, sans conviction.

Elle fixait le plancher, pensive. De deux doigts, il releva délicatement son menton pour plonger ses yeux dans les siens.

— Il est fort probable que ton voisin soit simplement absent parce qu'il se trouve justement avec cet ami.

La tendresse de son regard gagna Emma.

— Tu as une façon bien à toi de rassurer les gens, souligna-t-elle en retrouvant son sourire taquin. Très utile pour un shérif.

— Je ne fais pas ça avec tout le monde.

Sa main vint se caler dans la nuque d'Emma, l'autre toujours posée sur sa taille. Emma laissa courir le bout de ses doigts sur son avant-bras, puis remonta le long de son biceps.

— Que dirais-tu de passer la journée ensemble ? proposa-t-il.

— D'accord. Qu'as-tu envie de faire ?

Un éclat malicieux alluma les yeux de Ian

— Beaucoup de choses, murmura-t-il en la soulevant par les fesses.

Un rire surpris s'échappa d'Emma, ses jambes s'enroulant instinctivement autour de lui. Leurs lèvres se retrouvèrent avec assurance. Les doigts de Ian s'étalèrent dans son dos, la maintenant contre lui avec une tendresse ferme. Elle réagit en plongeant une main dans ses cheveux, tirant légèrement pour rapprocher encore leurs visages.

— Emma...

Juste son prénom, mais soufflé avec une intensité qui la fit resserrer davantage ses jambes autour de lui. Son cœur cognait dans sa poitrine. Elle sentit la chaleur de ses paumes à travers le tissu de son legging, les doigts de Ian s'ancrant avec assurance dans sa chair pour la caler contre son torse. Emma enfouit son visage dans le creux de son cou, inhalant l'odeur de sa peau, ce mélange boisé et chaud, tandis qu'il l'emmenait vers la chambre. Allongée sur le lit, son corps soudé au sien, elle s'abandonna à cette nouvelle intimité, à la douceur de ce recommencement.

****

Quelques heures plus tard, le temps pour Ian de repasser chez lui prendre quelques affaires, ils se retrouvèrent sur la plage pour une longue balade. La marée basse leur permit d'aller d'East Beach à Butterflies Beach, à Montecito. Sur le chemin du retour, le soleil descendait lentement, déposant une teinte dorée sur la mer. Ils marchaient pieds nus dans le sable, leurs chaussures à la main. Parfois leurs mains libres se frôlaient, puis se cherchaient. Ian entrelaça ses doigts aux siens, dans un geste naturel après une nuit où les corps s'étaient déjà dévoilés en entier.

Emma s'arrêta pour contempler l'océan, et les silhouettes lointaines des surfeurs.

— On s'assoit pour regarder le coucher de soleil ? proposa-t-elle.

Ils s'installèrent dans le sable. Elle laissa l'air marin emplir ses poumons.

— C'est fou comme c'est beau ici. Je ne me lasse pas de Santa Barbara. À chaque fois que je viens sur cette plage, je ressens une profonde sérénité. Le monde semble s'apaiser autour de moi. J'avais besoin de ça. De cette paix.

Ian décela une lueur mélancolique dans ses yeux. Une part de lui se demanda combien de mémoires douloureuses cet endroit guérissait en elle.

— C'est pour ça que tu es revenue ici ?

— En partie. J'ai passé tellement de temps ici, enfant... chez mon oncle et ma tante. Je n'ai que de bons souvenirs dans cette ville. Je me suis toujours senti chez moi.

Elle laissa couler une poignée de sable entre ses doigts, fixant le grain qui s'échappait comme si elle y cherchait ses mots. Ian ressentit une légère contraction au creux de l'estomac. Il le sentait : elle s'apprêtait à lever le voile sur une part d'elle qu'elle avait gardée sans doute secrète.

— Quand nous nous sommes revus au supermarché, tu m'as parlé d'Anthony. Et de cette idée de venir vivre ensemble à Santa Barbara. Eh bien... nous n'en avions pas simplement parlé. Nous étions fiancés. Tous les détails étaient réglés : le déménagement, le mariage... Tout devait se dérouler ici. Deux jours avant de partir, il m'a avoué qu'il ne pouvait pas. Qu'il ne se sentait pas prêt.

Imaginer la peine d'Emma atteignit Ian plus qu'il ne s'y attendait. Il accusa le coup, comme s'il venait de recevoir un poing en plein plexus. La colère contre ce type se mêla à son désir instinctif de la protéger. Sans une parole, il prit sa main dans la sienne et serra ses doigts.

— Ce jour-là, tout s'est effondré : la vie, les projets, les rêves... Mais il ne pouvait pas m'enlever une chose : cet endroit, cette ville. Alors j'ai déménagé quand même.

Il se tut un instant, cherchant les mots justes. Voir Emma si vulnérable éveillait en lui une tendresse et un besoin profond de se rapprocher.

— C'était un lâche, Emma. On n'abandonne pas quelqu'un comme ça au pied du mur. Tu méritais infiniment mieux.

Elle accueillit ses mots avec une gratitude silencieuse, touchée par la dureté sincère de son ton.

— Maintenant, je sais ce à quoi j'ai échappé... une existence auprès de quelqu'un qui ne partage pas mes rêves et n'avance pas.

— Peut-être... Mais c'est traumatisant, ce que tu as vécu.

Elle le fixa, hésitante.

— J'ai peur, Ian.

Sa voix s'évanouit un peu dans le fracas des vagues. Il se pencha vers elle, son regard s'ancrant dans le sien, puis porta sa main à ses lèvres dans un geste de protection.

— J'ai peur de ça, de nous... avoua-t-elle. J'ai peur parce que je tiens déjà beaucoup à toi.

Il resserra ses doigts autour des siens. Il sentait leurs fragilités se rejoindre.

— Moi aussi, je tiens à toi. Tu n'es pas seule à craindre de voir ressurgir ton passé. Mon ex-femme m'a trahi... J'ai mis du temps à m'en remettre.

Emma retint son souffle.

— Ian... je suis désolée pour toi.

— Mais je ne suis pas lui, et tu n'es pas elle.

Il enroula un bras autour d'elle. Elle se blottit dans la chaleur rassurante de son étreinte.

— Je ne veux pas que notre passé nous définisse, ajouta-t-il.

Elle leva les yeux vers lui, avec un sourire frêle, mais sincère.

— Moi non plus.

— Parfois, il faut prendre des risques... pour ne pas manquer ce qui est important.

— Alors... on prend le risque ?

Ian lui rendit un sourire rempli d'affection, puis la regarda droit dans les yeux.

— Oui. On prend le risque. Ensemble.

Il repoussa une mèche de son visage, rapprocha son front du sien, et l'embrassa.

Chapitre 13

Le Sportsman Lounge était rempli ce soir-là. L'odeur du bois ciré se mêlait à celle de la bière et des frites. Derrière le comptoir, des photographies de cow-boys s'étalaient aux côtés des écrans plats diffusant le match. Les clients commentaient chaque action avec passion. L'éclairage tamisé conférait à l'endroit ce côté à la fois rustique et familier qui plaisait à Ian. Assis au bar, lui, Axel et Ignacio regardaient la compétition, une pinte à la main. C'était devenu leur rituel quand leur métier le permettait. Ignacio et Ian travaillaient ensemble au bureau du shérif depuis vingt ans, et Axel les avait rejoints trois ans plus tard. Rapidement, une solide amitié s'est développée entre eux. À eux trois, ils représentaient trois manières différentes d'habiter un même métier. Ian et Axel, avec leur physique athlétique, portaient leur énergie comme une seconde nature. Ignacio, lui, avait la carrure compacte des hommes capables d'encaisser sans broncher, imposant par sa densité plutôt que par sa taille. Il était depuis deux ans à la tête du bureau de formation des shérifs adjoints et des agents pénitentiaires.

— Tu m'as l'air bien songeur, lieutenant, remarqua Axel en jetant un coup d'œil à Ian.

— Il a mieux à penser que le match, ou même nous, mon vieux, rétorqua Ignacio avec un petit rictus.

— Très drôle, répondit Ian sans lever les yeux de son téléphone, qui venait de vibrer sur le comptoir.

Il s'attarda sur l'écran, et un sourire tendre lui vint sans qu'il s'en rende compte. C'était une série de photos de la veille, prise durant la nuit d'Halloween. Emma posait, déguisée en sorcière, sobre et élégante, avec un chapeau pointu incliné sur le côté. Un autre cliché montrait des voisins de Victoria House en arrière-plan, riant, des enfants costumés tenant des sacs de bonbons à côté de la citrouille sculptée ensemble. Il avait rarement vu d'ensorceleuse aussi jolie. Ce mariage subtil de drôlerie et de grâce constituait précisément ce qui le séduisait chez elle.

Il tapa une réponse rapide, sous le regard railleur de ses amis.

— Qu'est-ce que je te disais ! s'exclama Ignacio en direction d'Axel. Elle s'appelle Emma.

— Ça t'amuse, hein ? demanda Ian en relevant enfin la tête.

— Je dois avouer, ouais.

Les trois hommes se mirent à rigoler. Le bruit du match et les discussions des supporters reprirent le dessus. Ian tentait de se concentrer sur la partie, mais son esprit s'échappait sans cesse. Il repensait au week-end passé avec Emma. Un de ces week-ends rares, sans urgence, sans appel du bureau. Deux journées à rire, à se découvrir. Et voilà qu'on était mardi… et elle lui manquait déjà. Il se sentait confus. Il voulait ce lien, il l'avait exprimé sur la plage, mais la force de ces sentiments lui faisait perdre pied.

— Bon, si tu n'arrives pas à suivre le jeu, raconte-nous au moins ton week-end, lança Ignacio.

— T'es une vraie commère, en fait, répondit Ian, amusé.

— Arrête de te faire prier, ajouta Axel, hilare.

Ignacio prit une gorgée de bière, le coude posé sur le comptoir.

— Franchement, ça fait plaisir de te voir comme ça, dit-il avec sincérité.

Son ami redressa la tête, surpris par le ton.

— Comme ça ?

— Détendu. Moins… fermé.

Leurs regards se croisèrent en un bref instant de compréhension silencieuse. Ignacio savait. Il avait été là quand tout s'était écroulé, les disputes, les absences, le moment où Ian avait découvert la trahison de son épouse. Il avait vu son beau-frère se vider peu à peu de tout ce qui le rendait vivant.

— Eh bien, disons que... ça fait du bien.

Axel ne connaissait pas tous les détails de l'histoire, mais il en savait assez pour comprendre. S'ils étaient amis tous les trois, Ignacio et Ian étaient aussi beaux-frères, presque des frères. Ils entretenaient une relation privilégiée, et leur ami trouvait cela tout à fait naturel.

Ignacio reprit d'un ton plus léger :

— En tout cas, cette chère Emma t'a rendu ton foutu sourire.

— Peut-être bien, admit Ian.

Ignacio inclina la tête, un pli chaleureux sur les lèvres.

— Ce n'est pas un crime, tu sais. Il serait temps que tu recommences à vivre.

Ian éprouva une pointe de malaise. « Recommencer à vivre. » Il aurait souhaité que cela soit simple. Pendant des mois, après le divorce, il s'était cru incapable de ressentir autre chose que de la colère et du vide. La tromperie de Christina, son ex-femme, l'avait ébranlé bien plus qu'il ne l'admettait. Elle n'était pas seulement partie avec un autre homme : elle avait emporté avec elle la part de lui qui croyait encore à la loyauté. Il lui avait fallu du temps pour se reconstruire. Et maintenant, Emma le touchait si profondément qu'il sentait son équilibre retrouvé prêt à vaciller. Elle réveillait des élans qu'il avait appris à contenir. Cette évidence lui faisait battre le cœur plus fort et retenir sa respiration en même temps.

Un silence flotta une seconde, avant qu'Axel ne tape sur le comptoir :

— Bon, on trinque à ça ? À Emma, et à toi qui reprend goût à la vie !

Ils rirent, les verres s'entrechoquèrent, et Ian se détendit un peu.

Ignacio tourna le sien entre ses doigts.

— Alors, cette Emma... raconte un peu.

Le visage de leur ami s'éclaira.

— Elle est... différente. Elle est écrivaine, ancienne journaliste.

Curieuse, belle, intelligente et drôle aussi. Le genre de personne qui observe tout, même quand elle ne dit rien.

— Et bah... j'ai hâte de la rencontrer, taquina Ignacio.

— Une ex-journaliste, hein ? fit Axel en passant sa main sur son crâne rasé. Tu as le chic pour choisir des femmes qui savent poser les bonnes questions.

Ian eut un rictus gêné, sans répondre tout de suite. La remarque de son ami fit remonter malgré lui le souvenir de Christina. Sociologue, enseignante à l'université, elle avait ce don pour décortiquer les gens, les relations, les comportements. Mais avait-elle réussi à décrypter les siens ? Il se remémorait ces soirées où leurs discussions finissaient en débats animés, avant de tourner peu à peu à l'incompréhension.

Il chassa cette pensée d'un mouvement de tête et reprit :

— Justement. C'est bien ça qui me préoccupe un peu.

Les yeux bruns d'Ignacio se fixèrent sur lui, intrigués.

— C'est-à-dire ?

— Disons que j'aimerais éviter de l'impliquer dans la partie la plus sombre de ce boulot. Elle a assez donné avec son ancien métier.

Une brève interruption suivit, couverte par les cris du bar après un but. Ian en profita pour boire une gorgée.

— Elle m'a parlé d'un de ses voisins, Luigi Salerno. Un cuisinier à la retraite. Ce soir, ça fait six jours qu'il n'a plus donné signe de vie à ses voisins. Pas le genre de l'homme. Et apparemment, un type est passé le voir quelques jours plus tôt.

— Le voir ? s'enquit Axel, plus attentif d'un coup.

— Ouais. Un homme en costume trois-pièces, l'air nerveux, transpirant. Il se serait présenté comme un ami demandant après « Louis », pas Luigi. Et quand Emma en a parlé au fameux Luigi, il s'est volatilisé sans explications. Depuis plus de nouvelles.

Ignacio fronça les sourcils.

— Et tu as vérifié ?

— Pas encore. Je ne veux pas qu'Emma s'en mêle. Et je sais

que cela peut vous paraître dingue, les gars, mais j'ai confiance en son instinct... Sa voiture n'est plus là, alors il est peut-être tout simplement parti. Pourtant, quelque chose cloche, je le sens aussi.

Ian se tut, observant le reflet de la lumière sur sa bière. Son esprit passait déjà en mode « flic », alignant les détails comme les pièces d'un puzzle à assembler. Axel et Ignacio échangèrent un regard. S'ils ne pouvaient juger le flair d'Emma, ils avaient toute confiance en celui de leur ami. Ian n'avait pas obtenu son poste actuel par hasard. C'était un excellent enquêteur en plus d'être un lieutenant compétent. Sa perspicacité et son sens du devoir avaient fait de lui l'un des dirigeants les plus respectés du bureau du shérif.

Axel rompit le silence.

— On peut jeter un œil. Luigi Salerno, c'est ça ?

Ian hocha la tête.

— Oui. Discrètement, d'accord ? Et aussi... cet homme. Costume italien, environ soixante-dix ans, cheveux grisonnants, allure un peu raide. Recherche si quelqu'un correspondant à cette description a été signalé dans le coin ces derniers jours.

Axel nota les informations sur son téléphone.

— C'est juste une vérification de routine, précisa Ian. Je ne veux pas que ça remonte pour le moment. C'est personnel.

— Bien reçu, chef.

Leur attention se reporta sur le match, mais Ian ne suivait plus. Dans sa tête, deux voix s'opposaient. Le lieutenant savait qu'il devait agir. Une disparition inexpliquée, même anodine, ne devait jamais être ignorée. Mais l'homme, lui, refusait d'impliquer Emma. Elle venait tout juste de retrouver un semblant de paix à Santa Barbara. Il ne voulait pas lui enlever ça, et encore moins la voir porter le poids de ses soupçons. Il prit sa décision. Le lendemain, il irait questionner l'un des voisins, discrètement. Il choisit Vanessa Bowen. Elle n'était pas du genre à bavarder avec les autres résidents, mais elle aurait peut-être quelque chose d'intéressant à raconter. De plus, il avait déjà jeté un œil, son appartement était situé au rez-de-chaussée, en face de celui de Luigi. Et surtout, elle ne risquait pas d'aller rapporter à Emma qu'il commençait à enquêter. Il ne voulait ni encourager sa curiosité ni l'affoler. Il avait bien l'intention de protéger leur bulle de toute chose susceptible d'assombrir ce qu'ils construisaient. Il reposa son verre. Il se leva tranquillement, paya sa part, et, sans en faire un drame, adressa une tape amicale à Ignacio.

— Rentre, toi aussi, dit-il

— Essaie de dormir un peu *amigo*, répliqua Ignacio avec un air entendu.

— Promis.

Dehors, la nuit l'attendait, fraîche et animée par le bruit des conversations qui s'échappaient encore du bar. Il se dirigea lentement vers sa voiture, les mains enfouies dans ses poches, le visage fouetté par l'air marin. La ville semblait paisible, mais lui sentait déjà cette tension familière s'installer, celle qui précède toujours une investigation. Il essayait de ne pas penser à la suite, mais quelque chose se préparait. Une enquête venait de naître, discrète, au milieu d'un bonheur tout neuf qu'il n'avait aucune envie de gâcher. Il s'appuya contre la portière de sa voiture et sortit son mobile. L'écran s'illumina, il chercha le nom d'Emma.

Il hésita, puis cliqua sur « appeler ».

— Que fais-tu ? demanda-t-il d'une voix douce lorsqu'elle décrocha.

— Je lis, répondit-elle, ses mots, un peu étouffés par le téléphone. Tu veux venir ?

Cette fois, son sourire ne le quitta plus.

— J'arrive.

Il raccrocha, glissa son portable dans sa poche, et leva les yeux vers le ciel étoilé. La brise agita les palmiers. Il se mit au volant, le cœur plus léger, sans se douter que cette simple inquiétude bouleverserait bientôt bien plus que son sommeil.

Chapitre 14

Emma se gara à Shoreline Park. Ce parc, perché sur un plateau, offrait à ses promeneurs une vue spectaculaire depuis le haut de sa falaise : d'un côté, l'océan et les Channel Islands, de l'autre, la chaîne des Santa Ynez. Emma devait retrouver, un peu plus tard à la plage, Jimmy, parti surfer dès l'aube. Certes, elle aurait pu se stationner plus près, mais elle préférait marcher. Elle aimait cette balade qui longeait la côte jusqu'à Leadbetter Beach, puis descendait vers le port. Elle faisait partie de ses rituels, et, aujourd'hui, elle avait besoin de ce moment de calme. Dès qu'elle posa le pied hors de la voiture, la senteur délicate des eucalyptus lui ravit les narines. Elle prit une profonde inspiration et se dirigea vers le bord de la falaise pour admirer l'océan. Il était recouvert de plantes grasses, les fameuses griffes de sorcière, dont les fleurs violettes éclataient au printemps. Un vieux grillage de fer servait de garde-fou contre le vide. À l'horizon, un petit bateau de pêche avançait lentement, suivi d'un nuage de mouettes.

Combien de fois était-elle venue ici ? Pour y flâner, respirer, clarifier ses pensées... Shoreline Park était son sanctuaire, l'endroit où elle parvenait à apaiser le tumulte du monde. Les familles y pique-niquaient, les joggeurs y croisaient les promeneurs et leurs compagnons à quatre pattes. De l'autre côté du parc, quelques maisons se dressaient derrière les palmiers. Leurs façades baignaient au soleil, avec la montagne en toile de fond. Emma s'assit sur un banc face à l'océan. Elle se remémora la soirée précédente, la première nuit passée chez Ian. En arrivant, ils avaient rencontré sa voisine, Madame Ortega, sur le palier. La vieille femme, qui avait déjà retiré son attelle, avait tenu à remercier Ian en lui offrant un récipient fumant de pozole maison. Emma avait été touchée par l'expression de Ian à ce moment-là : une gratitude gênée. Puis, il y avait son appartement. L'endroit lui ressemblait : simple et bien rangé. Quelques livres, quelques souvenirs, une guitare abandonnée dans un coin. Rien de superflu, mais une impression de calme solide. Ce calme, elle l'avait aimé. Mais elle se demandait parfois si cette maîtrise n'était pas une façade pour cacher une solitude qu'il refusait de regarder en face.

Ils ne s'étaient quasiment pas quittés depuis le week-end précédent. Il l'avait rejointe mardi soir. Jeudi, la veille, elle avait passé la nuit chez lui. Avec Ian, elle avait l'impression d'être exactement là où elle devait être. Cette proximité la remplissait de joie... et la terrifiait tout autant. Ses émotions avaient une intensité nouvelle. Elle se sentait vivante, pourtant, ce sentiment s'accompagnait d'une peur tenace : celle de tout perdre. Une peur qu'elle connaissait trop bien, capable d'étouffer n'importe quel élan si elle la laissait s'installer. Elle lui en avait parlé, il l'avait rassuré. Mais, elle se demandait comment Ian gérait, lui, son passé et ses propres blessures.

Ses pensées furent interrompues par des moineaux qui tourbillonnaient dans le parc, se posant sur le grillage devant elle. Soudain, un bel oiseau au ventre jaune se joignit à eux. Emma, attendrie, sortit son téléphone et le prit discrètement en photo, se promettant de chercher son espèce à son retour chez elle. Les oiseaux s'envolèrent d'un coup, surpris par l'arrivée d'un agent d'entretien. L'homme portait un large chapeau, un foulard noué sous le menton, des lunettes de soleil et des gants épais. Il venait de garer son pick-up blanc dans l'allée. Le regard d'Emma s'attarda sur le logo apposé sur la portière : Seal of the City of Santa Barbara, California. Il attrapa un râteau et un grand sac en plastique, puis entreprit de ramasser les feuilles d'eucalyptus et les aiguilles de pin. « Quel travail de titan ! » pensa Emma en observant la quantité dispersée au sol par le vent. Pendant une fraction de seconde, la silhouette de l'homme lui rappela Luigi.

Sa manière à la fois méthodique et affectueuse de prendre soin du jardin. Une pointe de tristesse lui serra le cœur. Luigi restait invisible. Son absence commençait à peser sur tout le voisinage. Leur fête d'Halloween sans lui et sans Jimmy n'avait pas eu la même saveur. Elle n'en avait pas rediscuté avec Ian depuis leur week-end ensemble. Il était trop tôt pour solliciter son aide. Mais si ce week-end, elle n'avait pas de nouvelles, elle lui en parlerait.

Elle consulta l'heure. 12 h 15. Jimmy ne tarderait plus. Elle se leva, mit son sac sur son épaule et commença à marcher le long du sentier. La promenade descendait vers la plage, bordée de palmiers et de pins. En approchant du parking, elle distingua la silhouette familière de son voisin à l'arrière de son camion. Il retirait sa combinaison, rapide et à l'aise dans chaque geste. Jimmy en terrain connu. C'était toujours la même surprise pour elle : lui qui pouvait trébucher sur un simple trottoir devenait soudain d'une coordination parfaite dès qu'il touchait une planche. Quand il tourna la tête vers elle, son visage déjà hâlé s'illumina davantage.

— Les vagues étaient bonnes ce matin ?

— Délicieuses. Et en plus, j'ai vu un dauphin.

Né à Hawaï trente-deux ans plus tôt, fils d'une météorologue et d'un juriste, Jimmy avait deux grandes passions dans la vie : le surf et l'océan. La première, il la pratiquait depuis l'âge de huit ans ; la seconde, il en avait fait son métier. Biologiste marin et professeur à UCSB, au sein du Département d'écologie, d'évolution et de biologie marine, il consacrait aussi une partie de son temps libre au Channel Islands Marine and Wildlife Institute, où il participait aux missions de sauvetage d'animaux marins. Il rentrait justement d'une conférence à UC Santa Cruz sur les interactions entre les humains et la faune marine, un événement de plusieurs jours réunissant des chercheurs venus de tout l'État.

— Ça te tente de manger un morceau en discutant ? proposa Jimmy en enfilant un tee-shirt. J'ai une faim de loup.

— Avec plaisir. Où veux-tu aller ?

— On reste ici, Shoreline Café, ça te va ?

— Parfait.

Ils s'installèrent dehors, sous un grand parasol, les pieds dans le sable. La brise apportait des effluves de sel et de grillades. Jimmy, affamé, commanda un burger. Emma choisit des tacos au poisson.

— Que veux-tu savoir ? demanda Jimmy en posant les coudes sur la table.

— J'aimerais que tu me racontes ta plus belle histoire d'amour. Connaître ton expérience de l'amour en quelque sorte.

Un sourire affleura sur les lèvres de Jimmy. Il passa une main dans sa tignasse dorée, ébouriffant un peu plus ses mèches décolorées par le soleil.

— J'ai été amoureux de nombreuses fois. La première, à six ans, d'une fille qui s'appelait Molly. Elle avait de longs cheveux ondulés, un peu comme toi, mais des yeux bleus. Elle m'avait offert une baleine en peluche.

Il éclata de rire, avant de redevenir plus sérieux.

— Mais si je devais en choisir une seule, ce serait celle qui m'a conduit ici, à Santa Barbara.

Il fixa le liquide dans son verre comme s'il scrutait le fond d'une de ses éprouvettes de laboratoire.

— Elle s'appelait April. On s'est rencontrés à San Diego, pendant nos études. On effectuait le même master en biologie marine. Une nuit nous a suffi pour tomber fous amoureux. On passait nos week-ends à plonger, à camper sur la côte. On vivait de presque rien, mais on avait l'impression d'avoir tout. C'était simple. Et passionné.

Une mouette plana dans le ciel, son cri solitaire déchirant un instant le calme de la plage.

— Après nos diplômes, on a voulu expérimenter autre chose. Voyager, bosser un peu partout. On a traversé le Pacifique, résidé six mois en Australie, puis en Nouvelle-Zélande. On travaillait dans des centres de recherche, on réalisait des relevés côtiers, on donnait des cours de surf pour payer nos billets.

Il but une gorgée d'eau.

— Puis April s'est lassée. Elle rêvait de stabilité. D'un vrai poste. Elle a trouvé un emploi ici. Elle est originaire de Goleta. Moi, je n'étais pas prêt à m'arrêter. Mais je l'aimais, alors j'ai suivi.

Un minuscule rire lui échappa.

— Pendant deux ans, j'ai enchaîné les petits boulots : prof de surf, guide pour les Channel Islands, assistant dans un labo marin. Un matin, elle m'a annoncé qu'elle me quittait, qu'elle avait besoin d'autre chose. Notre flamme s'était éteinte sans qu'on s'en aperçoive. Elle est partie du jour au lendemain pour un poste à Seattle.

Jimmy jouait distraitement avec sa fourchette, mais la laissa riper contre le bord de son assiette dans un grincement aigu qui le fit grimacer. Il la reposa aussitôt, les mains bien à plat sur la table pour éviter tout nouvel incident.

— Avant de s'en aller, elle a recommandé mon nom à l'université. C'est comme ça que je me suis retrouvé professeur ici. Ironique, non ?

Un serveur apporta leurs plats.

— Tu ne lui en veux pas ? demanda Emma, dès que celui-ci s'éloigna d'eux.

— Non. Pas vraiment. On a fait un bout de chemin ensemble. C'était beau. Parfois, il faut savoir s'arrêter avant de s'abîmer.

Elle hocha la tête, impressionnée par cette sagesse tendre. Elle sentit une chaleur familière se propager en elle, cette sympathie immédiate qu'on éprouve pour ceux qui ont aussi survécu à un naufrage.

— Et toi, Emma ? Tu crois que l'amour, ça peut durer ?

Elle hésita, son regard se perdant dans l'immensité de l'océan. La question resta un instant en suspens, emportée par le murmure des vagues.

— Je suppose que oui pour certains couples. Même si j'ai

l'impression que cela veut dire aussi accepter qu'il change de forme.

Jimmy acquiesça lentement.

— J'ai appris cette leçon avec April. Et puis, parfois, aimer quelqu'un, c'est admettre qu'il ait besoin d'un autre horizon.

Emma se trouva un peu abasourdie. Ces mots faisaient écho en elle. April était partie. Jimmy l'avait suivie un temps, puis laissée s'envoler pour de bon. Anthony, lui, s'il n'avait jamais envisagé de la suivre, n'avait pas tenté non plus de la retenir. Et Ian... Elle pensa à son regard, à son calme attentif, à leur discussion sur la plage. Lui ne semblait pas vouloir fuir. Leur histoire débutait de façon si différente de ce qu'elle avait vécu précédemment : des relations impossibles, des amours qui se terminaient avant même de commencer. L'absence d'obstacle apparent, cette possibilité réelle, c'était peut-être cela, le plus déstabilisant.

La toile du parasol ondulait sous la brise. Les vagues balayaient la plage. Emma ferma brièvement ses paupières. Elle songea à son roman... à la manière dont les histoires d'amour naissent et se défont, mais surtout, elle pensa à elle. À sa peur de s'engager pleinement dans l'amour. À cette passion pour Ian, qui grandissait en elle de jour en jour.

Jimmy brisa le silence.

— On finit notre déjeuner et on va marcher un peu ?

— Oui, accepta-t-elle. Marcher, c'est bien.

Vingt minutes plus tard, ils quittèrent la terrasse du Shoreline Café, longeant la plage. Emma sentait le sable s'enfoncer sous ses pas. Au loin, la mer brillait, sous un soleil de plomb.

— Alors, as-tu réussi à interviewer tout le monde à Victoria House ? questionna Jimmy.

— Non. Je n'ai vu qu'une personne à part toi ?

— Laisse-moi deviner... Gil ?

— Non, réagit-elle, un peu surprise. Karen.

— Et Gil, tu vas l'interroger bientôt ?

Emma fronça légèrement les sourcils.

— Oui… enfin, je n'ai pas encore fixé de rendez-vous.

— Je me demande bien ce qu'elle va te raconter…

Elle le dévisagea, intriguée.

— Dis-moi, Jimmy Pratt… tu ne serais pas un peu trop intéressé par ma future interviewée ?

Il se tourna vers elle, feignant l'indignation.

— Moi ? Pas du tout !

— Tu mens très mal, répliqua-t-elle, la voix douce.

Jimmy soupira, un rire nerveux dans la gorge.

— D'accord. Peut-être un peu. OK, beaucoup.

Ils s'arrêtèrent près des rochers.

— Elle est si douce. Et… elle regarde les gens comme si elle voyait tout ce qu'ils ne disent pas. C'est légèrement déroutant. Et puis, elle est tellement belle, Emma. Ses cheveux auburn, ses yeux verts… Parfois, je reste planté là sans savoir quoi dire.

— Tu devrais lui parler, Jimmy.

— J'y ai pensé, mais je préfère éviter de rendre les choses gênantes. On s'entend bien. Et puis, à Victoria House, tout le monde se connaît. Je ne veux pas que cela devienne… compliqué.

Emma secoua la tête.

— C'est peut-être le risque à prendre. Elle a quitté le Texas, a cumulé deux jobs, avant de devenir serveuse à El Encanto… Elle a du cran. Je pense qu'elle apprécierait que tu en aies un peu aussi.

— Tu crois ?

— Oui, mais tu sais, je ne suis pas la mieux placée pour donner des conseils sur ce sujet.

Jimmy la dévisagea, tentant de comprendre son message. Elle se contenta de sourire, sans ajouter un mot.

— Je devrais demander à Martha, alors. Tu penses qu'elle dira un jour à Luigi qu'elle est amoureuse de lui ?

— Quoi ? Qu'est-ce qui te fait croire ça ?

— Leur manière de se chamailler.

— Peut-être, concéda Emma. Je les voyais plutôt comme des

frères et sœurs. Peut-être que je me trompe. En tout cas, je m'inquiète. Luigi s'est volatilisé depuis une semaine. Il ne nous a rien dit. Et je tombe sur sa messagerie à chaque appel.

— Ah bon ? s'étonna Jimmy. Je n'étais pas au courant avec mon déplacement. C'est bizarre. C'est vrai que la dernière fois que je l'ai vu, il n'avait pas l'air dans son assiette.

— Comment ça ? C'était quand ?

— Il y a dix jours, je dirai. Sur le parking du Ralph's de Goleta, il se trouvait avec un homme de son âge et un autre, beaucoup plus jeune. Ils avaient l'air de se disputer. Enfin... ils parlaient à voix basse, de façon tendue.

Emma sentit son rythme cardiaque s'accélérer de peur.

— Deux hommes ? Tu les connaissais ?

— Non. Je n'ai pas osé aller le saluer, ça semblait... privé. Mais le jeune a appelé le type en costume... attends... Il l'a appelé Dominic. Oui, c'est ça.

L'attention d'Emma se resserra autour de ce nom.

— En costume ? Costume italien, cheveux grisonnants ?

— Oui... comment tu sais ça ?

— Et ensuite ? Qu'ont-ils fait ?

— Ils ont chargé leurs courses et sont partis ensemble.

— Ensemble... avec la voiture de Luigi ?

— Oui, pourquoi ?

— Dominic, murmura-t-elle, sans répondre à la question.

Déjà, son esprit s'égarait, échafaudant mille scénarios dont aucun ne finissait bien.

Chapitre 15

Le bateau fendait la mer, laissant derrière lui un sillage d'écume. Emma s'était installée sur le pont, les cheveux fouettés par le vent. Elle parlait volontiers avec les autres passagers, riait, posait mille questions. Ian, près d'elle, contemplait l'océan avec ce calme attentif qui le caractérisait. Il portait un pull camionneur, et ses lunettes de soleil glissaient doucement sur son nez. Ils échangeaient peu de mots, mais leurs regards en disaient tout autant. À ses côtés, Emma avait cette sensation rare de présence totale.

À l'horizon, les îles se dessinaient peu à peu : falaises abruptes, terres ocre et végétation rase, tout cela baigné dans une lumière crue. C'était là, sur ces terres sauvages, qu'elle avait écrit une partie de son deuxième roman. Elle se souvenait les longues marches sur les hauteurs, les clairières où elle venait s'asseoir pour écrire, la solitude des lieux, le vent faisant trembler les herbes sèches. Aujourd'hui, elle y retournait avec Ian, partagée entre la nostalgie et l'espoir. L'espoir de s'ouvrir un peu plus. S'était-elle vraiment ouverte à un homme, d'ailleurs ? Elle avait beau en vouloir à Anthony, elle devait admettre qu'elle n'avait jamais été prête à être atteinte, à se livrer entièrement. La conversation avec Jimmy, la veille, résonnait encore en elle. Le manque de courage de son voisin de parler à Gil, elle le reconnaissait chez elle, dans sa peur de laisser Ian entrer pour de bon. Elle avait beaucoup hésité avant d'appeler. Son doigt effaçait et retapait les mêmes mots sur l'écran : « Et si on s'évadait ce week-end ? Juste toi et moi. » Peut-être pouvait-elle encore oser. Finalement, elle composa son numéro.

— Pourquoi ne pas passer une nuit sur les Channel Islands

demain ? avait-elle suggéré d'une voix légère.

Après une courte interruption, suivi du son de sa respiration de l'autre côté, Ian avait répondu :

— J'adorerais.

Ils arrivèrent sur l'île de Santa Cruz, la plus vaste des Channel Islands, en début d'après-midi. Ian avait dû se rendre au bureau tôt le matin, ce qui avait retardé leur départ. Après avoir débarqué, ils montèrent leur tente au camping de Scorpion Canyon pour éviter d'être surpris par la nuit. L'endroit était spartiate : tables de pique-nique, point d'eau, toilettes sommaires. Il était interdit d'y allumer des feux. Emma fixa la glissière de la toile avec un mousqueton, comme le conseillaient les guides. Les renards gris et les corbeaux de l'île étaient réputés pour être de véritables petits voleurs, capables de déjouer les fermetures éclair.

Ian, amusé, observait ses gestes méthodiques.

— Tu sembles avoir déjà fait ça.

— Oui. J'étais venue ici... pour écrire.

Ils laissèrent derrière eux le campement et s'engagèrent sur le sentier qui serpentait à travers les collines. Les croassements rauques des corbeaux et le souffle du vent accompagnaient leurs pas. Ian chercha sa main ; elle la glissa aussitôt dans la sienne. Au détour d'un virage, le paysage se transforma soudainement en une vue imprenable sur l'océan. Il s'arrêta net.

— J'avais oublié à quel point c'est sauvage ici. On a l'impression de se trouver hors du monde.

— C'est exactement ce que j'aime, murmura Emma.

— Pourquoi es-tu venue ici pour écrire ?

Elle lutta un instant contre le vent pour rassembler sa chevelure, ses yeux brillant de plaisir à se remémorer ces jours :

— À l'époque, je traversais une période étrange. J'avais besoin de calme, de me débrancher de tout. Les îles m'ont apporté ça. Cette beauté brute. Et puis leur histoire... Les Chumashs vivaient ici bien avant les missions espagnoles, naviguant d'île en île sur leurs tomols. On raconte qu'ils parlaient au vent, qu'ils écoutaient la mer comme un être vivant.

Son regard se perdait à l'horizon, comme si elle pouvait encore apercevoir leur silhouette voguer sur l'eau. Ian fixait ses lèvres, absorbant chaque syllabe prononcée.

— J'avais commencé un roman dont l'histoire se déroulait sur la côte. Mais au fil du temps, tout s'est déplacé ici. L'histoire et l'écriture. J'avais besoin de cette solitude, de ce lien avec quelque chose de primitif, d'indompté.

— Tu écris comme tu regardes, en captant ce qu'il y a derrière. C'est beau.

Emma tourna la tête vers lui, étonnée par l'extrême douceur de sa voix.

— Merci. C'est le roman dans lequel j'ai mis le plus de moi.

Elle réalisa trop tard à quel point cette phrase l'exposait.

— Et toi ? Tu aimes ce genre d'endroit ? demanda-t-elle pour reporter l'attention sur lui.

Loin d'être dupe, ce détour amusa Ian. Un sourire discret étira ses lèvres tandis qu'il découvrait ce pan encore inconnu d'elle.

— Beaucoup. Et j'aime l'effet du silence sur les gens. Ils se dévoilent toujours à la fin.

Leurs regards se croisèrent. Emma se sentit soudain vulnérable, sans défense. Dans un réflexe, elle se blottit contre lui. Il l'enlaça avec tendresse, sa joue appuyée contre son front. Un frisson la parcourut, et Ian resserra légèrement son étreinte. La chaleur de son corps, contre le sien, se répandit doucement, lui procurant une agréable sensation de sécurité. Ils restèrent un moment ainsi, face à la mer, puis reprirent leur marche, profitant de la nature. Des geais bleus sautaient d'un buisson à l'autre, leurs cris perçants le calme. Les renards des îles trottinaient entre les herbes, insouciants et peu craintifs en l'absence de prédateurs. Ils n'hésitaient pas à s'aventurer en plein jour, curieux de rencontrer les visiteurs amusés. Emma les photographia avec enthousiasme. Quand le jour déclina, ils regagnèrent le campement. Une fois à la tente, Ian alluma la petite lampe de camping. Une lumière blanche se diffusa autour d'eux, dessinant un cercle fragile au milieu de l'obscurité grandissante.

— Tu as faim ? demanda Emma. J'ai apporté des sandwichs au thon, des crudités et des chips.

— Parfait ! approuva-t-il.

Ils s'assirent côte à côte sur la table de pique-nique. Emma ne parut même pas remarquer que leurs épaules se frôlaient, tout entière absorbée par ses pensées. Autour d'eux, l'île s'enfonçait dans la nuit ; une tente se découpait dans la pénombre du camp et, au loin, un oiseau nocturne émit un cri court. Dans ce silence, Emma mâchonnait distraitement un morceau de pain. Elle venait de recevoir un message quelques minutes plus tôt, et son regard flottait désormais bien au-delà de l'océan. Ian le remarqua.

— À quoi tu penses ?

Elle hésita, puis posa son sandwich.

— À Luigi.

L'inquiétude se lisait sur ses traits, et cette image le troubla.

— Toujours pas de nouvelles ?

— Non. Et j'ai appris autre chose hier.

— Quoi donc ?

— Jimmy, mon voisin, l'a croisé juste avant qu'il ne disparaisse. Il était en compagnie de deux hommes. L'un d'eux se nommait Dominic. Le même que j'ai rencontré dans le couloir. Et un autre, plus jeune. Ils sont partis ensemble dans sa voiture.

— C'était quand ?

— Dix jours.

— Tu pourrais peut-être… te renseigner ? Juste pour vérifier s'il va bien ? osa-t-elle.

Il évita son regard et son épaule se raidit légèrement. Il recula d'un centimètre, établissant une distance entre eux.

— Je vais voir ce que je peux faire. Mais ne t'inquiète pas trop. Luigi a peut-être simplement envie de passer du temps avec ses amis.

— Je ne suis pas certaine qu'ils soient ses amis.

— Jimmy les a vus partir ensemble. Il est parti de son plein gré, non ?

— Oui, mais...

Elle chercha ses yeux.

— Peut-être que je me fais des idées, ajouta-t-elle, plus bas.

— Écoute. Je vais me renseigner.

Il marqua une pause.

— Mais promets-moi une chose : ne commence pas à fouiller de ton côté.

Le ton restait calme, mais l'autorité dans sa voix la heurta. Une fine barrière se dressa entre eux. Elle baissa les yeux, le sang lui monta au visage. Ses doigts tirèrent nerveusement sur les manches de sa polaire.

— OK, répondit-elle, un peu tendue.

Elle se détourna à son tour, regrettant d'avoir abordé le sujet. Un craquement soudain les fit sursauter.

— C'était quoi ? souffla Emma.

Ian braqua la lampe vers la glacière posée sur le banc en face d'eux. Un petit renard gris aux yeux brillants, était parvenu à y grimper et venait de plonger son museau dans le paquet de chips.

— Hé ! s'exclama-t-il en se levant.

L'animal bondit, la queue dressée, un morceau de tortilla dans la gueule. Emma se mordit les lèvres pour ne pas éclater de rire.

— Tu vois ? Je te l'avais dit : ils sont rusés !

Ian revint vers elle en rigolant. Le malaise se dissipa un instant. La nuit tomba complètement. Le vent secouait la toile de la tente, faisant frissonner la lampe suspendue. Emma se glissa dans le sac de couchage double, celui qu'elle avait acheté en pensant qu'Anthony et elle, partiraient en camping un jour. Ce jour-là ne s'était jamais présenté. Ian la rejoignit, descendit la fermeture éclair derrière lui. Il retira ses vêtements et s'allongea près d'elle. La chaleur de leurs corps se mêla sous le tissu. Ils restèrent immobiles, à écouter les sons de l'île. Il jeta un coup d'œil vers elle. Il sentait bien que quelque chose s'était refroidi. La crispation dans sa voix. L'ombre dans son regard. Il se tourna vers elle, hésitant à tout avouer : le début de son enquête, ses doutes, sa confiance en son intuition, les éléments à éclaircir. Mais il se ravisa. Et si parler la mettait en danger ? Elle voudrait découvrir la vérité. Elle n'était pas du genre à attendre ni à reculer. Elle s'en mêlerait, et ça, il n'arrivait pas à l'accepter. Il se raccrocha à ce qu'il pouvait maîtriser, choisissant une alternative pour rétablir la parole entre eux.

— J'ai repensé à ton roman, dit-il. Celui que tu as écrit ici. De quoi parle-t-il ?

Emma s'immobilisa, surprise par ce retournement inattendu.

— D'une femme qui cherche à se reconstruire après avoir tout perdu : son mari, son travail. Elle trouve refuge dans un endroit isolé, imaginant ainsi échapper aux autres... avant de finir par se trouver elle-même.

Ian caressa son bras dans un geste timide, sans la quitter des yeux.

— J'aimerais le lire.

Elle se tourna vers lui.

— Tu veux que je t'en parle un peu plus ?

Le bout de ses doigts poursuivait son chemin sur la peau d'Emma dans un lent va-et-vient. Une onde d'excitation la souleva, lui arrachant un frémissement.

— Non. Je préfère le découvrir par moi-même. C'est celui où tu as mis le plus de toi... Je veux tout connaître de toi.

Emma, ébranlée par la sincérité dans sa voix, ne put dissimuler l'affolement qui tambourinait sous sa peau.

— Tu ne sais pas ce que tu dis, murmura-t-elle.

Ian n'avait plus le regard d'un shérif, mais celui d'un homme confronté à une énigme qu'il désirait ardemment percer et faire sienne.

— Si, je crois que je sais.

Il y eut un silence. Puis, doucement, Emma encercla sa mâchoire de ses mains. Leurs visages se frôlèrent, elle posa sa bouche sur la sienne. Un contact timide, contenu, empreint de la peur de rompre l'équilibre fragile de ce moment. Puis la retenue disparut. Sous les baisers de Ian, les soupirs d'Emma devinrent plus courts. Leurs cœurs battaient l'un contre l'autre, rapides. Il enfouit sa tête dans son cou, ses lèvres collées à sa peau. Elle frissonna. Le tissu bruissait à chacun de leurs mouvements. Les mains se cherchèrent, les corps se trouvèrent, les sous-vêtements se perdirent dans le duvet. Emma ferma les yeux. Il ne resta plus rien, seulement la fusion brûlante de leur étreinte.

Chapitre 16

La nuit passée sous la tente, sur l'île, avait été intense. Emma ne s'était pas sentie aussi proche d'un homme depuis des années. Le lendemain, ils avaient loué des kayaks pour faire une balade avant de reprendre le bateau. Trois jours plus tard, elle ressentait encore les sensations de cette nuit-là dans son cœur et dans sa chair : un mélange de douceur et de confusion. Ses sentiments, son désir et sa joie se mêlaient à la crainte de le voir se refermer, de n'être plus qu'une parenthèse. Le pull camionneur de Ian, celui qu'il lui avait prêté lors de leur retour, était toujours étendu sur le dossier de la chaise. De temps en temps, sans même y penser, elle effleurait la maille du vêtement ou le portait en écrivant, cherchant ainsi à retrouver un peu de sa chaleur. Son odeur, à peine perceptible, la réconfortait autant qu'elle la bouleversait. Elle se sentait à fleur de peau. Elle ne lui avait pas reparlé de Luigi. Elle ne comprenait ni son attitude ni son silence sur ce sujet. Et au fond, elle lui en voulait pour ça.

Depuis leur retour, il était absorbé par le travail ; ses messages, rares et brefs, contenaient pourtant toujours un mot tendre, un clin d'œil discret qui la faisait sourire... sans jamais lui dire s'il avait effectué des recherches. Elle se surprenait à relire ces messages, comme si ces simples mots pouvaient combler son manque et la rapprocher de lui. Alors, elle s'était de nouveau plongée dans l'écriture. La solitude lui offrait un refuge, un endroit où ses émotions se calmaient, où ses pensées prenaient forme. Son séjour sur l'île avait ravivé son inspiration. Depuis deux jours, elle écrivait sans interruption, emportée par le retour de cette intensité familière. Son récit l'engloutissait parfois, presque au point d'oublier le monde autour d'elle.

Ce matin-là, elle venait de s'installer à son bureau, une tasse de thé au citron à portée de main, quand son téléphone sonna. Le nom d'Olivia apparut à l'écran. Son bonheur se dessina aussitôt sur ses lèvres.

— Quel temps fait-il à Londres ? lança Emma en décrochant.

— À ton avis ? Je savais que tu allais me narguer avec ton soleil californien.

Emma rit, puis prit une gorgée de thé.

— Tu m'as écrit que tu avais une question. Tu m'as intrigué, déclara Olivia.

Les deux femmes s'étaient rencontrées il y a quatre ans et demi, lors d'un séjour d'Olivia en Californie. Emma se trouvait à l'époque en vacances à Santa Barbara ; la jeune Anglaise, elle, avait entamé un voyage pour reprendre pied après un deuil. Leur amitié avait été une évidence. Cette complicité instantanée s'était accompagnée d'une collaboration : Olivia, illustratrice, avait signé les couvertures des deux premiers livres de la romancière, avant que le nouvel éditeur n'impose ses propres graphistes. Emma s'était ensuite rendue à Londres avec Anthony pour assister au mariage d'Olivia et Léo. Puis, quelques mois plus tôt, le couple et leur fille étaient venus lui rendre visite à Santa Barbara.

Emma lui exposa son projet de roman.

— J'ai envie de laisser un peu le polar de côté, expliqua-t-elle. De revenir à quelque chose de plus intime.

— J'adore cette idée ! répondit Olivia.

Emma hésita quelques secondes, puis demanda :

— Liv... serais-tu d'accord que je m'inspire de ton couple pour l'une des relations amoureuses ? Ce serait romancé, bien sûr, sans vos noms.

Elle avait toujours été captivée par leur histoire d'amour, à la fois belle et improbable : Léo était l'ancien petit ami de la sœur d'Olivia. Leur relation avait défié les conventions et les préjugés, et seul leur amour profond leur avait permis de traverser cette tempête. Emma admirait leur courage d'avoir osé s'aimer, envers et contre tout.

Après un court moment de réflexion, la voix douce d'Olivia résonna à nouveau.

— Aucun problème. Je vais en discuter avec Léo, mais je suis sûre qu'il approuvera. Après tout, lui aussi écrit.

— Comment ça va, d'ailleurs ? Et Nina ?

— Très bien. Nina grandit trop vite... deux ans déjà. Léo lui donne son bain, là. Il vient de terminer une pièce qui sera bientôt jouée à Londres. Il plane.

L'enthousiasme de son amie fit monter une bouffée d'affection au cœur d'Emma. Même à distance, son énergie était contagieuse.

— Et toi ? demanda Olivia. Je veux tout savoir.

Alors, Emma lui raconta tout : sa rencontre avec Ian au supermarché, leur premier dîner, leur week-end ensemble, celui sur l'île. Elle parlait vite, trop vite peut-être. Son amie l'écoutait, attentive.

— Je suis tellement heureuse pour toi, se réjouit Olivia. Ian semble être un homme remarquable.

— Oui... répondit Emma d'une voix absente.

— Qu'est-ce qui ne va pas ?

Emma réfléchit un instant, mesurant l'importance de la question qu'elle souhaitait poser.

— Quand as-tu su, toi, que tu voulais faire ta vie avec Léo ?

Un silence pensif s'installa à l'autre bout du fil.

— Mmm... je l'ai compris en deux temps. D'abord, lorsque j'ai accepté d'être vulnérable face à lui. Puis, quand j'ai cessé d'avoir peur.

Les paroles restèrent suspendues.

— Je crois que j'ai peur, souffla Emma. J'aime son côté protecteur, stable... mais parfois, ça m'angoisse aussi un peu.

— Tu as peur qu'il soit trop contrôlant ? Ou peur d'aimer ça, et d'être blessée si tu le perds ?

Emma se mordit la lèvre.

— Probablement un peu des deux.

Elle lui parla alors de Luigi : de sa disparition étrange, du ton autoritaire employé par Ian, et de la façon dont il lui avait demandé de ne pas s'impliquer.

— Je n'ai jamais laissé quelqu'un d'autre me dire quoi faire, conclut-elle.

— Je comprends. Il a sans doute de bonnes intentions. Avec son travail, il voit le pire.

— Peut-être… Mais en même temps, il ne semble pas prendre cette histoire au sérieux. C'est à n'y rien comprendre.

— Tu devrais lui en parler franchement. Exprimer ce que tu ressens. Et s'il se ferme… tu aviseras. Tu pourras toujours aller voir la police toi-même. Mais donne-lui d'abord une chance.

— J'ai peur de le faire fuir, de le perdre.

Emma se tut. Au loin, elle entendit Nina rire, puis Léo l'appeler pour qu'elle enfile son pyjama. Le son de cette voix tendre lui serra la gorge.

— Tu sais, confia Olivia, avant de me l'avouer, j'ai longtemps nié mon amour pour Léo. J'ai eu peur aussi. Pas de lui, mais de moi-même. Peur de ce que je ressentais. C'est vertigineux, d'aimer autant quelqu'un.

— Oui… souffla Emma. C'est comme si j'avais oublié comment faire confiance.

— Ce n'est pas quelque chose qu'on oublie à mon avis. C'est quelque chose qu'on réapprend. Doucement. Parfois, la peur, c'est juste le signe qu'on s'attache vraiment.

Un court silence s'installa. Emma jouait distraitement avec un stylo, son regard perdu sur son bureau.

— Dis-moi la vérité, demanda Olivia. Tu es amoureuse de lui, n'est-ce pas ?

Emma eut la sensation que son cœur allait bondir hors de son corps. Elle resta muette, surprise par la brutalité tendre de la question.

— Je… je ne sais pas, finit-elle par articuler.

— Si tu ne savais pas, tu aurais répondu « non ».

— Peut-être, concéda-t-elle. Tout va si vite… Et si je me trompais ou gâchais tout ?

— C'est peut-être ça, tomber amoureux : accepter de ne rien contrôler. Tendre la main et voir si l'autre la prend.

— Merci, murmura Emma.

Après avoir raccroché, elle resta immobile le téléphone posé sur le bureau. Les mots d'Olivia traçaient leur chemin dans sa tête. *Peut-être avait-elle raison. Peut-être fallait-il oser.* Sur une impulsion, elle appela Ian. Il décrocha après la troisième sonnerie.

— Salut, répondit-il d'une voix un peu fatiguée.

— Salut… je ne te dérange pas ?

— Si, un peu, mais c'est une bonne interruption.

— Ça te dirait de passer la soirée à la maison ?

Un bref silence, à peine perceptible.

— J'aimerais vraiment… mais je dîne avec mon père. C'est prévu depuis un moment.

— Oh, bien sûr, je comprends.

— Je peux venir demain, si tu veux ?

— Oui, d'accord.

Elle essaya de maintenir un ton léger, mais une ombre s'incrusta dans sa voix.

— Je suis désolé, je dois raccrocher. J'ai une réunion interservices.

— Pour Luigi ?

— Je n'oublie pas, Emma. Je suis juste pris dans un truc… On en rediscutera.

— Quel truc ?

Il hésita.

— Rien de grave. Je ne peux pas en parler maintenant.

— D'accord, lâcha-t-elle, s'efforçant de paraître détachée, même si cette phrase lui laissa un goût amer au fond de la bouche.

— Tu me manques.

Une douce secousse ébranla sa poitrine.

— Toi aussi.

— On se voit demain ?

— Oui.

Quand Ian raccrocha, elle resta immobile, le téléphone toujours en main. Il avait été tendre. Attentif. Et pourtant, une déception diffuse s'insinuait en elle. Elle n'aurait su dire ce qu'elle avait espéré de plus, peut-être simplement qu'il ne se referme pas si vite. Elle chassa cette pensée. Il était fatigué et occupé. Rien de plus. Instinctivement, elle appela Luigi. Comme les autres fois, elle tomba sur sa messagerie. Elle soupira. Mais cette fois, la voix mécanique changea : « Le numéro que vous essayez de joindre n'est plus attribué. » Un froid lui remonta le long de la nuque. Elle recomposa. Même message. L'inquiétude se mua en peur. Elle imagina le pire. On frappa soudain à la porte. Elle sursauta. C'était Karen, un sachet de levure à la main.

— Je te rapporte ça.

— Il ne fallait pas… Entre.

Karen s'installa, posant sa veste sur le dossier d'une chaise.

— Tu vas bien ? Tu es blanche comme un linge.

— Karen, je suis très inquiète pour Luigi. Ça fait presque quinze jours. Je viens de le rappeler. Son numéro n'est plus attribué.

— Quoi ? C'est bizarre. Il a peut-être changé de numéro ?

— Dans ce cas, pourquoi ne pas nous donner le nouveau ?

Son esprit lui murmurait d'attendre, d'en parler à Ian. Mais il était si occupé, et elle, si soucieuse.

— Karen… tu pourrais jeter un œil dans les registres de l'hôpital ? Juste pour vérifier qu'il n'a pas été admis récemment.

— Tu me fais flipper, là, Emma.

— Je sais… mais je préfère être sûre.

Sa voisine fronça les sourcils.

— D'accord, je regarderai. Je te dirai.

Quand elle repartit, Emma resta seule, debout au milieu du salon. Le sachet de levure dans la main, elle eut tout à coup l'impression que tout vacillait : sa confiance, ses certitudes, même cette histoire naissante avec Ian. Un courant d'air fit frémir le rideau. L'appartement semblait soudain trop grand, trop silencieux. Un frisson la traversa. *Dans quoi es-tu en train de mettre ton nez, Emma ?* Son regard glissa vers la fenêtre, comme si elle espérait y trouver une réponse. *Et toi, Luigi... où es-tu ? Dans quel pétrin t'es-tu fourré ?*

Chapitre 17

Le matin était frais, la lumière claire se faufilait à travers les branches des palmiers. Emma rejoignit Diego dans le jardin de la copropriété. Ils avaient décidé de réaliser l'interview en plein air. Il l'attendait, assis sur un banc, les mains enfouies dans ses poches. Son visage quand elle arriva ne cachait pas sa joie de la voir ; ses yeux pétillaient, happés par sa présence. Il se leva pour la saluer. Elle déposa deux tasses de café et une thermos sur la table, qui accueillait déjà une assiette remplie de cookies.

— Ne me dis pas que tu as préparé ces biscuits toi-même, plaisanta Emma.

Son sourire s'étira davantage.

— Tu ne m'en crois pas capable ?

— Je te crois capable de presque tout, mais je t'imagine mal en train de cuisiner des gâteaux.

— Touché ! Martha me les a donnés hier soir.

— Tiens donc, il y a des préférences, répondit Emma, avec un clin d'œil.

— Mais, si tu en veux, je t'en ferai avec plaisir.

Son petit côté charmeur l'amusa. Mais le regard de Diego se ferma soudain.

— Qu'est-ce qui ne va pas ? demanda-t-elle.

— Martha ne va pas bien depuis que Luigi est parti. Elle a tenté de l'appeler... son numéro n'est plus en service.

— Je sais, murmura Emma. J'ai essayé aussi.

— Elle veut prévenir la police, mais je sais ce qu'ils diront. Il est parti avec sa voiture, sans violence apparente. Il a le droit de disparaître et de modifier son numéro.

Emma songea instantanément à Ian. Exactement les mêmes

paroles. « Il est parti de son plein gré. Il n'a pas été enlevé... »

— Oui. Je tourne ça dans ma tête depuis des jours.

— On ne peut pas rester là sans rien faire ! s'emporta Diego, posant les mains sur la table, le regard intense.

— Que veux-tu dire ?

— On doit se renseigner auprès de ses amis, ceux qu'il voyait régulièrement. Quelqu'un saura peut-être où il se trouve. Ça rassurerait Martha.

Un doute s'insinua dans le cœur d'Emma. Son esprit se mit à tourner à toute vitesse. *Ian me demande de rester en retrait... mais il ne me dit rien. Pourquoi me tient-il à distance ? Et s'il se passait quelque chose de plus grave en fait. Luigi est peut-être en danger. Et si Ian ne voulait tout simplement plus de moi. Non, ce n'est pas ça. Il est juste concentré sur le travail. Et Martha... morte d'inquiétude.* Ce tourbillon de loyauté, de frustration et de peur lui donna la sensation de vaciller. Elle inspira à plein poumon pour calmer ses nerfs et ses pensées.

— Je ne sais pas... soupira-t-elle en relâchant tout l'air. On devrait peut-être attendre...

— Attendre quoi ? la coupa Diego, le ton légèrement blessé. Luigi disparaît, son numéro ne marche plus, Martha est au bord des larmes... et l'on attendrait ? Cela me tue de la voir comme ça.

Emma fixa le sol. Grayson et Martha n'avaient jamais eu d'enfant, et cette dernière entretenait avec Diego une relation quasi filiale, plus profonde qu'avec n'importe quel « jeune » de la résidence. Ils tenaient beaucoup l'un à l'autre. Lorsque Martha s'était blessée à la cheville, Diego et Luigi avaient été présents pour elle, lui faisant ses courses, s'occupant de ses plantes. Emma ne parvenait pas ignorer l'inquiétude de Martha, la sienne, ni ce vide créé par l'absence de Luigi. Elle ne pouvait pas se désintéresser de tout ça. De plus, elle connaissait Diego, si elle refusait, il irait seul. L'idée de le laisser potentiellement s'attirer des ennuis la répugnait.

— D'accord... Mais nous devons être prudents. Nous ne

savons pas ce qui se passe.

Un petit éclat de satisfaction traversa Diego.

— Promis. On démarre par le plus simple : on va explorer les endroits où il avait ses habitudes.

Son amie acquiesça, résolue à découvrir la vérité sur la disparition de Luigi.

— Très bien. Alors, on commence par où ? demanda Diego.

En une seconde, l'esprit journalistique d'Emma refit surface.

— On commence par la RoCo. Il y allait quasiment tous les jours. Et si l'on ne trouve rien, on file à son club de tai-chi.

Ils se mirent tous les deux en route, remontant la rue d'un pas décidé.

****

Depuis des décennies, la Santa Barbara Roasting Company, café-torréfacteur situé sur l'artère principale de la ville, demeurait un repère pour les amateurs de café. L'endroit baignait dans l'odeur des graines fraîchement moulues. Une clientèle d'habitués occupait dès l'ouverture les tables en bois vernis. En attendant leurs americanos, Emma fit signe à Diego de se rapprocher du comptoir. Tina, la serveuse, dont le prénom s'étalait en lettres noires sur son badge, semblait être la cible idéale pour leurs questions.

— Excusez-moi Tina, commença Diego avec son plus charmant sourire.

La jeune femme parut amusée par son attitude.

— Nous recherchons un ami, Luigi Salerno. Un habitué ici. L'auriez-vous vu récemment ?

Le sourire de Tina disparut aussitôt.

— C'est un homme plus âgé, ajouta Emma en montrant une photo d'elle prise avec Luigi sur son téléphone. Nous n'avons plus de ses nouvelles et nous désirons simplement nous assurer qu'il va bien.

La serveuse hésita pendant quelques secondes.

— Je connais Luigi. Il venait tous les jours. Toujours à la même table, souvent rejoint par son ami Roger. Mais... vous n'êtes pas les premiers à me demander où il est.

Emma et Diego échangèrent un regard interloqué.

— Comment ça ? interrogea Diego.

— Il y a deux jours, un homme est venu poser des questions.

— Un septuagénaire, spécula Emma, son esprit revenant d'emblée à Dominic.

— Non, un homme d'une quarantaine d'années. Il n'a pas dit être policier, mais il avait l'air... de savoir poser des questions.

Le cœur d'Emma se serra d'appréhension. Elle interrogea la jeune femme.

— À quoi ressemblait-il ?

— Le crâne rasé, des yeux marron.

Pas Ian. Pas Dominic. Un soulagement fulgurant, suivi sans délai d'un froid glacial la traversa.

Alors qui ? Elle se concentra sur le détail du crâne rasé. *Ce n'est pas Ian, ce n'est pas lui,* se dit-elle, se raccrochant à cette certitude. *Il ne m'aurait jamais caché qu'il enquêtait. Pourquoi un autre homme posait-il des questions sur Luigi ?*

— Et Luigi, l'avez-vous vu ?

— Pas depuis deux semaines. Comme j'ai expliqué à cet homme, il faudrait peut-être demander à son ami Roger.

— Vous connaissez son nom de famille à ce Roger ?

— Non pas du tout, désolée.

— Merci beaucoup, articula Emma.

Les deux quittèrent le café.

— Qui ça peut-être ? murmura Diego, une fois dehors.

— Je n'en ai pas la moindre idée.

— Et ce Roger, ça te dit quelque chose ?

— Mais oui. Souviens-toi. Luigi en parlait. C'était son ancien patron. Il cuisinait pour lui plusieurs soirs par semaine. Il habite sur Garden Street.

— Comment va-t-on le trouver ?

Emma chercha son téléphone et tapa vite sur Internet, Roger, Garden Street. Rien.

— Les registres de propriété sont publics. On devrait commencer par là.

— Emma… ça va nous prendre des jours d'éplucher…

— Pas si on demande de l'aide aux bonnes personnes.

— Qui ça ?

— Les garçons.

Ses yeux brillèrent d'anticipation. L'appréhension avait laissé place à l'adrénaline. Diego observait avec fascination la rapidité avec laquelle son cerveau fonctionnait. Elle chercha le nom d'Aiden et appela.

— Salut, Aiden. Désolée de te déranger, mais j'ai besoin d'un coup de main pour de la recherche. C'est par rapport à Luigi. Tu es avec Gilbert ?

Aiden rit de l'autre côté du fil.

— Oui, on télétravaille aujourd'hui. Enfin nous faisons une pause jeu. Qu'est-ce qu'il y a ?

— Il me faudrait l'adresse d'un homme, un ami de Luigi. Il s'appelle Roger, il habite sur Garden Street. Mais je n'ai pas le numéro. Et, je ne possède que son prénom.

— Tu veux qu'on pirate les registres de l'État ? demanda Aiden, le ton soudain plus sérieux.

— Absolument pas ! s'empressa de répondre Emma. Les registres de propriété sont accessibles à tous. On espère juste une méthode efficace de recherche. Pouvez-vous vérifier pour moi ? S'il te plaît.

— Attends j'en parle à Gilbert.

Depuis son téléphone, Emma percevait les sons lointains d'Aiden et de Gilbert, mais sans parvenir à discerner un seul mot.

— On s'y met, confirma Aiden. Laisse-nous une petite demi-heure.

Diego se taisait, son attention entièrement focalisée sur

Emma.

— Super, merci. Et Aiden, commencez par les valeurs foncières les plus élevées.

— Ça marche.

Elle raccrocha.

— Passons au plan B en attendant d'obtenir leur retour. Le cours de taï-chi, dit Diego.

— C'est une bonne idée.

Les cours avaient lieu, sauf en cas de mauvais temps, en plein air à Alice Keck Park, à quelques pas des locaux de l'association. L'endroit était un havre de paix. On y trouvait des espaces ouverts, mais aussi quelques sentiers sinueux bordés de plantes exotiques. Dans le bassin, les tortues perchées sur des rochers profitaient des rayons du soleil, tandis que les canards barbotaient tranquillement. Plus loin, sous les grands arbres, le parc vibrait des mouvements harmonieux des élèves de taï-chi. Le professeur, un homme d'environ cinquante ans, guidait son groupe avec une belle maîtrise. Les mains des aspirants dessinaient dans l'air un ballet lent et précis. Emma et Diego restèrent en marge, admirant la scène tout en attendant le bon moment pour s'approcher.

— Luigi m'a envoyé un message il y a quinze jours, raconta le professeur. Il s'excusait. Il disait qu'il ne reviendrait pas.

— Sans autre explication, s'étonna Emma.

— Non. Il a juste écrit devoir s'éloigner pour une affaire personnelle. C'est regrettable, car c'était l'un de mes meilleurs élèves.

— Venait-il toujours seul ? Ou avec des amis ?

— Toujours seul.

Il marqua une courte pause.

— Vous n'avez pas demandé à sa compagne ?

Le cœur d'Emma manqua un battement.

— Sa... compagne ?

L'homme confirma d'un mouvement de tête.

— Oui. Je les ai croisés à Summerland, dans un restaurant italien. Luigi se trouvait avec une femme de son âge, très élégante.

Emma sentit sa tête tourner. *Luigi, volatilisé... avec une femme ?* Elle échangea un regard avec Diego. Cette piste devenait différente de ce qu'ils avaient imaginé. Le mystère ne concernait pas seulement sa disparition, mais aussi un amour secret. Son téléphone bipa dans sa poche. C'était un SMS d'Aiden : « Roger Perkins — 1901 Garden Street. Propriétaire depuis 2004. Dis-nous si tu as besoin d'autre chose. Et reste prudente. »

— Allons-y, décida Emma en montrant l'écran à Diego. On se trouve tout près.

Diego ne détachait pas son regard d'elle. Chaque geste, chaque mot de sa part faisait basculer un peu plus l'équilibre fragile de leur relation.

— Tu sais, Emma, c'est toujours agréable de passer du temps avec toi, déclara-t-il soudain, son ton devenant plus grave. Bien sûr, la situation n'est pas la meilleure. J'aimerais retrouver Luigi et apaiser l'inquiétude de Martha... mais je suis content d'être là, avec toi.

— Moi aussi, je suis contente de passer du temps avec toi, même si je préférerais dans d'autres circonstances.

Il s'arrêta, se tourna pour lui faire face, et prit sa main. Ses yeux sombres et décidés la fixaient. Il pensait à elle, rêvait de moments comme celui-ci depuis des mois. Il devait briser ce silence, non pour évoquer une histoire révolue, mais pour en bâtir une nouvelle. Il l'imaginait de plus en plus souvent possible avec elle.

— Emma, je... je tiens énormément à toi. Pas seulement comme un ami. Voilà. Je tiens à ce que tu le saches.

Emma cligna des yeux, surprise. Ses joues chauffèrent légèrement. Elle ne s'attendait pas à cet aveu. Certes, leur relation avait toujours été faite de taquinerie et de complicité, mais jamais elle n'avait envisagé que Diego puisse s'intéresser à elle ainsi. Elle posa sa paume sur son bras, troublée, cherchant à ancrer ses pensées.

— Diego… merci. Merci pour ton honnêteté. Ça me touche beaucoup. Mais je crois que mon cœur est déjà engagé ailleurs. Même si… l'autre personne ne le sait pas encore.

Un sourire triste étira les lèvres de Diego.

— Si ça ne fonctionne pas avec ton shérif, tu sais où me trouver, lança-t-il d'un ton faussement léger.

— Comment tu sais pour…

— J'ai de bons yeux. Et lui… il a beaucoup de chance, répondit-il doucement. Je ne suis pas un briseur de couple. Je voulais juste être honnête.

Un court silence s'établit entre eux, leurs regards se croisant dans une confusion de tendresse et de mélancolie. Ils quittèrent le parc et, en moins de dix minutes, ils arrivèrent à destination. Emma s'arrêta.

— On y est.

Devant eux se dressait une magnifique bâtisse à l'architecture espagnole, ornée d'une tourelle coiffée de tuiles en terre cuite. Emma observa la demeure, reconnaissant la statue d'un chien dans le jardin, détail que Luigi avait déjà mentionné. Le tout, sobre, mais imposant, respirait la richesse. Un homme capable d'avoir un cuisinier personnel plusieurs fois par semaine ne pouvait pas être modeste. C'était pour cette raison qu'elle avait demandé à Aiden de vérifier les propriétés les plus chères de la rue. Sans hésiter, ils se dirigèrent vers la porte dont le heurtoir en bronze brillait sous le soleil. Un homme d'une soixantaine d'années leur ouvrit. Son air renfrogné et son regard scrutateur donnaient l'impression qu'il venait de surprendre un colporteur sur son seuil. Il ne s'attendait visiblement pas à être dérangé, et chaque geste de sa part trahissait son agacement.

— Monsieur Perkins ? Je suis Emma Montgomery. Une amie de Luigi Salerno. Je sais que vous êtes aussi son ami. Voilà, nous n'avons plus de nouvelles depuis quinze jours. Et on espérait que vous en auriez.

Aussitôt, le visage de l'homme se transforma. Non pas de

gentillesse, mais de nervosité. La question l'incommodait et Emma le remarqua immédiatement.

— Luigi ? Non. Il m'a juste dit qu'il partait en vacances.

— Savez-vous où il est parti ?

— Pas du tout.

— Vous ne lui avez pas demandé, entre amis…

— Je suis sincèrement désolé de ne pas pouvoir vous aider, Mademoiselle.

La réponse était trop polie. Ses traits trop crispés. Le mensonge était palpable.

— Nous sommes très inquiets. Il n'a prévenu personne, insista Emma.

— Je comprends votre inquiétude, mais je n'en sais pas plus. Bonne journée.

Il referma la porte rapidement. Emma et Diego se retrouvèrent sur le trottoir.

— Il nous a menti, affirma Diego, furieux. C'est évident.

— Oui… mais pourquoi ? souffla Emma. C'est plus sérieux que nous l'imaginions.

Ils revinrent à Victoria House au moment où le soleil commençait à décliner. Leurs recherches n'avaient pas donné de réponse claire, mais des indices s'étaient accumulés : la présence d'un « flic » au café, Luigi en compagnie d'une femme, et le mensonge de Roger. Une pensée dominait pourtant toutes les autres. Elle désirait être transparente avec Ian. Il ne serait pas ravi d'apprendre les détails de ses petites investigations, mais elle voulait tout lui dire : ses découvertes, ses inquiétudes et, surtout, ce qu'elle ressentait pour lui. La déclaration de Diego, encore fraîche dans son esprit, lui avait fait prendre conscience d'une chose essentielle : elle ne souhaitait être avec personne d'autre, seulement lui.

Diego la sortit de ses réflexions.

— Il y a un truc auquel nous n'avons pas pensé. On pourrait demander à Martha la clé de l'appartement de Luigi. On trouvera peut-être des informations utiles là-bas.

C'était logique. Si quelqu'un pouvait leur donner accès au logement, c'était Martha. Et pourtant... était-ce vraiment raisonnable ?

Chapitre 18

L'appartement de Luigi se situait au rez-de-chaussée, juste à droite du hall d'entrée. Derrière la porte, le silence semblait oppressant, presque hostile. Martha leur avait confié la clé un peu fébrile, les priant de l'informer s'ils découvraient quelque chose d'inhabituel. Elle n'avait pas osé y pénétrer depuis sa disparition, Luigi ne lui ayant, cette fois, pas demandé de s'occuper de ses plantes ni de relever son courrier. Emma ressentit le contact froid du métal sur ses doigts. Elle hésita une seconde avant de saisir la poignée. Son cœur battait vite, sans qu'elle puisse dire si c'était la peur ou la curiosité. Diego, debout à côté d'elle, posa calmement sa main sur la sienne. Cet acte simple la fit redescendre sur terre. La porte s'entrouvrit dans un grincement étouffé. Une odeur de renfermé emplissait l'air. Le soleil couchant filtrait à travers les rideaux beiges, projetant des ombres irrégulières sur le parquet. Les plantes, desséchées, penchaient leur tête vers la fenêtre pour implorer de l'eau et de la lumière.

— Il semble être parti en vitesse, souffla Diego.

Sur la table du salon, une tasse de café moisi à moitié vide, un journal plié sur la page des annonces. Emma ouvrit le réfrigérateur, une odeur âcre s'en échappa. Des restes décomposés, du lait tourné. Elle pivota vers Diego, le regard grave.

— Personne ne laisse ça derrière lui quand il s'en va en vacances.

Son téléphone émit un bip dans son sac. Un message de Karen l'informait que Luigi n'avait pas été admis à l'hôpital. Ils fouillèrent sans bruit, par respect plus que par prudence. L'aboiement d'un chien, dehors, leur rappela l'existence du monde extérieur. Chaque objet semblait imprégné d'une présence absente : une chemise posée sur le dossier d'une chaise, un carnet sur la commode, des photos d'un passé révolu. Emma saisit le carnet. À l'intérieur, une écriture manuscrite gracieuse et soignée. Il y avait des notes, des dates, puis des phrases plus personnelles, poétiques.

— Il aime écrire.

Diego s'approcha, son épaule frôlant la sienne.

— Regarde, là...

Il sortit d'un tiroir une boîte bien rangée. Emma l'ouvrit avec précaution : plusieurs lettres, rédigées à l'encre bleue, étaient entourées d'un ruban. Sur un morceau de papier séparé, l'adresse d'une boîte postale à New York.

— Peut-être qu'on ne devrait pas... murmura-t-elle, d'une voix indécise.

Diego la fixa, remarquant ses doigts qui tremblaient un peu. Il hésita à la stopper, puis renonça.

— On cherche des indices, non ? Et si ça nous aidait à comprendre pourquoi il est parti ?

Le papier dégageait une légère odeur de lavande. Elle lut quelques lignes. Des mots d'amour, d'attente, de souvenirs partagés.

— « Mon cher Louis... chaque jour sans toi est une journée incomplète. » C'est très personnel.

Sa voix se brisa un peu.

— C'est toujours la même écriture dans toutes les lettres.

La signature retint aussitôt son attention.

— Eliza.

Diego fronça les sourcils.

— Ce nom te dit quelque chose ?

Emma se figea. Eliza. Le souvenir se raviva dans son esprit, lui comprimant légèrement la gorge. Non, ce n'est pas possible. Ce n'était pas elle.

— Pas encore. Mais il va falloir chercher.

Elle rangea les lettres dans leur boîte, avec une certaine tendresse. Ce n'était pas le moment ni le lieu. Elle la glissa dans son sac. Elle ne savait même pas pourquoi elle la prenait, peut-être pour la protéger, ou pour y revenir plus tard. Un silence respectueux s'installa, troublé seulement par le tic-tac de la pendule.

Puis Diego se redressa.

— On ferait mieux d'y aller.

Elle acquiesça, jeta un dernier coup d'œil autour d'elle. Ils ouvrirent la porte et s'apprêtaient à sortir.

— Que faites-vous ici, tous les deux ?

La voix grave du lieutenant claqua dans le couloir. Emma sentit tout son corps se raidir, son cœur bondir. Diego se figea à ses côtés. Ian se tenait dans le hall de la résidence. Son regard, glacé et incrédule, s'abattit sur eux.

— On était inquiets, avoua Emma d'une intonation qu'elle tenta de maîtriser. On voulait voir si quelque chose pouvait nous éclairer sur son absence.

— Vous êtes entrés dans l'appartement par effraction ?

— Ce n'est pas vraiment une effraction, répliqua Diego. Martha possède une clé pour arroser les plantes quand il part en vacances.

Le visage de Ian se ferma. Emma baissa les yeux, honteuse.

— Ça ne vous autorise pas à pénétrer sans permission, condamna-t-il d'un ton plus calme, mais plus acéré. Emma, comment as-tu pu être aussi irresponsable ?

Elle redressa brusquement la tête, piquée au vif.

— Comment ? Peut-être parce que j'en ai assez d'attendre que tu daignes t'en occuper, s'énerva-t-elle, sa voix tremblant d'un agacement mêlé d'émotion.

Ian ne répondit pas à l'attaque, mais ses sourcils se froncèrent davantage. Le reproche l'avait atteint, sans pour autant le faire flancher.

— Sortez de là, tout de suite !

L'intonation ne laissait aucune place à la discussion. Il referma la porte derrière eux d'un geste sec, glissa la clé dans sa poche.

— Ian... il y a bien un problème, insista Emma. Il y a de la nourriture qui pourrit dans le frigo, on voit bien qu'il est parti à la va-vite.

— Je ne veux pas le savoir, tu n'avais pas à agir ainsi.

— Ne me parle pas comme à une enfant de dix ans.

La mâchoire d'Emma se crispa. Diego, gêné, détourna légèrement les yeux.

— Montons chez toi, intima Ian. Je dois te parler.

Diego fit un pas vers eux.

— Pas toi, trancha-t-il, sans même se retourner.

Diego jeta à Emma un regard inquiet.

— C'est bon, Diego, rentre chez toi, dit-elle dans une expression apaisante. Je t'appellerai demain.

Ils grimpèrent sans bruit. Emma sentait les pulsations frénétiques dans sa poitrine. Dans celle de Ian, c'était une brûlure sourde, une vieille cicatrice qui se rouvrait à chaque marche. À peine la porte refermée, ses épaules se raidirent davantage, et sa voix d'ordinaire posée dérailla légèrement.

— Comment as-tu pu agir ainsi, Emma ? Je te demande une seule chose : ne pas t'en mêler. Et la première chose que tu fais dès que j'ai le dos tourné, c'est de rentrer par effraction dans un appartement !

— J'étais inquiète, d'accord ? Et c'est l'appartement de Luigi, pas celui d'un inconnu.

— Ça ne change rien. C'est illégal, en plus d'être irrespectueux pour Luigi.

— Il comprendrait ! lâcha-t-elle sans en être tout à fait certaine. C'est mon ami, Ian ! Et j'ai peur pour lui !

Ces paroles atteignirent Ian, malgré lui. Son regard se troubla. Il fit un pas vers elle, mais stoppa à mi-distance. Trop proche pour être insensible, trop loin pour la toucher.

— Tu m'avais promis, articula-t-il d'une voix plus basse. Je sais que tu as passé la journée à fouiner.

— Oui, et je n'ai jamais cherché à le cacher ! J'allais t'en parler ! Contrairement à toi, qui ne me dis rien ! Et... comment tu sais ça ?

— Parce que je vous ai vus. Au parc. Avec ce professeur de taï chi.

Emma resta bouche bée. Elle comprit immédiatement.

— Tu enquêtais aussi ? Le type qui s'est renseigné au café... c'était pour toi ?

— Oui. J'ai commencé à investiguer avec Axel dès la première fois où tu m'en as parlé.

Elle blêmit.

— La première fois ? C'était il y a plus de dix jours, Ian ! Et tu ne m'as rien dit. Tu m'as menti ?

Le mot s'écrasa lourdement. Ian détourna les yeux, ses traits se figèrent.

— Je n'ai pas menti. J'ai voulu te protéger.

— Me protéger ! s'exclama-t-elle, la voix brisée. En me laissant dans l'ignorance. En me prenant pour une idiote à me répéter de ne pas m'inquiéter quand je t'ai demandé de l'aide alors que tu enquêtais déjà ! En évitant mes questions !

Elle s'interrompit, haletante. Ses mains tremblaient.

— Je ne t'ai jamais prise pour une idiote, Emma ! protesta-t-il avec une véhémence soudaine. Mais je savais que tu foncerais tête baissée. Tu ne sais pas t'arrêter.

Elle se redressa, la mâchoire tendue.

— On n'est pas dans un de tes polars ! C'est la vraie vie ! lâcha-t-il.

— Comment peux-tu me dire une chose pareille ? Tu crois que ma vie est une fiction ? cria-t-elle, blessée. Luigi est réel. Ma peur est réelle. Et ton mépris... il est on ne peut plus réel !

Ian accusa le coup, désarmé. Les mots qu'il avait lancés lui revenaient, âpres, impossibles à rattraper. Une honte cuisante lui serra la poitrine.

— Je ne voulais pas...

La phrase mourut entre eux. Déjà, de nouvelles barrières s'érigeaient autour du cœur d'Emma. Sa voix redevint plus calme.

— Si tu ne me crois pas capable de gérer la vérité, c'est que tu ne me connais pas. Ou que tu ne me fais pas confiance.

Il la fixa longuement, les yeux remplis d'une émotion contenue. Ses traits vacillèrent un instant, mais son regard se durcit brusquement. La blessure se mua en défense.

— Parlons de confiance. Il suffit que je sois occupé pour que tu sois déjà ailleurs avec un autre. Tu allais me raconter ta journée avec ton ami ? Tu allais aussi me dire qu'il t'a pris la main ?

Emma demeura immobile, les lèvres entrouvertes.

— Arrête, Diego est juste un ami.

— Et tu es juste une amie pour lui ?

La colère monta. Et sous la colère : la douleur. Celle d'avoir à se justifier pour ce qu'elle était.

— Ça n'a pas d'importance. C'est à moi que tu dois faire confiance, cria-t-elle en se pointant du doigt. À moi.

— Et comment je fais, quand tu ne tiens pas ta parole ?

Ses mots la transpercèrent. Elle eut envie de hurler ou de le frapper, ou de le serrer pour qu'il se taise. Tout à la fois.

— J'allais t'en parler ! Et puis c'est toi qui en as fait une promesse ! Pas moi ! Tu as posé tes règles comme si j'étais sous tes ordres. Je n'ai jamais laissé un homme diriger ma vie, et ce n'est certainement pas maintenant que je vais commencer.

Un silence terrible s'abattit. Il inspira longuement, cherchant à reprendre le contrôle. Mais sa voix trembla malgré lui.

— Si ce que tu dis n'a même pas de valeur à tes propres yeux… alors je ne sais pas ce que nous faisons ensemble.

Emma sentit tout l'air lui manquer. Aucun d'eux ne parla plus. Leurs regards s'accrochèrent un instant, entremêlement de tristesse, de fierté et d'amour blessé, avant de se détourner. Il ouvrit la porte, hésita une fraction de seconde, puis disparut. Dès qu'il eut franchi le seuil, les larmes inondèrent les yeux d'Emma.

Le silence s'installa, lourd, écrasant. Elle resta pétrifiée, incapable de comprendre comment ils en étaient arrivés là. Puis la rage gronda. Il n'avait pas le droit de la juger ainsi. Pas après tout ce qu'elle avait accompli pour s'ouvrir. Pas après lui avoir accordé sa confiance.

— C'est injuste, souffla-t-elle, la voix tremblante.

Elle essuya ses joues du revers de la main, mais les larmes revinrent aussitôt. Elle fit quelques pas dans la pièce, les bras corsetés à son buste, pour tenter de contenir ce vide grandissant. Tout résonnait encore, son ton froid et autoritaire. Elle s'arrêta, haletante. Son regard atterrit sur le pull camionneur. Elle le saisit, hésita une seconde, puis le reposa violemment sur la chaise.

— Tu me reproches d'avoir fouiné... mais toi, tu m'as menti, murmura-t-elle à voix basse. Tu as tout gâché. Comment as-tu pu faire ça ?

Son cou se contracta. Sa poitrine lui faisait mal. Elle attrapa le pull, huma son odeur. Bien sûr, elle aurait souhaité qu'il reste. Qu'il l'écoute. Qu'il entende qu'elle n'avait pas agi contre lui, mais pour Luigi, pour comprendre, pour ne pas demeurer impuissante. Elle fit les cent pas, nerveuse. Elle passa une main dans ses cheveux, essayant de reprendre ses esprits, en vain. Toute son émotion se résumait à cette peur soudaine, immense : et s'il ne revenait jamais? S'il l'abandonnait lui aussi? Elle s'arrêta devant la porte, hésitant à l'ouvrir, à courir après lui. Une partie d'elle souhaitait se rendre, mais une autre, meurtrie, s'y opposait. Pas cette fois. Pas encore. Elle recula, glissa le long du mur, s'assit sur le sol. Ses larmes coulaient malgré elle. Elle mordit sa lèvre pour étouffer un sanglot. Tout ce qu'elle avait voulu, c'était comprendre. Et maintenant, elle ne comprenait plus rien.

Chapitre 19

Tout au long de la journée, la boîte, posée sur son bureau, avait semblé fixer Emma avec insistance. Elle essayait de l'ignorer, d'éviter de la toucher. C'était la vie de Luigi, pas la sienne. Mais ses doigts frôlaient parfois le bois, hésitants, craignant de profaner un secret précieux. Ses larmes, elles, ne s'étaient presque pas arrêtées depuis la veille. Ses yeux la brûlaient et ses épaules restaient contractées. La colère, la fierté qui avaient alimenté sa résistance envers Ian s'étaient estompées, laissant derrière elles un triste et profond désenchantement. Elle se sentait fragile, éreintée. Éreintée de devoir lutter pour être comprise, fatiguée de protéger son cœur comme un trésor qu'on pourrait abîmer au moindre faux pas. Seul un bref sommeil, en début d'après-midi, lui avait offert un répit. À son réveil, le silence de l'appartement lui parut assourdissant. Ian n'était pas revenu ; il n'avait pas appelé. Elle se remémorait leurs phrases blessantes, le jugement dans son regard quand il l'avait traitée d'irresponsable. L'injustice de ses reproches lui brûlait encore la gorge. L'accuser de trahison alors que lui-même l'avait délibérément tenue dans l'ombre, menant sa propre enquête depuis des jours tout en la laissant s'inquiéter seule. Et elle, elle avait souhaité être la partenaire idéale, celle qui apaiserait ses craintes après son expérience douloureuse. Mais sa véritable nature, l'impérieuse nécessité de découvrir la vérité, de s'aventurer, avait fini par reprendre le dessus. Elle n'avait pas su s'ouvrir à temps, et cette idée la rongeait.

Et maintenant, il y avait ces lettres d'amour qui la fixaient. Les quelques lignes lues lui avaient permis de toucher du doigt leur contenu : elles n'étaient pas de simples mots venus d'un passé enfoui, elles portaient en elles une flamme qu'elle-même avait cru éteinte. Et cela l'effrayait autant que ça la fascinait. Elle inspira profondément. Ses mains se crispèrent sur ses genoux. Elle se redressa. Elle devait le faire. Avec soin, elle retira le courrier de la boîte et délia le ruban bleu. Un ruban féminin, doux et légèrement parfumé, sans doute celui de celle qui les avait écrites. Il y avait une cinquantaine de lettres échangées sur près de quatre décennies, toutes rédigées depuis New York. Elle chercha la plus vieille et se mit à la lire, les doigts tremblants. Le style, élégant et poétique, susurrait chaque mot à son oreille. Dans chacune de ses missives, la femme, Eliza, s'adressait à Luigi, l'appelant « Louis ». Chacune d'entre elles était une déclaration d'amour, mais soulevait aussi de nouvelles questions.

18 juin 1981. *Mon cher Louis... Depuis que nous sommes séparés, chaque journée me semble incomplète...* Emma releva les yeux. Pourquoi cette séparation ? Et ce prénom, Louis ? Luigi avait-il changé de nom ?

6 février 1982. *Mon amour... Chaque jour est un combat avec ce secret que je dois porter. Dominic souffre de ton absence. Mon cœur se brise de ne pouvoir partager avec lui ce que je sais, ce que je vis, et pourtant, je dois nous protéger...* Dominic. Encore cet homme mystérieux. Qui était-il ? Pourquoi souffrait-il autant ? Quel lien avait-il avec Eliza ? Était-ce son mari ? Un amant blessé ? Un frère ? Emma sentit une vague de tristesse à l'idée de cette femme cloîtrée dans un secret qu'elle ne pouvait confier à personne.

20 septembre 1985. *Mon Louis... Joey grandit si vite... Il a tes yeux quand il rit, et parfois ton air sérieux quand il se concentre. Je me surprends à te chercher en lui, chaque geste te rappelle à moi...* Un enfant. Luigi avait eu un fils ? Pourquoi ne l'avait-il pas élevé ? Elle regarda vers la boîte, comme si une réponse pouvait y surgir.

21 mai 1999. *Mon amour... J'ai beaucoup pensé à toi. Je n'arrive pas à croire que Joey fête ses dix-huit ans aujourd'hui. Dix-huit ans sans toi...* Comment un amour pouvait-il survivre ainsi,

étiré sur des décennies, nourri seulement par des lettres ?

15 avril 2005. *Mon cher amour... Joey a décidé de déménager en Australie. Mon cœur souffre d'être si loin de lui, et pourtant, je me réjouis de le savoir à distance des affaires de famille...* Quelles affaires de famille ? Un méli-mélo de sentiments disparates s'éveilla chez Emma : admiration, curiosité, inquiétude.

21 mai 2007. *Mon amour... Il me tarde de te retrouver cette année... Seuls nos rares moments ensemble me permettent de survivre au reste de l'année loin de toi. Je me sens si seule ici...* Ils se revoyaient donc. Où ? À New York ? Ailleurs ? Comment s'étaient-ils retrouvés ?

16 avril 2016. *Joyeux anniversaire, mon amour... Neal est si intelligent, si juste, avec ce sens de l'honneur qui me rappelle tellement son père. Il rêve de devenir avocat. Notre Joey serait si fier...* Neal. Donc un petit-fils. Pourquoi « serait » ? Joey était-il mort ? Emma fouilla pour vérifier qu'elle n'avait pas manqué une lettre. Non rien sur la mort éventuelle de Joey.

14 janvier 2021. *Mon Louis... Noël a été d'une tristesse infinie. Le premier sans Antonio. Le silence à table était insupportable. Je ne pensais pas qu'il restait en moi une place pour une telle douleur. Chaque recoin de la maison me rappelle ce que nous avons perdu.* Emma s'arrêta sur ce nom. Antonio. Encore un mort. Eliza l'évoquait pour la première fois, et pourtant, sa peine semblait immense. Elle feuilleta de nouveau les missives précédentes, perplexe. Pourquoi aucune mention d'Antonio avant ?

28 mars 2022. *Mon Louis... Je me sens si fatiguée ces jours-ci. Tu me manques tant...* Emma ferma les yeux. Neal. Joey. Dominic. Antonio. Aucun nom de famille. Aucune coordonnée précise. Comment retrouver cette femme ? Cette famille ?

Soudain, elle se souvint du papier glissé dans la boîte. C'était sûrement là que Luigi lui répondait. P.O. Box 4921 – 317 Atlantic Avenue, Brooklyn, NY 11201. Elle tapa l'adresse dans la barre de recherche d'internet. La page web afficha la devanture d'une petite boutique située sur Atlantic Avenue : Mail Boxes,

Etc. Pas un bureau de poste officiel. Une boîte privée. Plus discrète, plus chère aussi. Le genre qu'on loue pour recevoir du courrier sans être repéré. Elle resta là à fixer l'écran. Une piste, enfin. Elle consulta le site du commerce : service de boîtes postales, expédition, impression. Rien de suspect. Il y avait un numéro de téléphone. Elle hésita, puis cliqua sur « Contact ». Un formulaire s'ouvrit. Elle tapa lentement : *Bonjour, je me permets de vous contacter au sujet d'une boîte postale, la n°4921. J'aimerais savoir si elle reste active ou si son titulaire a laissé des coordonnées. Merci d'avance pour votre aide.* Elle relut le message plusieurs fois. Trop direct ? Trop vague ? Finalement, elle effaça tout. Personne ne lui répondrait à ça. *Autant parler à quelqu'un*, pensa-t-elle. Elle composa le numéro. Une sonnerie. Deux. Trois.

— Mail Boxes Etc., Jenny à votre écoute, bonjour.

— Bonjour Madame... Je m'appelle Emma. J'ai trouvé de vieilles lettres dans une console que je viens d'acquérir. J'ai essayé de retrouver son ancien propriétaire via l'antiquaire, sans succès. Les lettres proviennent de votre boîte postale 4921. Pourriez-vous me donner les coordonnées de son titulaire ? Peut-être que j'aurai plus de chance...

Sa voix ne tremblait pas. Elle savait qu'elle enjolivait la vérité, mais c'était pour une bonne raison... non ?

— Je suis désolée, Madame, mais nous ne divulguons pas ce genre d'informations.

— Je comprends... C'est juste que... voyez-vous, ce sont des lettres d'amour magnifiques. Deux personnes qui s'écrivent depuis près de quarante ans... ce serait si triste de perdre une telle correspondance...

Un court silence s'installa.

— Vous avez dit quelle boîte ?

— 4921.

Elle entendit un cliquetis de clavier.

— Cette boîte a été fermée.

— Je comprends. Pourriez-vous quand même vérifier si un

formulaire d'inscription ou une adresse de réexpédition ont été laissés ? Même un minuscule indice m'aiderait beaucoup.

— La boîte a été clôturée en août. Aucune information de renvoi n'a été fournie. Je suis navrée, mais je ne suis pas autorisée à en dire plus.

— Merci beaucoup pour votre aide.

Emma savait qu'elle n'obtiendrait rien de plus par téléphone. Elle avait besoin d'un autre appui. Il lui fallait Larry. Son ancien collègue new-yorkais. Son ami. Un fouineur de génie. Elle lui envoya un long message, résumant la correspondance, les dates, les prénoms Neal, Joey, Dominic, Eliza, et lui demanda de se concentrer sur elle, et sur un éventuel lien avec Luigi, ou Louis Salerno. Lorsqu'elle posa enfin son téléphone, le calme retomba dans l'appartement.

Les lettres, encore étalées sur la table, semblaient vulnérables. Emma les fixa longtemps. Ces mots d'amour, chuchotés à travers les décennies, provoquèrent chez elle un tourbillon d'admiration et de tristesse entremêlées. Eliza avait aimé en secret, envers et contre tout, sans jamais renoncer, sans jamais rien exiger. Emma, elle, avait aimé en plein jour, trop peut-être. Et depuis, elle n'était plus certaine de savoir comment aimer sans se perdre. Elle repensa à Ian. À l'incompréhension lue dans ses yeux. À cette rupture silencieuse. Et si aimer, c'était toujours ça : risquer de perdre, risquer de ne pas être comprise, avancer malgré tout ? Au fond, qu'avait-elle cherché ? Que Ian guérisse son cœur blessé ? Qu'elle ferait de même pour lui ? Personne ne pouvait accomplir ça. Personne n'était responsable de soigner l'autre d'un passé douloureux. Et pourtant, depuis leur rencontre, l'ombre d'Anthony s'était peu à peu dissipée. Mais la blessure avait-elle réellement cicatrisé ? Elle commençait à en douter.

Ses doigts effleurèrent le ruban bleu. Un léger halètement agita son corps, vestige d'un sanglot étouffé. Si leur histoire avait une chance... pourrait-elle, un jour, écrire à Ian avec la même sincérité que celle d'Eliza pour Louis ? La question la transperça.

Et lui… serait-il capable de réapprendre à faire confiance ? De l'accepter telle qu'elle était vraiment ? Cet étrange mélange d'incompréhension et d'attachement lui déchirait la poitrine. Leurs blessures respectives semblaient encore trop profondes pour se donner entièrement. Et pourtant, tout son être ne pensait qu'à lui.

Chapitre 20

Ian n'avait cessé de ruminer sa dispute avec Emma. Les jours précédents lui avaient paru interminables. Seules quelques heures de défoulement à la salle de sport lui avaient donné un semblant d'apaisement. La colère s'était calmée, mais elle avait laissé place à une amère déception et à un abattement persistant. Le sentiment de trahison lui faisait mal. Quand sa sœur lui avait proposé de venir déjeuner avec eux le dimanche midi, il avait vu une occasion de se changer les idées, ne serait-ce que pour quelques heures. Deborah et Ignacio habitaient à Mesa, un quartier résidentiel très prisé pour son ambiance conviviale et ses bonnes écoles. La proximité de l'océan rendait tout ici plus doux. Leur maison, typiquement californienne, peinte dans des tons gris-beige, dégageait un charme tranquille : deux niveaux, un large porche qui courait sur la façade, des fauteuils installés pour admirer le coucher du soleil. Le toit aux pentes multiples, les lucarnes à l'étage, donnaient au lieu un petit air de cottage. La pelouse parfaitement entretenue, les massifs fleuris et le grand arbre complétaient ce tableau paisible.

Ian stationna sa voiture dans la rue et remarqua que le garage attenant à la demeure se trouvait grand ouvert. Il y aperçut sa sœur, occupée à trier du linge. Tout ici respirait l'ordre, un ordre dont son appartement, et plus encore son cœur, semblaient dépourvus depuis plusieurs jours. Dès qu'il entra, l'odeur familière de la lessive le frappa. Un souffle réconfortant le traversa, l'espace d'un instant. Immédiatement, il songea à Emma, à cette excentricité qui l'avait amusé. Cette simple sensation lui serra la gorge.

Deborah, sa sœur, l'enlaça fort contre elle.

— Tu as l'air fatigué, Ian.

— Le travail... Beaucoup de paperasse en retard.

Il mentait, et sa sœur le savait. Conseillère conjugale de profession, elle avait l'œil exercé de celle qui lit les silences. Quelques années plus tôt, Deborah avait déjà tenté de lui ouvrir les yeux sur l'éloignement progressif de sa femme. En vain. Sa douceur et son expérience n'avaient pas suffi. Elle voyait bien que ses émotions étaient retenues par un mur qu'il avait lui-même érigé.

— Tu m'accompagnes ? demanda-t-elle en lui donnant une panière pleine de linge.

Ils traversèrent la maison pour rejoindre le jardin.

— Où sont Ignacio et les enfants ? s'enquit-il.

— Partis acheter une bouteille de vin.

— Et Mookie ?

— Lui aussi.

Ian pouffa de rire. Le chien de la famille, Mookie, un labrador d'un an, devait son nom à ses deux jeunes maîtres. Rafael et Noah, fans des Los Angeles Dodgers, avaient décidé de le nommer d'après un de leurs joueurs de baseball préférés. Mookie Betts. L'animal, très espiègle, ne pensait qu'à jouer ou à partir en balade.

— Maintenant, il n'attend même plus que tu l'invites à monter dans la voiture, il y grimpe dès qu'une portière est ouverte.

Deborah suspendait le linge, Ian lui tendait les épingles machinalement.

— Et toi, c'était bien, les Channel Islands ? questionna-t-elle en saisissant une pince.

Il releva la tête. Deborah l'observait, le regard doux, mais attentif, guettant la moindre réaction.

— Oui... c'était bien, répondit-il simplement.

D'emblée, des images resurgirent : Emma, ses sourires, ses cheveux fous qu'elle rassemblait sans y parvenir tout à fait. Il se revit sur le pont du bateau, l'admirant discrètement, hypnotisé par son énergie solaire. Il se remémorait le goût salé sur ses jolies lèvres, les courbes de son corps, et la paix profonde qui l'envahissait lorsqu'elle se blottissait contre lui. Il lui suffisait de fermer les yeux pour retrouver le bruit du vent contre la toile de la tente, la chaleur de sa peau, l'intensité de son regard. Tout avait coulé de source entre eux. Les gestes, les silences, les rires. Et pourtant, c'était là, dans cette parenthèse presque parfaite, que tout avait commencé à se fissurer. Depuis, chaque souvenir d'elle avait pris la texture d'une brûlure douce. Une partie de lui aurait voulu effacer ces images; une autre s'y cramponnait désespérément, car elles constituaient la preuve irréfutable de l'existence de ces instants. Et maintenant, il y avait ces mots qu'il avait lus, ce roman qu'Emma avait écrit sur les Channel Islands. Chaque phrase s'imprégnait en lui, révélant sa profondeur, la manière dont elle voyait le monde et l'amour. La force de cette histoire l'avait ébranlé. Et lui, dans sa colère, avait tout juste été bon à lui renvoyer son métier à la figure. Il s'en voulait de l'avoir blessée, et il lui en voulait de l'avoir poussé à le faire.

— Elle t'a fait du bien, cette escapade, non? demanda Deborah, sans le quitter des yeux.

— Oui... sur le moment.

Il lui tendit une dernière épingle, son regard perdu dans le linge qui ondulait sous la brise. Si seulement la vie pouvait être aussi simple : le souffle léger du vent, l'odeur de la lessive et le rire d'une femme. Le claquement d'une portière interrompit cet intermède silencieux. Ignacio était de retour, les enfants et Mookie couraient dans son sillage. Leurs voix remplies de joie insouciante s'élevèrent dans l'allée et, en quelques secondes, le chien avait déjà planté sa balle aux pieds de leur invité. Cette intervention les ramena au présent. Deborah déposa la corbeille vide et lui adressa un sourire plein d'affection.

— Allez, viens. Allons déjeuner.

— Et toi, tu attends, ajouta-t-elle en direction du labrador. On ira jouer plus tard.

Le repas fut rythmé par les discussions des enfants et les anecdotes d'Ignacio sur les shérifs adjoints en formation. Ian se laissait bercer. De temps en temps, son attention se portait sur les gestes familiers de sa sœur et de son beau-frère, sur la complicité entre eux. Ignacio avait rencontré Deborah pour la première fois le soir de l'anniversaire de Ian, il y a seize ans. Sa douceur et sa finesse l'avaient séduit sur le champ. Quant à lui, son humour et sa chaleur naturelle avaient fait fondre Deborah. Quelques jours plus tard, ils avaient dîné ensemble, mais le jeune homme d'alors avait reculé, trop effrayé à l'idée de perdre son ami en s'engageant trop vite avec sa sœur. Ils s'étaient revus quatre mois après, et cette fois, Ignacio, incapable d'ignorer ses sentiments, avait décidé de ne pas laisser passer sa chance. Il leur avait fallu annoncer la nouvelle à Ian, et cela n'avait pas été facile. Contre toute attente, il avait bien réagi, voyant en son ami, la personne idéale pour sa sœur. Depuis, leur amour ne s'était jamais démenti, au point que Ian se surprenait par moments à les envier. Deborah, avec sa bienveillance habituelle, évita de revenir sur le sujet de la contrariété de son frère. Mais Ignacio, lui, n'avait jamais montré ce genre de retenue. Quand ils se retrouvèrent plus tard sur le porche, pour boire une bière, la conversation prit un autre tournant.

— Écoute, mon vieux, tu n'as pas l'air dans ton assiette depuis quelques jours. Que se passe-t-il ?

— Rien de particulier.

— Arrête, répliqua son ami. Ne joue pas à ça avec moi. On se connaît depuis trop longtemps. Hier, tu as envoyé promener Axel, et ce n'est pas dans tes habitudes. C'est à cause d'Emma ?

Ian hocha la tête, amer.

— C'est fini avec Emma. Si jamais notre histoire avait vraiment commencé.

— Tu ne serais pas dans cet état si ça n'avait pas commencé.

Ian ne répondit pas. Ignacio n'avait pas eu besoin de longues discussions avec lui pour comprendre que, depuis sa rencontre avec Emma, il était très épris d'elle. Sa tête pouvait bien le nier, son comportement, lui, ne mentait pas.

— Papa, tonton, regardez ce que je peux faire! s'exclama Rafael depuis le trottoir en montant sur son skateboard.

Les deux hommes le complimentèrent.

— Je croyais qu'elle te plaisait, continua Ignacio. Que tu aimais son humour, sa curiosité, son côté passionné.

— Elle est trop curieuse, justement. Elle s'est mise à enquêter de son côté sur la disparition de son voisin alors que je lui avais demandé de ne pas se mêler de ça.

— Ah je vois. Tu lui as dit que tu avais entamé des recherches?

Le silence qui s'ensuivit était éloquent. Ignacio leva les yeux au ciel.

— Attends, tu ne peux pas lui reprocher de chercher de son côté si tu ne lui as pas dit que tu investiguais. Elle t'en veut pour quoi exactement? De lui cacher des choses?

— Elle ne comprend pas que j'ai agi pour la protéger.

— La protéger ou la contrôler?

Ian lui jeta un regard sombre. Ignacio l'ignora.

— Tu ne lui as pas fait confiance. Sinon, tu lui aurais dit la vérité. Désolé de te le dire, mais tu as créé le problème que tu essayais d'éviter.

Ian se tendit, fixant à nouveau son ami d'un regard d'acier.

— Tu as changé de métier avec ma sœur, c'est ça?

— Regarde-moi comme ça autant que tu veux, *amigo*, rétorqua Ignacio sans ciller. Ironise si ça te chante aussi. Mais pose-toi la question : est-ce qu'Emma t'a trahi, ou est-ce qu'elle a agi comme la femme passionnée qu'elle est?

Ian laissa le silence s'étirer. Il sentit la pression monter, celle de la vérité qu'il refusait de prononcer. La condensation de la bière sur ses doigts restait la seule chose tangible qu'il percevait. Il prit une longue gorgée, les yeux rivés vers ses neveux.

— Ce dossier est sérieux. Tu le sais. Ce n'est pas une simple fugue. Il y a des zones d'ombres dans cette histoire. Elle se tient au milieu d'un truc potentiellement dangereux, et elle fonce tête baissée. Que voulais-tu que je fasse ? La féliciter ?

— Non. Mais ça ne serait pas arrivé si tu lui avais parlé franchement, sans lui donner d'ordre. Tu as choisi de la tenir à l'écart, car tu as la trouille. Bah, la trouille, ça ne protège pas. Ça isole.

Ian sentit la colère réinvestir son cœur.

— Eh bien, elle, elle n'est pas restée isolée, ne t'inquiète pas. Elle était avec ce voisin, Diego ! Il la suit dans ses recherches et la drague. Irresponsable, lui aussi, de l'encourager là-dedans !

Ignacio ne put retenir un petit rictus.

— Ah voilà. On arrive au cœur du problème. Ce n'est pas qu'elle soit irresponsable qui t'emmerde. C'est qu'elle le soit avec quelqu'un d'autre. C'est lui qui te dérange.

Ian se leva d'un coup, la bière à la main, les dents serrées.

— Tu me casses les couilles ! Tu ne comprends pas ! C'est une question de sécurité ! Ce qu'ils font est illégal.

Son ami demeura d'un calme olympien.

— C'est une question de sécurité pour ton cœur. Tu as peur qu'elle en préfère un autre. Et je comprends pourquoi tu as peur après ce que tu as vécu avec Christina. Je le comprends.

Ian inspira longuement, ses épaules s'affaissèrent.

— Je ne sais pas si tu peux comprendre, mon vieux. Tu vis dans cette maison parfaite, avec une femme qui te dit tout... et dont le couple, c'est le métier.

Il se rassit, son ton redevint plus calme.

— C'est moi qui suis censé la protéger. Pas ce... type.

— Tu es censé l'aimer surtout. Et ça, ça passe par la confiance. Et le problème avec ce Diego, au-delà de la drague, c'est que tu lui laisses la place pour le faire. Si tu continues comme ça, tu vas la perdre.

Ian serra la mâchoire. Il avait fait exactement ce qu'il s'était promis de ne plus jamais faire. La peur avait repris les commandes et, avec elle, ce besoin maladif de tout verrouiller. Il se leva d'un coup.

— Je dois m'en aller. J'ai beaucoup de travail en retard.

Après avoir salué tout le monde, il se retrouva dans sa voiture, sans partir immédiatement. Il fixait le porche de sa sœur, incarnation de la vie stable et honnête qu'il avait toujours convoitée. Ignacio avait raison, il avait lui aussi trahi sa confiance. Il avait utilisé son statut pour la maintenir à distance. La peur de revivre l'échec de son mariage l'avait rendu lâche et autoritaire. Il avait déconné. Une lassitude profonde l'envahit. Bien sûr, le contrôle lui donnait une illusion de sécurité, mais seule la confiance lui apporterait le bonheur. Il le savait. Entre les deux, un gouffre s'étendait, et il doutait de pouvoir le franchir. Il sortit son téléphone. Il afficha le nom d'Emma. Un simple appel, une phrase : J'ai eu tort. Ses doigts tremblèrent. Il verrouilla l'écran et démarra brusquement. Il conduisit sans réfléchir pour rejoindre La Playa Stadium, le stade du City College. Il se gara tout près et grimpa les gradins déserts jusqu'à la rangée où sa mère s'installait. Face à lui, le terrain était vide, mais derrière celui-ci, l'océan Pacifique s'étalait à l'infini, sombre et puissant sous le soleil couchant. Il s'assit, laissant le bruit régulier des vagues au loin, lui offrir un simulacre de calme. Il regardait en face le chaos qu'il avait créé, cherchant vainement la force de franchir ce gouffre creusé par ses propres silences. Il resta là jusqu'à la nuit tombée, seul avec le fantôme d'un amour inconditionnel et la peur dévastatrice de perdre la possibilité d'en connaître un nouveau.

Chapitre 21

Emma traversa le couloir et frappa à la porte d'Aiden et Gilbert. Elle venait pour une simple interview, du moins, c'est ce qu'elle s'efforçait de croire. En vérité, elle avait besoin de s'évader, de s'accrocher à une histoire qui lui redonnerait un peu d'espoir. Après cette longue journée passée seule, à pleurer et à lire les lettres d'Eliza, elle s'était promis de ne pas sombrer dans l'isolement. Elle avait donc enchaîné les activités : une session de surf avec Jimmy, une marche à Shoreline Park avec sa tante, un thé avec Martha et Guadalupe, un apéro avec Diego. Autant de tentatives infructueuses pour chasser Ian de ses pensées. Plusieurs fois, elle avait failli lui écrire, suspendue entre son désir de s'expliquer et sa crainte de se heurter à un mur.

La porte s'ouvrit sur un parfum chaud de café et de cannelle. Gilbert apparut, un sourire serein aux lèvres, suivi d'Aiden, plus excité. Il n'y avait qu'un an d'écart entre eux. Le premier avait vingt-sept ans et le second vingt-six ans, et pourtant, Aiden avait ce côté juvénile et espiègle qui contrastait avec la maturité et la retenue de Gilbert. Aiden travaillait dans une start-up de cybersécurité à Santa Barbara. Leur spécialité : la veille numérique, traquer les fuites d'informations, repérer les anomalies dans des flux de données. Le genre d'entreprise où l'on code pieds nus, un café à la main, exactement ce qui lui convenait. Mais il était aussi un des meilleurs pour fouiller les moindres recoins d'Internet.

— Entre, Emma, invita Gilbert. On t'attendait.

Leur salon reflétait à merveille leurs personnalités : ordonné, mais truffé de gadgets. Trois écrans alignés sur un long meuble

TV, une console en veille, des câbles parfaitement enroulés dans des boîtes étiquetées. À côté, une plante grasse trônait dans un pot en forme de R2-D2, au sol un grand tapis en jute.

— J'adore votre déco, lança Emma. C'est un mélange entre un poste de contrôle et un nid douillet.

Aiden rit, un brin gêné.

— C'est ma manière d'apprivoiser le chaos. Gilbert dit que je range pour me rassurer.

— Et j'ai raison, répliqua Gilbert en déposant une cafetière sur la table basse.

L'échange amusa Emma. Elle sentit l'agitation des derniers jours se relâcher un peu. Une authenticité émanait d'eux et cela lui faisait du bien d'être en leur compagnie. Les garçons avaient voulu réaliser l'entretien tous les deux ensemble. Ils lui offrirent une tasse de café. Aiden s'installa sur le fauteuil le corps tendu, les doigts pianotant nerveusement sur ses genoux, ses cheveux impeccablement coupés. À côté, Gilbert s'affala sur le canapé, près d'Emma, la chevelure en désordre, les lunettes glissant un peu sur son nez.

— Vous êtes prêts ?

— Tout à fait prêt, répondit Aiden.

— Alors, commençons. Racontez-moi comment vous vous êtes connus.

— C'était il y a treize ans sur un forum, retraça Aiden. On jouait en ligne et nous sommes devenus amis. On parlait et jouait pendant des heures. Il a fallu six longues années avant qu'on se rencontre en personne.

— Six ans d'amitié sans se voir, s'exclama Emma. C'est impressionnant.

Gilbert hocha la tête.

— Comment a eu lieu cette rencontre ? demanda-t-elle.

— Aiden passait son diplôme en Informatique à UCSB et moi, j'étais étudiant à CalPoly à San Luis Obispo. Nous nous sommes rencontrés lors d'un hackathon organisé par nos universités.

— Ça a été un coup de foudre dès le premier regard ?

— Pas du tout, répliqua Aiden en désignant Gilbert d'un geste de la tête. Celui-ci était amoureux du capitaine des Mustangs, la star du campus.

— Non, je n'étais pas amoureux, corrigea Gilbert.

— Bien sûr que tu l'étais. Sinon, tu n'aurais pas fait ce que tu as fait.

Emma les dévisagea, intriguée. Un nouveau secret à découvrir. Elle se tourna vers Gilbert avec des yeux interrogateurs.

— Si je te confie cette histoire, tu promets de ne pas l'inclure dans ton livre, d'accord ?

— Deal.

Il hésita, puis prit une grande respiration.

— Il s'appelait Jackson. Il était beau, footballeur, toujours entouré des plus jolies filles de l'université et d'une bande de copains autour de lui dont tout le monde voulait faire partie. Et oui, c'est vrai, j'avais aussi envie de m'intégrer. Un jour, il m'a lancé un défi en me disant que je n'étais pas capable de m'infiltrer dans le système informatique de l'école. Je lui ai prouvé qu'il avait tort.

— Tu as hacké le système informatique de Calpoly ? coupa Emma, les yeux écarquillés.

— C'est exactement ce qu'il a fait, confirma Aiden.

Gilbert poursuivit :

— J'ai récupéré des informations sur sa copine comme preuves. Rien de dramatique, juste des notes, des mails vieux d'un an, des copies d'affiches de projets...

Emma serra son carnet contre elle, les yeux brillants de curiosité, mais aussi d'une lueur de compassion.

— Et ensuite ? demanda-t-elle.

— Sa petite amie est venue se plaindre à l'administration. Ils ont lancé une enquête et examiné les logs. Il y avait des traces, mais rien d'irréfutable.

— Tu n'as jamais été puni ?

— L'école m'a collé une mention pour « faute éthique » au dossier. Rien de pénal, faute de preuve, mais suffisant pour me fermer les portes de certains masters d'élite. Et puis, il y avait les regards... Une mauvaise réputation ne s'efface pas, même sans sanction formelle.

Sa voix s'était assombrie, mais sans victimisation. Emma perçut la retenue et la honte contenue.

— Après avoir obtenu mon diplôme, je suis retourné à Santa Barbara. J'ai préféré les petits boulots, puis j'ai décroché ce job à la Geek Squad à Goleta. J'ai commencé par réparer des disques durs et dépanner des gens qui avaient renversé leur café sur leur clavier.

Il posa la tasse, les doigts nerveux sur l'anse.

— Parce que j'ai choisi de ne pas répéter la même erreur, dit-il simplement. La Geek Squad me permet d'être proche des ordinateurs sans être libre d'aller trop loin. Ici, tout est tracé, supervisé. Et puis... j'aime bien dépanner. Ça me suffit.

— Vous en avez parlé entre vous à l'époque ?

— On en a parlé. Aiden ne m'a pas jugé. Il m'a secoué parfois. Il m'a forcé à affronter mes actions et à réfléchir au futur auquel je pouvais m'attendre si je ne changeais pas. On a vécu en colocation après, et peu à peu, tout est devenu plus facile, ou du moins plus honnête.

— Merci, Gilbert, finit-elle par déclarer. C'est courageux de ta part de le dire à voix haute.

Aiden déposa doucement sa paume sur le bras de Gilbert, scellant, devant elle, ce qui avait été dit autrefois. Celui-ci réagit par un sourire reconnaissant.

— Vous avez emménagé ensemble après avoir obtenu vos diplômes ?

— Oui, répondit Aiden. J'avais commencé un master à UCLA, mais deux de mes anciens camarades de classe lançaient la start-up où je travaille aujourd'hui. Ils m'ont proposé de les rejoindre, et j'ai accepté. Je suis revenu à Santa Barbara, et Gilbert et moi avons vécu en colocation. Puis l'amitié s'est transformée.

— Oui. Deux jeunes diplômés un peu paumés qui ne pouvaient pas payer seuls un loyer, à Santa Barbara, renchérit Gilbert. On a partagé les frais, et... on ne s'attendait pas à ce que ça devienne plus.

Elle se tourna vers Aiden.

— Toi aussi, tu étais perdu ? Si ça te gêne d'en parler, je ne veux pas insister, dit-elle, remarquant son hésitation.

— Non, c'est juste que c'est encore difficile. Cette période correspond à celle où j'ai fait mon coming out.

Gilbert lança un coup d'œil significatif à Emma, laissant entendre qu'Aiden n'avait pas tout dit.

— Seuls mes amis et ma sœur sont au courant, pas mes parents, confessa Aiden.

— Et c'est bien sûr notre plus gros sujet de dispute, ajouta-t-il en croisant le regard de Gilbert.

À cet instant, Emma comprit que la dissimulation n'était pas qu'un mensonge; c'était un rempart. Une façon de s'isoler par peur du rejet. Le lien avec le comportement de Ian lui parut soudain flagrant : en lui taisant la vérité sur son enquête, il avait lui aussi choisi l'isolement. Et elle ? N'avait-elle pas agi de la sorte en s'introduisant chez Luigi sans le prévenir, se drapant dans le mystère par crainte de sa réaction ?

— Le courage, c'est de cesser de se cacher, lâcha Gilbert, la ramenant à elle-même. C'est se permettre d'être heureux, même si le monde ne comprend pas.

— Depuis combien de temps êtes-vous en couple maintenant ?

— Presque deux ans, répondit-il.

Emma perçut un léger malaise dans la pièce. Gilbert semblait en avoir assez de voir son petit-ami camoufler la vraie nature de leur relation. Afin d'apaiser l'atmosphère, elle changea de sujet.

— Merci encore pour vos recherches l'autre jour.

— De rien, dit Aiden, heureux de cette échappatoire. Nous sommes aussi inquiets pour Luigi. Nous avons croisé Diego, il nous a expliqué que vous étiez entrés dans l'appartement. Et, pour ne rien te cacher, nous avons entendu ta dispute avec ton copain. Désolé, tu sais que les murs sont fins ici.

La tristesse s'invita dans les yeux d'Emma, la simple pensée raviva la douleur. Elle chassa l'ombre d'un revers de main mental et se redressa, forçant son esprit à se focaliser sur l'instant présent.

— Nous avons trouvé des lettres échangées entre Luigi et une certaine Eliza.

Gilbert leva un sourcil, intrigué.

— Tu veux dire que Luigi correspondait avec une femme à distance ?

— Exactement. J'essaie de la retrouver. Je n'ai que son prénom, et l'adresse d'une boîte postale : P.O. Box 4921, au 317 Atlantic Avenue, à Brooklyn. Je les ai contactés, mais ils ne peuvent pas me donner son nom de famille. Confidentialité oblige. Je sais juste que la boîte a été fermée.

Alors qu'elle poursuivait la discussion avec Aiden, Gilbert se pencha sur son ordinateur portable. Ses doigts agiles dansaient sur le clavier, et, en quelques minutes, il croisa archives publiques, formulaires et transactions jusqu'à trouver un enregistrement reliant cette boîte à un nom.

— Eh bien, annonça-t-il en souriant légèrement? La propriétaire de cette boîte postale s'appelle Eliza Lombardini.

La respiration d'Emma se coupa presque de stupéfaction, vite suivie par une bouffée d'espoir. Enfin, un nom, une piste qui pourrait l'aider dans ses investigations. Elle leva les yeux vers Gilbert. Elle ne lui avait rien demandé, mais il avait fouillé, agi. Au fond, Ian avait raison : elle ne pouvait pas s'empêcher de s'immiscer partout, même sans le vouloir.

— Merci, chuchota-t-elle. Mais Gilbert, je ne t'ai pas dit ça pour que tu fasses des recherches. Je n'ai pas envie que tu replonges.

— C'est exceptionnel, c'est pour Luigi. Et je n'ai rien fait d'illégal.

Emma saisit son téléphone et tapa « Eliza Lombardini New York ». L'écran afficha la photo d'une femme et d'un homme posant lors d'un cocktail. Elle agrandit l'image, et son souffle se coupa à nouveau.

— Ce n'est pas possible, susurra-t-elle.

La femme était la même Eliza. Son Eliza, celle rencontrée au café. Emma avait brièvement envisagé l'idée, mais l'avait rapidement écartée : quelles étaient les chances ? Sur le cliché, elle paraissait avoir une dizaine d'années de moins, mais elle était toujours aussi belle et raffinée. Elle déplaça l'image sous son doigt et s'arrêta net. L'homme à ses côtés n'était autre que Dominic, vu dans la résidence, puis avec Luigi sur le parking. Celui dont Eliza faisait souvent mention dans ses lettres. Frisson et excitation la traversèrent en même temps. Elle s'empressa de lire l'article : Dominic et Eliza Lombardini avaient inauguré une nouvelle galerie à New York pour promouvoir l'art contemporain. Elle secoua la tête, incapable de comprendre. Étaient-ils... mari et femme ? Et Luigi... son amant ? Les pièces du puzzle refusaient de s'emboîter. Tout restait nébuleux, et plus mystérieux que jamais.

Chapitre 22

— J'ai l'impression qu'on ne s'est pas vues depuis une éternité, fit remarquer Gabriela en tendant un verre à Emma. Je suis désolée de ne pas avoir été trop présente ces derniers jours... surtout après tout ce qui s'est passé pour toi et Ian.

— Ne t'en fais pas. Les élections approchent, j'imagine que le bureau du maire doit être en pleine effervescence.

—Mmm! Tu fais vraiment les meilleures margaritas, félicita Emma, en prenant une gorgée.

Après son entretien avec Aiden et Gilbert, Emma s'était rendue chez son amie pour dîner. Gabriela vivait dans une jolie maison en bois sur Micheltorena Street, à quinze minutes à pied de Victoria House. Les murs et les étagères étaient couverts de livres, de photo de voyages, de plantes suspendues. Un lieu chaleureux, à l'image de son hôtesse. Emma essayait de se concentrer, mais elle avait l'esprit ailleurs. Les visages d'Eliza et Dominic la hantaient, leur histoire se mêlant à la sienne et la ramenant à Ian. Six jours. Six jours sans un mot de lui. Pas un message, pas un signe. Était-ce terminé? Définitivement? Pourquoi ce silence? Et pourquoi elle, n'avait-elle pas trouvé la force de rompre cette distance?

— Comment te sens-tu? demanda Gabriela, après examen de la petite mine de son amie.

Emma jouait distraitement avec la paille de sa margarita.

— Je ne sais pas trop. Je crois que... c'est fini. Ses dernières paroles ont été de dire qu'il ne savait pas ce que nous faisions ensemble.

— Tu devrais l'appeler. Ne reste pas sur une dispute. Quelle que soit la suite entre vous, vous ne pouvez pas rester là-dessus.

On a tous un peu cette tendance à se murer dans le silence quand on a l'impression d'avoir échoué.

— Je sais. Mais comment reprendre contact ? Je me sens idiote qu'on en soit arrivés là et, en même temps, je lui en veux de m'avoir menti... et d'avoir essayé de me contrôler.

Emma massait sa tempe, comme pour dissiper la tension qui s'y installait.

— Il attend de moi une compagne prudente, capable de tempérer ses élans, de ne pas poser de questions qui dérangent. Ce n'est pas moi.

— Je ne pense pas que ce soit vrai Emma. Il m'a surtout l'air d'être jaloux de Diego. Et puis, il t'a dit qu'il appréciait ta spontanéité. Il était surtout inquiet pour toi. Il te l'a dit, non ? S'il était inquiet, c'est qu'il tient à toi.

— Peut-être... Mais à la première erreur, à la première dispute, il me raye de sa vie.

— Tu ne crois pas qu'il se dit exactement la même chose, de son côté ? Toi non plus, tu ne l'appelles pas.

Emma ne répondit pas. Une brûlure familière lui piqua les yeux. Elle s'empressa de reprendre une gorgée de son cocktail pour masquer le tremblement de ses lèvres. Gabriela la regarda avec bienveillance. Son amie essayait de se montrer forte. Et pourtant, elle voyait à quel point Ian avait fissuré ses défenses, la désarmant sans qu'elle s'en rende compte. Emma l'avait laissé entrer trop loin ; elle était amoureuse, même si elle refusait encore de se l'avouer. C'était la blessure et l'orgueil qui parlaient. Car au fond, Gabriela le savait : Emma aurait tout donné pour qu'il passe la porte, là, maintenant. Cette vérité la ramena à sa propre expérience. Une vague de tristesse se peignit sur son visage. Elle resta silencieuse, le regard perdu vers la fenêtre en face d'elles, où le lampadaire dans la rue venait de s'allumer.

— Et toi ? Comment vas-tu ? s'enquit Emma, remarquant que son amie avait elle aussi l'esprit ailleurs.

Gabriela posa son cocktail sur la table basse.

— Je dois t'avouer quelque chose.

Emma leva les yeux, intriguée par la gravité de son ton.

— J'ai commis une erreur, Emma. Une erreur qui dure depuis six mois.

Elle s'humecta les lèvres, le regard fuyant, avant de lâcher dans un souffle :

— Je… je vois quelqu'un.

— Quelqu'un ? répéta Emma, abasourdie.

— C'est le maire, murmura Gabriela.

Un silence pesant s'installa. Emma resta figée, la main vissée à son verre. Elle s'attendait à tout, sauf à ça. Et pourtant, tout s'éclaircit rapidement dans son esprit : le comportement du maire à Lane Farm, ses regards insistants sur Gabriela, la réaction de son amie en sa présence… Ce qu'elle avait pris pour de la tension, pour un différend entre eux, n'était en réalité que le masque d'une intimité trop lourde à porter. Tout lui sautait désormais aux yeux.

— C'est arrivé sans que je m'en rende compte, expliqua Gabriela. Au début, c'était professionnel, il me faisait confiance, me donnait des dossiers sensibles, des projets importants… On s'est… rapproché. C'est arrivé sans calcul. On partageait les mêmes idées, les mêmes colères aussi. Et un soir, c'est devenu plus que ça.

Elle passa une main dans ses cheveux, nerveuse.

— Il est marié… Je n'aurais pas dû. Je m'en veux tellement.

Emma délaissa sa margarita pour poser toute son attention sur elle. Un élan de tendresse pure balaya son jugement.

— Tu l'aimes ? demanda-t-elle avec douceur.

— Oui, je l'aime. Il m'a dit qu'il m'aimait, mais qu'il aimait aussi sa femme, d'une autre manière. Qu'ils ont leurs deux fils, une histoire. Qu'il ne veut pas tout détruire. Et je le crois. J'ai tenté d'arrêter plusieurs fois, de m'éloigner… et chaque fois, il revient ou je reviens, comme si c'était inévitable. Je ne sais plus comment sortir de cette histoire.

Emma admirait la lucidité de son amie, cette manière d'assumer un amour imparfait sans chercher à l'édulcorer. En écoutant Gabriela, les pièces de son propre puzzle commençaient à se réorganiser. Ian, son mutisme, cet éloignement... Elle avait interprété ce vide comme un abandon, alors qu'en réalité, il essayait peut-être simplement de se protéger, lui aussi.

— Tu n'es pas seule, murmura Emma en se recentrant sur Gabriela. Je suis là. Tu trouveras la bonne façon de gérer tout ça quand tu te sentiras vraiment prête. Je te fais confiance pour savoir ce qui est juste pour toi.

Face à cette gentillesse et cette franchise, Gabriela sentit ses épaules se relâcher, et ses traits se détendirent aussitôt.

— Merci... C'est important pour moi que tu sois là, sans me juger.

— Jamais. Peu importe ce qui se passe. On traversera ça ensemble.

Emma s'approcha et l'enlaça. Son amie se laissa aller contre elle, trouvant dans cette étreinte la force qui lui manquait.

— Parfois, je me dis qu'on s'est rencontrés trop tard, murmura-t-elle en s'écartant. Il ne me demande rien, et pourtant, il demeure là dans ma tête à chaque instant.

Sa voix s'éteignit, étouffée par le poids de ce constat.

— Tu ne peux pas t'en vouloir pour ça, répliqua Emma. On ne contrôle pas nos sentiments, uniquement nos actions. Et tu verras... quand le moment sera venu, tu sauras comment agir.

— Il ne sera jamais là avec moi comme je le souhaiterais. Alors pourquoi j'attends ? Pourquoi j'espère ?

Pas de réponse. Gabriela releva le menton vers Emma. Dans le regard de son amie, une prise de conscience s'opérait.

— Tu penses à lui, n'est-ce pas ?

— Oui, admit Emma. Excuse-moi.

— Tu n'as pas à t'excuser. Dis-moi.

— Je réalise que moi non plus, je ne veux plus de relation qui me laissent dans le flou, commença-t-elle en cherchant ses mots.

Avec Ian… on s'est disputés et son silence m'est insupportable, c'est vrai. Mais avant ça, c'était différent. Sa présence était… réelle.

Elle fronça légèrement les sourcils, surprise par cette certitude nouvelle.

— Je n'ai pas envie de perdre ça à cause de nos peurs.

Gabriela laissa échapper un léger souffle, teinté de regrets, mais plein de chaleur.

— Alors, tu as encore une chance, toi. Ne renonce pas.

Emma hocha la tête, les yeux brillants de larmes retenues. Le doute était toujours là, tapi quelque part, mais il ne l'écrasait plus. Elle inspira profondément.

— Tu as raison, murmura-t-elle. Je l'appellerai demain. Je ne peux plus continuer ainsi.

Après le dîner, Emma reprit le chemin vers Victoria House. Micheltorena Street et Bath Street étaient plongées dans le calme. L'air frais portait le bruit lointain d'une voiture, une odeur de jasmin échappée d'un jardin voisin. Elle marcha d'abord avec lenteur, les mains dans les poches, puis accéléra le pas sans s'en rendre compte. Son corps semblait anticiper ses gestes. Son esprit, lui, tournait autour d'une seule idée : parler à Ian. Elle désirait lui dire les choses simplement, sans colère. Admettre aussi ses peurs, ses maladresses. Elle imaginait des phrases. Les rejetait aussitôt. Rien ne sonnait bien. Elle savait juste qu'elle ne voulait plus se taire. Ses pas résonnaient sur le trottoir. Sous la lumière faiblarde des lampadaires, son ombre oscillait sur le bitume, fine et déterminée. Le nœud qui lui serrait la poitrine se dénoua enfin. L'étau sur ses tempes se desserra, son corps se détendit un peu. Oui, elle se sentait enfin prête.

Elle franchit le seuil de Victoria House, la main plongée dans les profondeurs de son sac. Ses doigts griffaient le cuir, brassant pêle-mêle carnet et stylos, mais ces maudites clés restaient introuvables. Elle pesta entre ses dents, exaspérée de ce rituel quotidien. *Ah, enfin, les voilà.* Un craquement sec brisa soudain le silence du hall. Elle releva la tête et se figea : la porte de Luigi était grande ouverte. Une odeur de poussière et de renfermé imprégnait l'air. L'intérieur... retourné. Les coussins étaient éventrés, les tiroirs arrachés, les papiers éparpillés au sol dans un désordre furieux. Quelqu'un venait de saccager l'appartement. Deux silhouettes émergèrent du fond du logement. L'un des hommes leva les yeux, leurs regards se croisèrent. Sans un cri, la masse sombre se rua sur elle. Une main puissante lui broya le bras, fauchant sa tentative de fuite, avant de la projeter violemment en arrière.

— Qu'est-ce que tu fous là ? T'es qui, toi ?

La voix était rocailleuse et pleine de fureur. Emma se débattit, mais la poigne était de fer.

— Tu vis ici ? Où est Louis ? lança l'homme, la secouant si fort qu'elle lâcha ses clés et son téléphone. Dis-nous où se trouve Louis, sinon...

— Je... je ne sais pas de qui vous parlez ! balbutia-t-elle.

L'homme leva une main pour la menacer. Elle se recroquevilla, protégeant son visage de son bras libre.

Le geste de l'individu souleva sa veste, dévoilant la crosse d'une arme à sa ceinture. À sa vue, le souffle d'Emma se coupa net.

— Ne nous mens pas ! cracha le second.

La peur lui glaça le sang, une décharge d'adrénaline pure qui la laissa clouée sur place. Ces hommes n'étaient pas là pour un cambriolage. Ils traquaient Luigi, et ils étaient prêts à tout.

— Lâchez-la !

La voix résonna, perçante, autoritaire. La porte de Vanessa Bowen s'était ouverte avec fracas. Vanessa se tenait là, le visage livide mais le regard brûlant d'une rage protectrice, un club de golf serré entre ses mains.

— Je vous donne deux secondes pour sortir d'ici, lança-t-elle d'une intonation glaciale.

Les deux hommes échangèrent un regard, hésitèrent. Le plus grand grogna, relâcha le bras d'Emma rudement. Elle chancela, manqua de chuter. Puis, sans un mot, ils déguerpirent, leurs pas lourds résonnant sur le parquet.

Le silence retomba d'un coup. Emma ne perçut plus que le vacarme de son propre cœur. Elle porta la main à son bras, où une marque violacée commençait déjà à poindre.

— Viens, entre, vite, souffla Vanessa.

Emma ramassa machinalement ses clés et son téléphone à l'écran fissuré. Une fois la porte verrouillée, le choc la frappa de plein fouet. Elle ne répondit pas aux questions de Vanessa ; une seule pensée tournait en boucle dans son esprit, urgente, vitale. Ses doigts tremblants composèrent le numéro qu'elle s'interdisait d'appeler depuis six jours.

Une sonnerie. Une seule.

— Ian...

Chapitre 23

Les mains crispées sur le volant, Ian roulait à vive allure. Toutes ses défenses s'étaient effondrées lorsque la voix tremblante d'Emma avait prononcé son prénom. À ce moment précis, il avait compris que quelque chose n'allait pas. La simple idée d'avoir risqué de la perdre l'envahissait d'une peur brute. Son mensonge l'avait laissée sans protection, et cette culpabilité lui ravageait le cœur. Il stationna la voiture en quatrième vitesse dans la rue, le moteur toujours vrombissant. Personne dehors. Dans le hall désert, la porte de Luigi était grande ouverte, mais il ne s'arrêta pas. Il frappa directement chez Vanessa. Elle ouvrit. Il la regarda un bref instant, reconnaissant, puis s'engouffra dans la pièce.

Sans attendre, en trois enjambées, il franchit les quelques mètres qui le séparait d'Emma. Il la serra dans ses bras, soulagé de la retrouver saine et sauve. Elle enfouit sa tête contre son torse, s'accrochant à lui avec une force qui lui noua brutalement la gorge. Son souffle finit par se calmer au contact de ses cheveux ; il sentait sa chaleur réchauffer la peau d'Emma, encore glacée par l'effroi.

Il se recula juste assez pour entourer son visage de ses mains, ses yeux cherchant les siens.

— Comment tu te sens ? demanda-t-il.

— Ça va, murmura-t-elle en couvrant ses doigts des siens. Merci d'être là.

Son regard glissa vers son bras. Une violente torsion lui crispa les entrailles à la vue de l'ombre violacée marquant sa peau fine. Il effleura la blessure du bout des doigts, avec une grande précaution mais ces prunelles lançaient des éclairs.

— C'est eux qui t'ont fait ça ? s'enquit-il, sa voix étranglée par la rage.

Elle hocha la tête. Il l'attira de nouveau contre lui. Dans ses bras, la respiration d'Emma s'apaisait.

— J'aurais dû être là avant... ça n'aurait jamais dû arriver...

— Je vais retrouver ces fumiers, murmura-t-il entre ses dents.

Puis il se tourna vers Vanessa, la gratitude évidente dans les yeux.

— Merci d'avoir été là.

— C'est normal, répondit-elle d'un air calme et rassurant.

— Je vais voir comment nous procédons. C'est en principe le SBPD qui est compétent... il vous faudra effectuer une déposition auprès d'eux.

— Je reste à disposition, bien sûr. Tenez-moi au courant.

Son attention se reporta sur Emma. Ses doigts agrippaient fermement les siens.

— Toi aussi, *sweetheart.*

Un léger sursaut secoua Emma. Ce mot agit comme un signal, la ramenant brusquement à l'instant présent. Ian n'avait jamais encore utilisé de surnom. Son regard, chargé d'inquiétude et de tendresse, balaya les derniers restes de sa panique. Ses muscles se relâchèrent un peu et elle se colla contre lui, s'appuyant sur son épaule.

— Rentrons, suggéra-t-il en l'enlaçant d'un bras protecteur.

Elle remercia Vanessa. Ils quittèrent l'appartement et gagnèrent celui d'Emma au premier étage. Lorsqu'elle ouvrit la porte, un léger son de clochette résonna. Winston se faufila aussitôt entre leurs jambes pour entrer.

— Dis donc, toi, tu t'invites comme ça ! lança Ian.

Emma rit nerveusement.

— Laisse-le. Ce n'est pas grave. Il sortira tout seul quand il aura fait son tour, expliqua-t-elle en désignant la bow-window du salon.

Ian coula un bain brûlant pour elle. Tandis qu'elle se glissait dans l'eau, laissant la chaleur apaiser ses tensions, il redescendit pour sécuriser l'appartement de Luigi et contacter le département de police de Santa Barbara. C'était leur juridiction, mais il sollicita immédiatement une collaboration avec son bureau. Sous couvert de mutualiser les ressources techniques, il s'assurait ainsi de garder le contrôle sur les opérations. Hors de question qu'Emma, ou qui que ce soit d'autre, reste sans protection. Axel le rejoignit rapidement sur place.

Quand la police arriva, l'agitation des gyrophares attira l'attention des Hawks en face. Le patron et deux habitués vinrent signaler aux agents ce qu'ils avaient vu : deux hommes filant à toute allure dans une voiture garée sur le parking du bar. Le propriétaire, agacé par leur stationnement sauvage, avait eu le réflexe de noter leur immatriculation avant qu'ils ne démarrent en trombe. Policiers et shérifs étaient tombés d'accord : ce détail pourrait bien faire toute la différence. Quelques minutes plus tard, Ian et Axel s'isolèrent dans le hall pour discuter. Une porte au rez-de-chaussée s'ouvrit discrètement. Martha apparut, son peignoir noué autour d'elle, les traits tirés. À la vue des uniformes, son regard se posa aussitôt sur Ian avec une inquiétude manifeste.

— Vous... vous êtes le petit ami d'Emma, n'est-ce pas?

Ian tourna la tête vers elle, et son expression s'adoucit malgré la tension ambiante.

— Oui, madame.

— Je suis Martha. Emma va bien ?

— Elle est en sécurité à l'étage, chez elle. Merci pour votre sollicitude, Martha.

À cet instant, elle vit un policier sortir du logement de Luigi et ses yeux s'agrandirent d'inquiétude.

— Mais...que se passe-t-il réellement? Est-ce que Luigi va bien?

Il lui expliqua brièvement la situation pour la rassurer du mieux qu'il pouvait.

— N'hésitez pas à dire à Emma de me contacter si elle a besoin de quoi que ce soit.

Il lui offrit un sourire reconnaissant. Lorsqu'elle se retira chez elle, Axel fixa Ian, soucieux.

— Et Emma ? Elle n'est pas trop secouée ?

Ian passa une main sur son visage.

— Je ne sais pas trop pour le moment. Elle est encore sous le choc.

Axel jeta un coup d'œil vers l'étage.

— Écoute, les gars du SBPD sont sur la plaque. On a déjà lancé le mandat pour intercepter le véhicule. L'appartement de Luigi est sous scellés. Je gère le reste.

Il posa une main sur l'épaule de son ami.

— Monte t'occuper d'elle. C'est ta priorité. Je prends le relais ici. Et puis, de toute façon, tu vas avoir besoin qu'elle te raconte tout avant de replonger dans le dossier. Vas-y.

Ian n'hésita pas. Il hocha la tête, reconnaissant.

— Merci, mon vieux.

Lorsqu'il la rejoignit, le calme était revenu. Emma était assise sur le canapé, Winston endormi à ses côtés. Son kimono en soie était légèrement éparpillé autour d'elle, son bras droit enveloppé, l'autre prêt à recevoir des soins.

— Laisse-moi faire, murmura-t-il en saisissant le tube de pommade de sa main.

Le chat ouvrit les yeux et le fixa un instant. Avec une lenteur gracieuse, il s'étira avant de bondir du sofa, comme pour lui céder la place. Il disparut bientôt par la fenêtre. Ian s'assit à côté d'elle. Avec une extrême douceur, il appliqua le baume sur l'ecchymose violacée. Ses doigts caressaient la peau meurtrie avec un soin révérencieux. Un frisson de soulagement parcourut le corps d'Emma. Elle ne pouvait détacher son regard de lui. Il se tenait là, entièrement présent.

— Les policiers détiennent le numéro de la plaque d'immatriculation, expliqua-t-il. Axel coordonne les premières recherches. *Sweetheart*, il faut que tu me racontes précisément ce qui s'est passé.

Sa voix tendre, mais ferme et ce mot affectueux ramenèrent du calme dans son chaos.

— D'abord... je veux que tu saches que je suis désolée d'être allée chez Luigi, murmura-t-elle en serrant son kimono. Je suis trop têtue parfois. Je cherche toujours à comprendre, trouver la vérité, et j'oublie les risques. Et j'étais tellement inquiète pour lui...

Une larme coula le long de sa joue. Elle l'essuya d'un geste distrait.

— J'aurais simplement voulu que tu me parles. Et que tu me dises que tu enquêtais aussi. J'avais le droit de savoir.

Ian accusa le coup en silence, le regard soudain voilé.

— C'est moi qui suis désolé, chuchota-t-il. Je n'aurais jamais dû te cacher mon investigation. J'ai agi comme un imbécile...

Son masque se fissura.

— J'ai eu peur, Emma. Et j'ai laissé cette peur tout écraser, la confiance, le dialogue. Je n'aurais jamais dû. J'avais prévu de venir m'excuser demain mais j'aurais dû venir aujourd'hui, ça ne serait pas arrivé. J'avais tellement honte.

Emma posa sa main sur la sienne. Ian la retourna et déposa un baiser dans sa paume.

— Moi aussi, je voulais t'appeler demain, dit-elle sincèrement. Mais on est là tous les deux maintenant.

Tous les deux. Ces mots agirent sur Ian comme un remède immédiat. Il inclina la tête, les traits enfin détendus, libéré de la tension qui le rongeait depuis six jours. Lorsqu'il se redressa, son regard affichait cette clarté sérieuse, si familière.

— J'ai besoin que tu me dises ce qui s'est passé. Tout.

La voix d'Emma vacilla un peu, mais elle raconta tout : l'irruption agressive, l'arme, sa panique, et l'intervention de Vanessa. Tandis qu'elle parlait, Ian resserrait sa prise sur sa main, mesurant la violence qu'elle venait de subir.

Enfin, elle lui montra la boîte contenant la correspondance

d'Eliza et Luigi.

— J'ai trouvé des lettres chez Luigi. Elles viennent d'une femme prénommée Eliza, et elles s'étalent sur quarante ans. Toutes envoyées depuis New York. Luigi est Louis : il était visiblement en fuite quand ils se sont séparés. Ils sont amoureux depuis toutes ces années. Et je pense qu'ils ont eu un fils ensemble, Joey... et un petit-fils, Neal. Gilbert, mon voisin, est doué en informatique : il a recoupé le nom d'Eliza et de Dominic. Lombardini. Je ne sais pas s'ils sont mari et femme ou juste de la même famille. Ni si Dominic est un ami ou un ennemi de Louis. Et Eliza... Je l'ai rencontrée il y a cinq mois dans un café sur le port. Elle était atteinte d'un cancer en phase terminale. Je n'ai aucune idée si elle se trouve toujours en vie.

Elle reprit son souffle.

— Après les événements de ce soir, je suis presque certaine qu'il s'agit d'une histoire de vengeance.

Il caressa sa joue et replaça une de ses mèches ondulées derrière son oreille.

— Alors, il va falloir être prudents. À partir de maintenant, on avance ensemble. Tu me dis tout, je te dis tout. Le SBPD va lancer la traque grâce à la plaque. Mon bureau va remonter la piste d'Eliza Lombardini et de son lien avec Luigi. C'est notre meilleure chance de le retrouver.

Il se leva, les lettres à la main. Le lieutenant Miller était de retour. Emma le fixait.

— Ian...

Il posa la correspondance sur la table basse, revint vers elle. Il s'agenouilla devant le canapé, appuyant ses paumes sur les genoux d'Emma.

— L'enquête peut attendre quelques heures. Tu as besoin de dormir, et j'ai besoin de savoir que tu es en sécurité.

Sa voix vacilla imperceptiblement.

— J'ai failli te perdre, Emma. L'idée de ne pas pouvoir te tenir... de ne pas avoir pu m'excuser...

Il s'interrompit. Il ne s'était jamais montré aussi vulnérable devant elle. Emma encadra son visage de ses mains.

— Tu es là. C'est tout ce qui compte.

— Non. Ce qui compte, c'est que tu puisses avoir confiance en moi. Et que j'en sois capable aussi. Je t'ai dit que ma femme m'a trompé pendant des mois et m'a quitté pour cette personne, mais je ne t'ai pas expliqué pourquoi. Je ne savais pas décrocher. Je ne faisais que compartimenter. Après la mort de ma mère, j'étais mal et je me suis encore plus renfermé. Elle disait que j'étais incapable de faire confiance, incapable de partager. Et elle avait raison. À la fin, elle a trouvé quelqu'un qui ne portait pas d'uniforme et qui savait communiquer. Quelqu'un de disponible. Je ne veux pas revivre ça avec toi.

Il déglutit avec peine.

— Je ne veux pas reproduire les mêmes erreurs. Emma, si tu veux bien nous laisser une chance...

Elle le fit taire d'un baiser. Il y répondit avec la force de tout ce que les mots ne suffisaient plus à dire, y jetant ses excuses et son amour avec une ferveur désespérée. Il se redressa, la souleva du canapé et l'emmena vers la chambre. L'atmosphère s'était chargée d'une tension nouvelle, celle de la reconstruction après un tremblement de terre. Il l'allongea dans le lit, se dévêtit et se glissa contre elle. Sa main remonta le long de son bras meurtri, effleura ses cheveux encore humides, puis se nicha dans le creux de sa nuque.

— Je reste avec toi, chuchota-t-il.

Emma s'accrocha à lui, inspirant le réconfort familier de son odeur. Elle n'avait pas besoin de mots, seulement de sa présence pour se sentir en sécurité. Elle leva le visage vers lui. Ses lèvres trouvèrent celles de Ian. Sa peau rencontra la sienne. Tout en lui, sa chaleur, son souffle, sa tendresse, ravivait en elle une pulsion de vie, un besoin d'amour et de confiance. Dans un frémissement, elle murmura :

— Fais-moi l'amour.

Chapitre 24

Emma émergea de son sommeil, le visage cajolé par un rayon de soleil. Ses paupières papillonnèrent un instant. Son regard se posa sur les draps froissés à côté d'elle, puis glissa sur Ian. Il se tenait là, assis sur le fauteuil à côté du lit, plongé dans la lecture des lettres d'Eliza. Elle sourit en remarquant une ride se former entre ses sourcils, signe irréfutable de sa concentration. Ses yeux descendirent lentement le long de sa silhouette : il était nu, sa peau dorée par la lumière du matin. Elle retint son souffle. Ce corps, tant désiré, elle l'avait retrouvé la veille. Elle se remémora leur nuit. Un mélange de soulagement, de tendresse et d'amour réapprivoisé avait balayé l'angoisse et la dispute.

— Je vois que je ne suis pas la seule à être impatiente et curieuse, taquina-t-elle, la voix encore un peu rauque.

Il se tourna vers elle et lui adressa un sourire qui la fit fondre instantanément. Si elle avait été debout, ses jambes auraient flanché sous l'émotion. Il reposa les lettres sur la table de chevet et la rejoignit.

— Tu as bien dormi ? Comment tu te sens ? demanda-t-il en couvant son ventre d'une main chaude et délicate.

— Courbaturée, mais bien. Je me suis réveillée une fois, un peu stressée... mais tu étais là.

Il captura ses lèvres dans un baiser.

— Et toi ?

Il s'allongea sur le dos, elle cala sa tête sur son torse. Sous sa joue, elle entendait ses pulsations régulières. Ses doigts dessinaient des carrés sur la ligne ferme de ses abdominaux.

— J'ai bien dormi, mais je me suis réveillé tôt. Tu avais raison.

Elle releva le visage.

— À propos de quoi ?

— Du bruit insupportable du camion poubelle, précisa-t-il avec un petit rire.

Elle afficha un sourire triomphant.

— Je t'avais prévenu ! Tous les jeudis matin, sans faute. Alors, tu t'es mis au travail directement ?

— Non. Avant ça, j'ai attendu de voir le soleil se lever pour te regarder dormir sous les premiers rayons.

Elle se figea. Le temps sembla s'arrêter autour d'eux. Tout son bonheur se refléta dans ses yeux. Il la fit doucement basculer sur le dos, se plaça au-dessus d'elle et l'embrassa avec passion.

— La semaine prochaine, on passera la nuit chez moi le mercredi, chuchota-t-il avec malice.

Emma rit contre sa bouche. Ce rire-là, Ian aurait pu l'écouter toute une vie.

****

Une trentaine de minutes plus tard, Emma lançait un CD dans la chaîne hi-fi, un best of de Stevie Wonder. La première chanson, *Ain't That Love*, emplit aussitôt l'appartement d'une chaleur familière. Elle prépara le café, laissant la musique l'envelopper. Sous la douche, Ian imaginait la scène : Emma, debout devant la cuisinière, les yeux mi-clos, bougeant légèrement au rythme du morceau. Et il ne se trompait pas. Sur le feu, les œufs et le bacon commençaient à grésiller, libérant dans la pièce l'odeur réconfortante d'une matinée ordinaire. Un matin simple, et finalement irréel après la nuit qu'ils venaient de vivre.

Deux coups secs à la porte firent sursauter Emma. Hésitante, elle se dirigea vers l'entrée. En quelques secondes, une myriade de pensées se succédèrent. *Nous sommes en pleine journée. Ils sont partis et ne reviendront pas. Ian est là. Tout va bien.* Elle tourna la poignée. Aiden et Gilbert pénétrèrent directement dans l'appartement sans qu'Emma ait le temps de dire un mot.

— Comment vas-tu ? demanda Aiden. On a entendu du bruit hier soir. On a écrit à Martha. Elle nous a raconté ce qui s'était passé.

Il parlait vite, l'excitation et la peur se mêlaient dans sa voix. Il tenait un paquet de feuilles à la main.

— On s'inquiétait, Emma, continua-t-il. On ne pouvait pas rester inactifs. Attendre que ces types reviennent. Qu'il arrive malheur à Luigi, ou à toi.

Elle referma la porte derrière eux.

— Calme-toi un peu, lança Gilbert à son copain.

— On a trouvé, lâcha Aiden.

Il brandit les feuilles.

— Eliza, son nom...

Il s'arrêta subitement. Ian venait de sortir de la salle de bain, les pieds nus, vêtu d'un jean et torse nu. Il traversa la pièce pour récupérer son tee-shirt posé sur le dossier d'une chaise de l'îlot. Les garçons, d'abord surpris, ne le quittèrent pas des yeux. Aiden déglutit bruyamment, tandis que Gilbert jeta un coup d'œil entendu à Emma. Son expression, qui semblait dire : « Je vois que tu ne t'ennuies pas », trahissait une admiration certaine pour la carrure du shérif. Ian enfila son tee-shirt et s'approcha. Il planta ses mains sur ses hanches, dominant la petite assemblée de sa stature. D'un bref signe de tête en avant, il incita Aiden à poursuivre.

— Tu disais : Eliza ?

Aiden, soudain revigoré par l'inflexion du lieutenant, se ressaisit. Emma arrêta la musique et éteignit la cuisinière avant de revenir vers eux.

— Oui. Nous avons passé le reste de la nuit dessus... On est partis de l'article sur la galerie d'art. Eliza... Lombardini était son nom de jeune fille. Elle est morte il y a un mois d'un cancer.

Le souffle d'Emma se bloqua un instant dans sa gorge. Un voile passa sur ses yeux tandis que les images de leur rencontre défilaient : Eliza évoquant sa maladie avec pudeur, son empressement à rejoindre son « bien-aimé »... La peine de Luigi lui parut soudain écrasante.

— Dominic n'était pas son mari, mais son frère, poursuivit Aiden. Ils étaient les enfants de Salvatore Lombardini, un homme d'affaires à la réputation douteuse. On a trouvé plusieurs articles sur lui. Il dirigeait une société de démolition créée dans les années cinquante. Aujourd'hui, la compagnie fait dans la promotion et le développement immobilier.

Ian croisa les bras sur son torse, son regard se durcit. Pas de surprise, mais une concentration froide. New York. Une société de démolition. Une réputation douteuse. Une seule idée lui venait à l'esprit. La pègre. Trop tôt et impossible d'en parler devant Aiden et Gilbert. Il la garda pour lui.

— Elle a épousé Franck De Luca en 1976, reprit Gilbert. Un type pas très recommandable non plus. Selon les registres d'état civil, ils ont eu deux fils : Santo et Joey. Les deux se sont mariés et ont eu des enfants à leur tour. Caroline et Antonio chez Santo et Neal chez Joey. Joey est décédé dans un accident de voiture avec sa femme en 2016. Neal avait dix ans. Eliza et Franck l'ont élevé.

— Je pense que Joey est le fils de Luigi, pas de Franck, commenta Emma. Et que Neal est le jeune homme qui accompagnait Dominic et Luigi quand Jimmy les a vus.

— Ce n'est pas tout, Emma. Ce n'est ni Dominic ni Eliza qui ont repris les affaires de Salvatore Lombardini, même si la plus grosse partie de sa fortune leur appartenait encore. Ce sont son gendre Franck, puis son petit-fils Santo. On a recoupé les informations. Au décès de son père en 2010, Dominic a fait don de ses parts de la société à ses petits-neveux : Caroline, Antonio et Neal. Antonio De Luca est mort lui aussi il y a deux ans dans l'incendie de son appartement.

— Santo De Luca... répéta Ian.

— Ça te dit quelque chose ? demanda Emma.

— Vaguement.

— Avec la disparition d'Eliza, réfléchit Emma à voix haute,

Neal par son père et Santo sont les héritiers directs de la famille, si je comprends bien. À moins que Franck hérite également ?

Elle avait ramené, comme elle le faisait si souvent, l'ensemble de sa chevelure sur l'une de ses épaules. Le regard de Ian s'attarda sur ce geste familier ; il y voyait la marque de sa réflexion. Pour lui, c'était le signal que le cerveau d'Emma s'animait, et il ne put s'empêcher de ressentir une pointe de fierté en constatant qu'elle analysait la situation avec la même acuité que lui.

— Ah oui, nous avons oublié ce point-là, se rappela Aiden. On n'a rien sur l'héritage, mais Franck De Luca ne dirige plus rien depuis deux ans. Il a été admis dans un institut spécialisé pour les malades atteints d'Alzheimer il y a dix mois.

Ian balaya du regard tour à tour Aiden et Gilbert, comme s'il cherchait à les décortiquer.

— Je n'ose pas vous demander comment vous avez réussi à découvrir tout ça en quelques heures.

Ils échangèrent un coup d'œil gêné.

— Je préfère ne pas savoir… murmura le lieutenant, un léger sourire en coin.

— Nous avons fouiné, oui, mais rien d'illégal, si ça peut vous rassurer, admit Gilbert.

— Hum… fit Ian, pas totalement convaincu. Merci en tout cas. Vous avez effectué un travail de recherche impressionnant.

— J'appelle Axel pour qu'ils poursuivent les investigations à partir de ces éléments, ajouta-t-il à l'attention d'Emma.

Il s'éloigna sur le balcon pour passer son appel.

— Merci à tous les deux, dit Emma. Mais soyez prudents. Il vaut mieux laisser Ian prendre la suite. Les deux types que j'ai vus dans le hall étaient dangereux.

— Oh, ne t'inquiète pas, réagit Gilbert. Je n'ai pas l'intention de m'en mêler plus.

— Et toi, tu as ton shérif à tes côtés 24 heures sur 24 maintenant ! lança Aiden avec un clin d'œil.

Emma leva les yeux vers le balcon. Ian se tenait, penché sur la balustrade, le téléphone à l'oreille. Quand il se retourna et croisa son regard, un pli discret se dessina sur ses lèvres, juste assez pour qu'elle sente son attention, malgré la distance.

— C'est du sérieux alors ? demanda Aiden.

— Je crois bien que oui, répondit-elle en haussant les épaules, toute contente.

Aiden et Gilbert récupérèrent leurs affaires et l'étreignirent.

— On vous laisse régler tout ça, décréta Gilbert avec une moue pleine de sous-entendus.

— Faites attention à vous aussi, ajouta Aiden avant de tourner les talons.

Ian termina sa conversation avec Axel avant de rejoindre Emma. Elle venait de rallumer la cuisinière. À peine eut-il franchi la porte du balcon qu'il l'enveloppa dans ses bras et s'approcha près de son oreille.

— Je vois que tout le monde dans l'immeuble tient à toi. Tu avais raison... ajouta-t-il, avec une expression attendrie. Vous formez une vraie petite famille ici. Vous vous soutenez, vous vous protégez.

— Oui, je les aime tous beaucoup, murmura-t-elle. Mais je suis surtout contente que toi tu sois là.

Il l'étreignit plus fort. Le bruit de la cuisinière, le parfum du café et cette présence rassurante donnèrent à Emma l'impression que rien ne pourrait l'atteindre dans cet instant. Elle soupira, envahie par un sentiment de réconfort.

— Je dois avouer que je suis surprise par le courage de Vanessa, finit-elle par dire en se retournant dans ses bras. Je ne me serais jamais imaginé recevoir son aide. Elle m'a raconté que tu l'avais interrogée au sujet de Luigi.

— Oui, quand j'ai commencé à investiguer sur son absence, je l'ai contactée. Emma, je suis désolé, je n'aurais pas dû faire ça dans ton dos.

— C'est oublié. On en a discuté hier. Elle t'a dit quelque chose de particulier ? Elle avait l'air très inquiète pour lui alors que je ne l'ai jamais vue bavarder avec qui que ce soit dans l'immeuble. C'est quand même étrange.

— Elle m'a parlé de ses habitudes : le taï-chi, le café, son amour pour la cuisine et les plantes. Elle m'a confié que c'était l'une des personnes les plus attentionnées qu'elle connaisse.

— Comment pourrait-elle savoir tout ça si elle n'avait pas de lien avec lui ?

— C'est vrai.

Ian n'eut besoin que de quelques secondes pour comprendre : Emma avait déjà repris le dessus. Un autre mystère la tenaillait. Vanessa Bowen.

— Que vas-tu faire ? demanda-t-il.

— D'abord la remercier encore pour hier, puis lui poser la question directement.

Ian ne put retenir un sourire amusé. Le téléphone d'Emma bipa soudain. Elle jeta un coup d'œil à l'écran : un message de Larry, son contact à New York. Elle l'ouvrit.

Emma, je t'appelle tout à l'heure. En attendant, reste prudente. Eliza Lombardini est morte. Elle était mariée à Franck De Luca, un associé de la pègre new-yorkaise. Son fils Santo a repris les affaires. Ne dis rien à personne pour le moment.

Emma pâlit. L'ampleur de la menace lui glaça le sang. Elle tendit son téléphone à Ian.

— C'est Larry, un ami journaliste, expliqua-t-elle. Je lui avais demandé des infos sur la boîte postale utilisée par Eliza pour correspondre avec Luigi.

Ian lut le message sans un mot.

— J'allais justement t'en parler. Quand ton voisin a évoqué Salvatore Lombardini et ses activités, j'ai immédiatement fait ce lien avec le crime organisé.

Les yeux d'Emma s'embuèrent.

— Si quelque chose devait arriver à Luigi... murmura-t-elle, la voix brisée.

Il la prit dans ses bras.

— On va le retrouver, *sweetheart*. Je te le promets. On va le retrouver.

Chapitre 25

Une fois Ian parti au travail, Emma parcourut ses notifications. Quatre-vingts messages non lus saturaient le groupe WhatsApp de la copropriété. Habituellement dédié à l'organisation de leurs soirées, le fil de discussion ne portait ce matin que sur les événements de la nuit et leur inquiétude pour elle et Luigi. Elle leur envoya un mot rapide, promettant de passer les voir bientôt.

Quelques instants après, elle ouvrait sa porte, prête à rendre visite à Vanessa, pour la remercier, mais aussi bien décidée à percer le mystère de sa relation avec Luigi. Mais, dès qu'elle franchit le seuil de son appartement, ses épaules se contractèrent. Ce lieu, autrefois synonyme de sécurité, lui paraissait soudain étranger, presque hostile. Chaque craquement de l'escalier réveillait un écho de la veille. Elle crut sentir de nouveau cette poigne de fer lui broyer le bras ; une nausée glacée la submergea, ses doigts se crispant dans un tremblement incontrôlable. En bas, elle se pétrifia à quelques mètres de l'objectif. Les bandes de ruban jaune « Police Line — Do Not Cross » barraient la porte de Luigi. Le silence au rez-de-chaussée était total, pesant. Rassemblant son courage, elle frappa chez Vanessa. Alors qu'elle attendait, son regard dériva malgré elle vers l'appartement scellé de son ami, le cœur battant à tout rompre.

— C'est bizarre pour moi aussi de voir ça ici, confia Vanessa en ouvrant et en remarquant son air songeur.

Emma pivota vers elle. Son visage était livide, ses yeux encore affolés par l'adrénaline contenue. Le contraste avec Vanessa était saisissant : elle dégageait un calme total, déconcertant.

— Tu veux entrer ? proposa-t-elle à Emma.

Emma ne s'attendait pas à autant de gentillesse. Le contrôle dont faisait preuve Vanessa l'impressionnait. Elle n'avait pas l'air d'une victime, mais d'une générale revenue indemne d'une bataille. Depuis son arrivée dans la résidence, son irritation envers cette femme n'avait fait que s'intensifier. Pourtant, cette même femme l'avait défendue et sauvée. Les larmes lui montèrent aux yeux, la scène de la veille se rejouant encore une fois dans son esprit.

Emma pénétra dans l'appartement. Sa voisine l'invita à s'asseoir et lui offrit un verre d'eau. Elle portait une tenue de fitness, ses cheveux attachés comme à son habitude dans une queue de cheval impeccable.

— Tu partais travailler, peut-être ? demanda Emma.

— J'ai encore un peu de temps devant moi, répondit Vanessa. Comment te sens-tu ?

Emma scrutait son regard : il n'y avait pas de pitié, juste une évaluation calme et professionnelle.

— J'ai ouvert les yeux en me sentant en forme, et maintenant, tout me revient en pleine poire, avoua Emma.

— Je ne suis pas étonnée. Tu as basculé en mode survie hier soir. Le corps est incroyablement efficace. Ensuite, ton esprit a trouvé un barrage pour ne pas replonger. Un protecteur même.

Vanessa posa sa main sur le bras d'Emma.

— Ce matin, il est parti, et le barrage est en train de céder. Maintenant, tu dois laisser le choc et l'adrénaline sortir. Ce n'est pas de la faiblesse, Emma. C'est simplement le contrecoup.

Emma resta bouche bée. Comment Vanessa pouvait-elle comprendre aussi clairement ce qu'elle ressentait ?

— Je voulais te remercier à nouveau. Nous n'avons jamais vraiment discuté... on peut même dire qu'on s'est toujours évitées.

Vanessa ne put s'empêcher d'être amusée par l'honnêteté de sa voisine.

— Mais, tu as pris des risques pour m'aider, poursuivit

Emma. Merci beaucoup.

— Je t'ai vue en danger, je n'allais pas rester les bras croisés.

La curiosité d'Emma était piquée.

— Oui, mais la peur ne t'a pas paralysée. Ça m'impressionne beaucoup.

Vanessa lui sourit, mais se tut. Emma se demandait quelle histoire existait derrière cette maîtrise, car elle en était maintenant persuadée, cette femme cachait un secret.

— Ian m'a dit que vous aviez parlé des habitudes de Luigi quand il t'a interrogé. Je ne savais pas que vous étiez aussi proches Luigi et toi.

Sa voisine parut tout à coup mal à l'aise.

— Ce n'est pas le cas. Je suis juste en face de son appartement, j'ai aperçu ses allées et venues.

Emma la fixa. Elle mentait, mais elle ne s'expliquait pas pourquoi. Il n'y avait rien de mal à être ami avec son voisin. Elle insista un peu.

— Savoir où il prend son café et où il pratique le taï-chi, sans en avoir discuté avec lui, c'est difficile à deviner.

Vanessa soupira légèrement.

— Je comprends mieux de qui parlait ton ami le lieutenant quand il disait ne pas vouloir que trop de personnes s'en mêlent. Tu ne recules devant rien.

Emma eut l'impression de recevoir un coup de poignard en plein cœur. Vanessa avait trouvé les mots pour la faire taire. Elle se tut. La blessure, elle, saignait. Elle la remercia pour son aide avant de prendre congé. Dans le hall, l'équilibre qu'elle s'était efforcée de maintenir vola en éclats. Les visages, les reproches, Ian... C'était trop. Beaucoup trop. La déferlante fut brutale. Les larmes jaillirent, irrépressibles. Incapable de monter jusqu'à son appartement, les épaules secouées par les sanglots, elle se laissa guider par un besoin viscéral de refuge et alla frapper chez Martha.

Sa voisine la consola longuement. Elles s'assirent autour d'une tasse de thé, le parfum sucré du jasmin emplissant le petit salon. Martha prit la main d'Emma et l'enferma tendrement entre les siennes.

— Qu'est-ce qui te bouleverse le plus ? L'agression ou ce que tu as appris sur Ian ? demanda-t-elle d'une voix posée.

— L'agression, c'est le contrecoup... je finirai par le gérer. Mais Vanessa... Elle m'a jeté à la figure ce que Ian pense vraiment de moi. De ma tendance à m'en mêler.

Elle renifla, saisissant le mouchoir que Martha lui tendait.

— Je suis allée la voir pour la remercier et j'ai insisté pour en savoir plus sur sa relation avec Luigi. Elle me l'a fait payer en utilisant les mots de Ian contre moi. C'était cruel. J'ai essayé de me voiler la face depuis notre dispute, mais elle a confirmé mes pires craintes.

— Mais vous êtes réconciliés maintenant. Tu viens de me dire qu'il s'est excusé lui aussi.

Emma pinça les lèvres, le regard brouillé.

— Oui, mais l'entendre dans la bouche d'une étrangère... J'ai eu l'impression que, peu importe ses sentiments, il ne m'acceptera jamais telle que je suis.

Martha cligna des yeux en signe de compréhension. Elle prit une gorgée de thé, son attention se perdant quelques secondes au-dessus de la tasse.

— On cache tous ce qui nous fragilise, Emma. C'est sans doute le cas de Vanessa. Mais pour ce qui est d'être acceptée... laisse-moi te raconter quelque chose.

Elle soupira, puis se pencha en avant, son expression devenant grave et intime.

— Tu as déjà vu Guadalupe s'agacer à cause de mes achats ? De mon besoin que tout soit parfait, organisé. Mais il y a un secret derrière ça. Un que Grayson a mis du temps à accepter.

Emma la regarda, stupéfaite. Martha représentait, pour elle, l'incarnation de la maîtrise et du sans faute.

— Je ne suis pas juste une acheteuse perfectionniste, Emma.

Je suis une acheteuse compulsive. L'acte d'acheter est une dépendance, une nécessité d'exercer un contrôle sur une partie de ma vie quand tout le reste m'échappe.

Martha confessa, d'une voix tremblante, la honte qui accompagnait chaque acquisition et la peur que Grayson s'aperçoive du montant réel des dépenses.

— Au début, nous étions encore de jeunes mariés. Il a paniqué. Il voyait l'argent partir, il découvrait le mensonge. Il a failli me quitter. J'ai essayé de lutter, mais j'ai replongé. Au lieu de me dire « arrête » ou « change », il a fait un autre choix. Celui de se battre avec moi. Il a compris que ce n'était pas moi, mais une maladie. Il a trouvé un groupe de soutien. J'y suis allée pendant des années, avec lui à mes côtés. On a dépassé ça ensemble, parce qu'on s'aimait.

Des larmes remplirent de nouveau les yeux d'Emma. Le parallèle était brutal.

— Depuis que Grayson n'est plus là, j'achète à nouveau. Je me retrouve seule avec cette anxiété. Alors j'achète. Le plus souvent, je ramène. Je me fais rembourser. C'est ma façon de garder le contrôle sans tout détruire.

Martha jouait nerveusement avec le bracelet à son poignet.

— Alors, quand tu te demandes si Ian acceptera ta curiosité, ton ingérence, tu dois d'abord te poser la question si toi tu es prête à assumer les conséquences de ta propre ingérence. Et si Ian est prêt à se battre avec toi comme Grayson l'a fait pour moi, et non contre toi.

Elle marqua une pause.

— Et enfin, concernant Vanessa. Elle ne voulait pas te parler, Emma, et elle ne voulait pas que tu fouilles dans son histoire. Elle s'est protégée, sûrement par nécessité. C'est elle qui t'a sauvée, et toi, tu as de suite plongé la main dans sa vie privée.

Elle appuya son regard, mais continua d'une voix tendre.

— Est-ce que ta quête de vérité te donne le droit de déstabiliser l'équilibre des autres ? Ou de les entraîner ? Je sais que Gilbert et

Aiden ont effectué des recherches. Et j'ai mes torts aussi. Je n'aurais pas dû vous fournir, à Diego et toi, la clé de l'appartement de Luigi.

— Martha, je ne sais pas si je pourrais changer ma nature. Je serai toujours avide de vérité, j'aurai toujours envie de m'impliquer.

— Je ne te dis pas de changer ta nature. Je te dis que tu as franchi une ligne et que tu dois apprendre à respecter certaines limites, si cela peut blesser quelqu'un d'autre ou toi-même.

Emma demeura muette. La vérité était amère et douloureuse. Elle finit par quitter Martha, vidée. De retour chez elle, elle se laissa absorber par le silence de son appartement. Elle se déshabilla avec lenteur, chaque geste demandait un effort de sa part. Elle s'échoua sur son lit et s'enfouit sous sa couette, cherchant un refuge contre le monde et contre elle-même. Épuisée émotionnellement et physiquement, elle ferma les yeux, incapable d'affronter quoi que ce soit d'autre.

Chapitre 26

Ian massa l'arrière de son cou. La fatigue s'installait entre ses omoplates. Il jeta un œil à sa montre : dix-huit heures déjà. Emma lui avait donné peu de nouvelles. Elle avait dit vouloir se reposer cet après-midi, mais ce silence prolongé commençait à l'inquiéter. La journée avait été éreintante après leur courte nuit. Il s'apprêtait à quitter son bureau quand Axel frappa à la porte.

— On a retrouvé la voiture près de San Francisco. Mais aucune trace des deux types pour le moment. Le SFPD est sur le coup et nous tient au courant.

— C'était sûr qu'ils n'allaient pas traîner. Et du côté de New York ?

— Rien à signaler côté fichier national. J'attends le retour du bureau de liaison fédérale. J'ai aussi contacté le NYPD, mais sans dossier ouvert là-bas, on ne sera pas prioritaires.

— Patientons jusqu'à demain.

— Emma va mieux ?

— Ce matin ça allait. Mais cet après-midi, elle était fatiguée.

— Tu vas la retrouver ce soir ?

— Oui, je ne veux pas la laisser seule. J'y vais d'ailleurs. Toi aussi, rentre chez toi.

— Je vais rester encore un peu. Je n'ai pas de copine qui m'attend à la maison, dit-il en lui adressant un clin d'œil.

Copine... petit ami. Axel, après Martha, était la deuxième personne à qualifier leur relation. Et lui n'avait pas hésité à confirmer quand la voisine d'Emma lui avait demandé la veille. *Que ressentait Emma à ce sujet ? Le considérait-elle comme son petit ami ? Petite amie, petit ami, copine, copain, quels termes étranges,* pensa-t-il. Ils lui paraissaient un peu courts, presque enfantins, pour désigner cette femme qui occupait désormais chaque recoin de son esprit.

Il quitta son bureau avec hâte, impatient de la retrouver. Chaque feu de signalisation rouge semblait s'étirer en une éternité. Ses doigts tambourinaient sur le volant au rythme de la *Canción del Mariachi* qui passait à la radio. Ian monta le volume et se mit à chanter les paroles, y trouvant un plaisir libérateur, une façon de canaliser l'exaltation qui lui parcourait les veines :

— *Ay, ay, ay, ay... ay ay mi amor... Ay, mi morena de mi corazón...*

Il songeait au moment où il l'avait étreinte la veille, à celui où il l'avait aimée. Le désespoir dans sa voix, sa propre confession sur son divorce, l'intensité de leur réconciliation...

— *Me gusta tocar la guitarra, me gusta cantar el son...*

Il avait tout gâché une fois; il était bien décidé à ne pas recommencer. Il bouillait de ce besoin de la voir pour retrouver son calme, pour se rassurer qu'ils avançaient bien ensemble.

Quinze minutes plus tard, il poussait la porte du hall de Victoria House. L'écho de la musique résonnait encore dans son esprit, mais il fut vite ramené au sol. Deux personnes discutaient, il reconnut la voix de Martha.

— Tu comprends ce que j'essaie de te dire. Ce n'est pas ton rôle de t'occuper d'elle. Laisse-les faire leur chemin. Ils ont besoin de cet espace.

Avant que Diego ne puisse répondre, Ian se trouvait déjà à un mètre d'eux. Le silence tomba, sec. Ils échangèrent des salutations de pure forme, ces politesses de façade destinées à marquer un territoire. Ian nota immédiatement l'agitation de Diego. Il fronça imperceptiblement les sourcils. Pourquoi était-il dans cet état ? Il scruta un moment ce désarroi qu'il ne s'expliquait pas encore, et une pointe de jalousie froide se mêla à sa perplexité.

En un simple coup d'œil, Martha fit comprendre à son protégé qu'elle désirait s'entretenir en privé avec le lieutenant.

Diego lança à Ian un regard dur, puis tourna les talons.

— Comment allez-vous, Martha ?

— Je vais bien. Pour tout vous dire, je suis un peu inquiète pour Emma. La journée a été difficile pour elle.

— Comment ça ? demanda Ian, la surprise creusant un pli entre ses sourcils.

— Elle a le contrecoup de l'agression. Elle est allée voir Vanessa... puis elle est venue chez moi : elle pleurait, tremblait. Ce n'est pas seulement sa blessure au bras. Elle a encaissé le choc émotionnel, la peur. Et je crois que je ne l'ai pas aidée. J'ai été un peu dure avec elle ce matin. Je suis montée il y a une heure. Elle était légèrement fiévreuse, mais surtout épuisée.

— Mais... pourquoi ne m'a-t-elle rien dit ?

— Elle est têtue. Elle essaie de se montrer forte, surtout avec vous.

Devant son œil interrogateur, elle finit par lui confier :

— Bon... cette fois, je me mêle de ce qui ne me regarde pas, mais je pense qu'elle a peur de vous décevoir.

Le visage de Ian s'assombrit.

— Je... je monte la voir immédiatement.

Alors qu'il s'apprêtait à grimper, il se retourna vers elle :

— Merci, Martha.

Il gravit les marches deux par deux, inquiet et frustré envers lui-même. Une fois au premier, il se dirigea vers l'appartement d'Emma et tapa doucement. Pas de réponse. Il frappa une seconde fois, plus fort. Il sortit son téléphone pour l'appeler, mais il n'en eut pas le temps, un bruit faible dans le logement se fit entendre. Le judas devint soudain plus sombre. La porte s'ouvrit dans un léger mouvement. Elle se tenait là, pâle, les pommettes rougies par la fièvre, vêtue par-dessus son pyjama de son pull camionneur. Elle s'appuya lourdement contre le chambranle, sans parler, tout en l'invitant à entrer. Ian la poussa gentiment à l'intérieur et referma derrière eux. Il nota la gravité de la situation d'un seul coup d'œil. Sa main atterrit aussitôt sur son front chaud. Comme la veille, il la prit en douceur dans ses bras et la porta dans la chambre. Emma s'abandonna contre lui, sans résistance. Il perçut son souffle court dans son cou ; le poids de cette confiance lui contracta l'abdomen.

Une fois dans le lit, il la recouvrit. Il remplit un verre d'eau, y fit dissoudre un cachet, l'invita à boire. Assis près d'elle, il lui caressait le bras avec une délicatesse infinie. Son attention ne la quittait pas, comme s'il craignait que la moindre seconde de distraction ne puisse la blesser.

— Pourquoi tu ne m'as rien dit ? demanda-t-il, la voix grave.

— Ce matin, ça allait, murmura-t-elle, les paupières mi-closes. Puis je suis descendue, je me suis retrouvée en bas... et tout m'est revenu d'un coup.

Il ferma les yeux une seconde, maudissant sa propre présomption. Il se pencha vers elle et prit sa main chaude.

— J'ai eu tort de penser que tu allais bien. Mais, j'ai besoin que tu me parles, Emma. Toujours. Pas seulement pour l'enquête. Pour nous.

— J'ai eu peur. Et puis Vanessa m'a...

Elle s'interrompit. Parler lui coûtait.

— Elle m'a fait comprendre que les questions que je lui posais la dérangeaient... en me lançant que tu lui avais dit ne pas vouloir voir certaines personnes s'impliquer.

Elle se redressa en position assise. Ses yeux se remplirent de larmes.

— Emma, c'était...

— Je sais, le coupa-t-elle. Tu avais raison. Je suis... Je...

Elle éclata en sanglots. Des sanglots, violents et saccadés, qui fendirent sa voix. Elle luttait pour reprendre son souffle, mais les mots sortaient par lambeaux.

— Je... ne sais pas... m'arrêter. Et je peux... même blesser... les gens autour de moi.

Le cœur de Ian se brisa devant sa tristesse.

— Hé... non, *sweetheart*. Tu as le contrecoup, c'est normal.

Tu es forte, Emma, mais tu n'as pas à l'être tout le temps. Pas aujourd'hui.

Il la prit dans ses bras. Elle s'accrocha fort à lui pour reprendre pied.

— Je… je suis allée trop loin avec elle. Aiden et Gilbert… ils se sont investis dans cette histoire à cause de moi, Diego aussi… j'ai lu toutes les lettres de Luigi…

Il encercla son visage de ses mains.

— Non, non. Écoute-moi. D'abord, chacun reste responsable de ses actes. Tu n'as forcé personne. Ils ont choisi. Et oui, il faut faire les choses dans la légalité, mais ton instinct est bon. Tu avais raison depuis le début. Il y a bien un problème.

— Mais je fonce tête baissée… tu l'as dit toi-même.

Elle se remit à pleurer de plus belle. Il la serra contre lui. Ses sanglots, étouffés contre sa poitrine, le transperçaient. Il n'avait jamais pensé la découvrir dans un tel état, elle qui portait ses contradictions telle une armure. La voir s'effondrer lui donna l'impression que l'un des piliers de son propre équilibre menaçait de s'écrouler. Il enfouit son visage dans sa chevelure, humant son odeur, avant de glisser ses paumes sur ses épaules et ses bras, pour la sécuriser. Quand sa respiration se calma, il murmura avec tendresse son prénom, encore et encore, non pas pour la consoler par des mots, mais pour qu'elle ressente sa présence. Elle se moucha dans un geste discret qui renforça la vulnérabilité de ce moment. Il lui laissa l'espace nécessaire, puis essuya un résidu de larme avec son pouce.

— Je sais que j'ai dit ça. Mais ne te méprends pas, Emma. Ta curiosité, ton intelligence, ton envie d'aider les autres… c'est ce que j'aime chez toi.

Emma se figea, l'étonnement l'emportant sur la tristesse. Elle se recula pour voir son visage.

— C'est ça que tu… aimes chez moi ? murmura-t-elle, les yeux embués.

Ian hocha la tête, son regard bleu-gris s'ancrant intensément dans le sien.

— Oui. C'est exactement ça que j'aime.

Elle resta un instant sans voix, bouleversée. Elle prit sa main et la serra fort. Tout ce qu'elle avait cru être un fardeau pour lui devenait, dans sa bouche, la raison même de son attachement. La peur qui paralysait son cœur depuis leur dispute finit par céder, libérant enfin ses mouvements et sa peine. Ian embrassa sa main.

— On va gérer ça. Ensemble, ajouta-t-il. Ce qui compte maintenant, c'est que tu guérisses.

Il s'éloigna pour attraper son téléphone.

— Je vais appeler un médecin.

— Non... je veux seulement que tu restes. J'irai voir mon médecin demain.

Ian capitula et posa son portable. Elle ôta son pull et remonta la couette jusqu'à son menton. Il se dévêtit à la hâte, abandonna ses habits sur le sol et, une fois sous les draps, se glissa contre elle. Il n'y avait plus de lieutenant, plus d'enquête, juste un homme et la femme qu'il aimait. Il l'enlaça, sa peau s'habituant au contraste de sa chaleur contre sa propre fraîcheur.

— Je suis là. Tu vas pouvoir te reposer.

Il caressa sa nuque, ses doigts s'attardant sur la tension qui s'y nichait. Son odeur mêlée au parfum d'amande de son linge de lit le ramenait, lui aussi, à un sentiment de sécurité. Le simple fait de la sentir là, blottie dans ses bras, calma la peur familière de la voir s'éloigner, de ne pas pouvoir la protéger. Les mots de Martha à Diego lui revinrent, insistants. Elle parlait d'Emma. « Ce n'est pas à toi de t'occuper d'elle. » Non : c'était à lui. Et il ne laisserait personne d'autre prendre ce rôle. Il soupira de soulagement, son souffle se fondant dans le sien. Cette proximité retrouvée fit tomber un peu de la fatigue et de l'inquiétude accumulées. Il ne savait pas ce que demain leur réservait, mais, pour la première fois depuis longtemps, il se sentait exactement à sa place.

Chapitre 27

Emma sentait le poids du bras de Ian posé sur son ventre. Jamais elle n'aurait imaginé vouloir être retenue prisonnière dans les bras de quelqu'un. Pourtant, ce matin-là, elle n'aurait souhaité pour rien au monde se trouver ailleurs. La fièvre avait disparu, mais les douleurs musculaires persistaient, moins vives. Ses paupières gonflées portaient encore la trace des larmes de la veille. Elle prit conscience de tout ce qu'ils venaient de traverser et se remémora les paroles d'Olivia. Pour la première fois de sa vie, elle avait dévoilé sa vulnérabilité à un homme. Tous les sanglots de la nuit précédente semblaient avoir emporté avec eux le reste d'un chagrin plus ancien, plus profond, une tristesse dont elle avait, sans le savoir, eu besoin de se délester.

Et puis, il y avait ces mots. « Aimé ». Ian avait prononcé le mot « aimé ». Elle se retourna dans ses bras pour le regarder, leurs têtes posées sur le même oreiller. Elle contempla la ligne de ses arcades sourcilières, ses pommettes, ses lèvres, sa mâchoire. Elle déposa un baiser léger sur son menton. Le contact éveilla un frémissement chez lui, et il resserra son étreinte.

C'était leur première nuit ensemble sans faire l'amour. Ils avaient juste dormi enlacés. Exister l'un contre l'autre.

— À quoi penses-tu ? demanda Ian.

— À nous, répondit-elle avec un sourire, réalisant qu'il était réveillé.

— Et à quelle conclusion es-tu arrivée ?

— À celle que j'ai envie de dormir avec toi toutes les nuits.

Ian l'embrassa. Lorsqu'il s'écarta légèrement, son front vint se poser contre celui d'Emma.

— Je pourrais m'habituer à ça, murmura-t-il.

Une lueur de tendresse éclaira son visage. Elle glissa une main derrière sa nuque, caressant la ligne de ses cheveux. Il la regardait comme si plus rien n'existait en dehors de ce lit, de cette chambre, de ce matin-là. Il la détailla longuement : ses paupières encore gonflées, sa peau réchauffée par le sommeil, la fatigue combinée à une nouvelle sérénité.

— Tu n'as plus de fièvre, constata-t-il en plaçant sa paume sur sa joue.

— Toujours courbaturée. Mais... ça va.

— Emma, si tu ne te sens pas bien aujourd'hui, tu restes au lit. Je m'occuperai de tout.

Elle lui adressa un regard reconnaissant.

— Tu as déjà passé la nuit à veiller sur moi. Si quelqu'un doit se reposer, c'est toi.

— Je ne suis pas fatigué.

— Tu mens mal, shérif.

Un pli coupable fleurit sur ses lèvres, mais il n'eut pas le temps de répondre. Le vibreur de son téléphone, quelque part au pied du lit, les interrompit. Ils échangèrent un regard. Ian soupira, à regret. Il décrocha.

— Miller.

Silence tendu.

— Quand ?

Une seconde encore, plus lourde.

— J'arrive.

Emma se redressa légèrement, enserrant la couette contre son buste. Ian raccrocha et demeura immobile, le portable à la main, les yeux rivés sur l'écran. Elle attendit qu'il parle.

— Je dois partir, finit-il par dire. On a une autre affaire. Axel a besoin de moi.

Emma hocha la tête, même si un pincement intérieur la traversa. Il entoura ses doigts des siens.

— Tu sais que je reviens ce soir, déclara-t-il en déposant un baiser sur ses lèvres.

— Je sais.

Un sourire malicieux étira sa bouche.

— Et demain soir aussi.

Emma ne put s'empêcher de sourire à son tour.

— Je vais te préparer un café et un petit-déjeuner, décida-t-elle en se redressant.

Il la retint d'une main douce, mais ferme.

— Je prendrai un café sur la route. Je vais repasser chez moi me doucher et me changer.

Elle se réinstalla dans le lit, un peu déçue par ce départ précipité, mais touchée par son attention.

— Et j'ai reçu un message de Madame Ortega qui veut me voir, ajouta-t-il.

— Rien de grave, j'espère.

— Je ne sais pas. Soit la machine à laver est encore en panne, soit elle déménage en Arizona.

— Ha oui, carrément, plaisanta Emma.

— Tu restes tranquille aujourd'hui, d'accord ?

— Oui.

Il l'embrassa spontanément une dernière fois, avant de se lever du lit. Elle le regarda enfiler ses vêtements, la lumière du jour éclairant les courbes familières de son corps que, peu à peu, elle commençait à apprivoiser. Avant de sortir, il revint vers elle, caressa sa joue du bout des doigts.

— Tu vas me manquer.

****

Après le départ de Ian, Emma sombra à nouveau dans un sommeil profond. Elle se réveilla trois heures plus tard. Il avait raison : elle avait besoin de calme, de silence, de ce temps suspendu où le corps et l'esprit se rétablissent lentement. Elle n'avait rien avalé de solide depuis près de trente-six heures et son estomac se manifesta dès qu'elle se leva. Elle se prépara un petit-déjeuner simple pour reprendre des forces. Elle en profita pour envoyer quelques messages et rassurer son oncle et sa tante, même si elle resta évasive sur les détails de l'agression pour ne pas les alarmer davantage. Elle rappela Larry, qui avait tenté de la joindre la veille. Sa voix au bout du fil lui confirma les découvertes d'Aiden et Gilbert. Puis elle composa le numéro de Gabriela. Entendre son amie lui fit un bien immense. Elles promirent de se voir au plus vite.

Le reste de la journée s'écoula dans le calme. Elle se glissa dans un long bain chaud, lut quelques pages sans chercher à vraiment avancer, somnola, et reçut la visite rapide de Martha, qui lui apporta une boîte de cookies au beurre de cacahouète encore tièdes.

Vers seize heures, on frappa à la porte. En ouvrant, Emma découvrit Gil sur le palier, tenant entre ses mains un tupperware haut et cylindrique.

— Entre, je t'en prie.

— Je ne veux pas te déranger, je voulais juste te déposer ça, répondit Gil, un peu embarrassée en lui tendant le pot.

— Merci beaucoup… c'est très gentil. Entre deux minutes.

— C'est de la soupe. Celle que ma mère cuisinait quand j'étais malade. Je sais que tu n'as pas la grippe, mais ça réconforte, quand même.

— Tu es adorable. J'allais prendre le thé. Ça te dit ? Avec des cookies made in Martha.

— Alors là… je ne peux pas refuser.

Emma versa le thé au citron dans deux tasses. Elles s'installèrent dans le salon.

— Je n'arrive pas à imaginer ce que tu ressens, Emma. La peur que tu as dû avoir.

— Je n'ai jamais autant eu peur de ma vie, c'est vrai. Surtout quand j'ai vu son arme.

— Tu crois qu'ils reviendront ?

— Non, j'en doute. Ils n'ont visiblement pas trouvé ce qu'ils cherchaient. Et la police est à leur poursuite. C'est trop risqué pour eux de revenir ici.

— Je ne peux pas m'empêcher d'y penser. Si Jimmy n'avait pas été là hier soir, je ne sais pas comment j'aurais fait pour rentrer après mon service du soir.

— Jimmy ?

— Oui, je lui ai expliqué ma terreur à l'idée de rentrer tard et de tomber sur eux. Ça peut paraître ridicule, mais je n'arrivais pas à contrôler ma peur. Jimmy est venu me chercher après mon service et nous sommes rentrés ensemble.

— C'est très gentil de sa part.

— Oui, il va revenir ce soir. Mais je vais me ressaisir. Je ne veux pas le déranger tous les soirs.

— Je ne crois pas que ça le dérange, déclara Emma, le sourire aux lèvres.

La jeune femme se mit à rougir. Ses jolis yeux verts brillaient d'un nouvel éclat.

— Il te plaît, n'est-ce pas ?

Toute gênée, elle hocha la tête en signe d'approbation. Emma ne souhaitait pas divulguer les secrets de Jimmy ni intervenir outre mesure. Elle offrit donc à Gil le même conseil qu'elle avait prodigué à son voisin.

— Tu devrais lui en parler.

Gil baissa le menton vers sa tasse de thé. L'éclat s'estompa pour laisser place à une expression plus hésitante.

— Je... j'ai un peu peur, avoua-t-elle soudain, presque à voix basse.

Emma releva la tête, attentive.

— De quoi as-tu peur ?

La jeune femme prit une profonde inspiration pour se donner du courage.

— De... tout ça. De Jimmy. De mes sentiments peut-être. Et... de ce qui pourrait arriver ensuite.

Elle se mit à triturer l'étiquette de son sachet de thé.

— Tu sais, Emma... j'ai déjà eu un copain. Mais... je n'ai jamais été... avec quelqu'un. Pas... intimement.

Des plaques rouge vif couvrirent sa peau jusqu'aux oreilles, mais elle continua, malgré sa gêne.

— Mon père était... très croyant. Très strict. Il contrôlait... tout. Jusqu'à mes vêtements, mes sorties, mes fréquentations. Il disait que certaines choses devaient attendre. Et puis, quand il est mort... j'avais vingt et un ans. Ma mère a recommencé à sortir, à rencontrer de nouveaux amis. J'imagine qu'elle avait besoin de respirer. Moi aussi. Alors je suis partie.

— C'est comme ça que tu as atterri en Californie ? questionna Emma.

— Oui. Je suis allée à Los Angeles. Pour me rapprocher d'une copine. Je voulais vivre, découvrir des choses, travailler. Mais... LA, ce n'était pas pour moi. Trop... bruyant, trop rapide, trop... plein de gens qui savent déjà qui ils veulent être.

Un sourire prudent émergea sur son visage.

— Moi, je ne savais pas encore. Alors je suis venue ici... tout ici est plus doux. On peut prendre le temps d'apprendre à respirer. J'adore Santa Barbara.

Par ces simples mots, Gil venait de chasser, l'ombre qu'avait projetée l'agression sur l'amour d'Emma pour cet endroit. Un baume chaud pénétra sa poitrine quand elle repensa à l'origine de cet attachement. Avant d'y déménager, Santa Barbara avait été le lieu réconfortant dont son cœur d'enfant et d'adulte avait eu besoin, la bouffée d'air indispensable dans une existence vécue à trois cents kilomètres à l'heure. Aujourd'hui, la ville lui offrait la quiétude dont elle avait toujours rêvé : un endroit de ressourcement inépuisable et d'une beauté spectaculaire. Une vague de gratitude se répandit en elle en réalisant sa chance d'y vivre et de partager cette passion avec Gil qui, comme elle, venait d'ailleurs et n'avait su résister à la force de cette attraction. Elle se recentra sur la conversation. La jeune femme releva enfin les yeux vers elle.

— Parfois... je me demande si je suis en retard sur tout le monde. Sur la vie, l'amour, les expériences que les autres semblent avoir vécues avant moi. Et l'idée de... commencer quelque chose avec Jimmy... ça me fait peur. Pas parce que je ne lui fais pas confiance... mais parce que je n'ai jamais eu ce genre de relation avec un homme.

L'étiquette du sachet finit par se détacher de sa ficelle et glissa au sol. Gil la ramassa et la posa sur le bord de la table basse. Elle chercha de nouveau le regard d'Emma.

— J'ai peur de ne pas savoir, Emma. Ou de décevoir.

L'histoire de la jeune femme émut Emma. Gil, avec sa douceur et sa fragilité, reflétait une part d'elle-même qu'elle n'avait jamais vraiment osé explorer. Elle se pencha vers elle.

— Gil... tu n'as pas à te justifier. Ni à te sentir en retard sur qui que ce soit.

— Je sais, mais... j'ai un peu honte.

— Non. Écoute-moi, suggéra Emma avec bienveillance. Ce que tu fais là, c'est juste vivre à ton rythme. Et c'est très bien comme ça. Tu n'as pas à aller plus vite. Tu n'as pas à faire des choses parce que « tout le monde » les fait. Tu as le droit de choisir le moment, la personne... et la manière.

Elle marqua une courte pause, attentive à ne pas la brusquer.

— Et pour Jimmy... tu n'as pas à te précipiter. Je suis persuadée qu'il saura respecter ton rythme.

Gil ouvrit grands les yeux, comme si ces mots venaient enfin libérer son souffle.

— Tu crois vraiment ?

— J'en suis sûre, répondit Emma avec douceur. Tu as le droit de prendre ton temps. De sentir les choses. D'y aller quand toi, tu es prête. Et pas une seconde avant.

Gil soupira lentement, ses épaules se détendirent.

— Merci, Emma.

— C'est normal.

Pendant un court instant, un pur apaisement emplit la pièce, une forme de confiance nouvelle naissait entre elles.

— Emma, s'il te plaît, ne raconte pas mon histoire dans ton roman. J'ignorais comment te dire tout ça le jour où tu nous as demandé.

— Ne t'inquiète pas, tout ça reste entre toi et moi.

Gil partie, Emma demeura étendue sur le canapé, à réfléchir. Elle repensa à l'expérience de la jeune femme, au père strict, à cette angoisse de se sentir en retard sur la vie et de décevoir en ne sachant pas aimer. Elle réalisa qu'elle partageait cette crainte de la déception avec Gil, avec Martha, et même avec Ian. Chacun, à sa façon, apprenait à vaincre une peur ancienne, à se laisser approcher. Elle sourit. Non, Gil n'était pas en retard ; elle avançait selon son propre rythme. Et peut-être qu'elle aussi, pour la première fois depuis un certain temps, commençait à trouver le sien. La douceur retomba sur elle, telle une couverture douillette. Ian reviendrait ce soir. Elle se sentit prête, non pas à courir, non pas à lutter… mais simplement à accueillir.

Chapitre 28

Les cloches de l'ancienne mission sonnaient dix-huit heures lorsque Emma se dirigea vers le réfrigérateur. Elle en examina le contenu, porte ouverte, l'esprit encore ailleurs. Pas grand-chose. Juste de quoi improviser un wok de légumes et du riz sauté : deux carottes un peu molles, un brocoli, un oignon, quelques œufs. Rien de sophistiqué, mais suffisant. Avec la soupe de Gil, cela ferait un dîner simple. Assez, en tout cas, pour elle et Ian. Cette perspective lui réchauffa le cœur. Elle referma le frigo quand un coup frappa à la porte. Elle sursauta. Trop tôt pour que ce soit Ian. Elle imagina déjà un autre voisin venant lui apporter un petit plat. Elle s'approcha et jeta un œil par le judas. À sa grande surprise, Vanessa se tenait là. Les traits d'Emma se figèrent. Lorsqu'elle ouvrit, son regard fut aussitôt attiré par l'enveloppe qu'elle gardait entre ses mains, serrées contre elle.

— Bonsoir Emma. Je ne voulais pas te déranger. Mais j'ai reçu du courrier pour toi dans ma boîte aux lettres.

Elle lui tendit le pli.

— Merci, répondit Emma. Une erreur du fact…

Elle s'interrompit. Pas de timbre. Une écriture fine, élégante. Aucun expéditeur. Elle releva les yeux vers Vanessa.

— Cette lettre n'a pas été postée, elle a été déposée.

En un regard, les deux femmes se comprirent. Quelqu'un avait pris la peine de venir remettre une lettre au mauvais destinataire, deux jours à peine après son agression.

— Pourquoi dans ta boîte ?

— Pour ne pas éveiller les soupçons, j'imagine. Comme je n'ai de relation avec personne ici.

Emma n'était pas tout à fait convaincue, mais elle ne

souhaitait pas prolonger le malaise.

— Tu veux entrer ? proposa-t-elle.

— Non, je vais te laisser lire ce courrier tranquillement.

Elle n'insista pas. Elle bouillait de découvrir cette correspondance et son expéditeur s'il y en avait un.

— D'accord. Merci Vanessa.

— De rien.

Elle fit un pas pour s'éloigner, puis s'arrêta, tournant à demi le visage vers elle.

— Emma, je suis désolée pour mes paroles d'hier. Je n'aurais pas dû le dire comme ça. Excuse-moi.

— Et moi, j'aurais dû comprendre que j'avais dépassé les limites, répondit-elle avec sincérité. Je suis désolée aussi. Oublions ça, si tu es d'accord.

Vanessa acquiesça d'un léger signe de tête et se retira. Emma décacheta l'enveloppe avec précaution. À la fin de la lettre, une simple initiale : D. Elle commença à lire.

Très chère Emma,

Je me décide à vous écrire, car il y a urgence. Vous devez arrêter vos recherches. Vous ne pouvez pas continuer à vous mettre en danger. Cela briserait le cœur de notre ami commun si un malheur vous arrivait. Les brutes qui vous ont attaquée ne plaisantent pas et ne reculeront devant rien. Ce sont les hommes de main d'une famille d'une violence sans merci : la mienne. J'ai pris la décision de rester aux côtés de notre ami pour veiller sur lui. C'est le moins que je puisse faire pour lui qui nous protège depuis tout ce temps, au risque de sa propre vie, au détriment d'une vie vécue au grand jour...

Lui et moi nous connaissons depuis l'enfance. J'ai grandi dans ce quartier avec lui, mais c'est à l'adolescence que nos chemins se sont réellement croisés. J'étais différent, et très vite, je me suis retrouvé la cible de remarques et de violence de la part d'autres jeunes. Personne n'osait intervenir. Pas même moi. Si mon père avait su, il m'aurait sans aucun doute châtié plus sévèrement. Puis, un jour, mon cher ami est arrivé. Il m'a sauvé une première fois de la noyade. Puis s'est interposé face aux brutes. Des dents cassées pour eux, une expulsion temporaire pour lui... et une vie sauvée pour moi. Depuis ce jour, mon cœur n'a jamais cessé de battre pour lui. Pour son courage, sa fidélité. Il est devenu mon refuge, mon soutien, ma force dans un monde où je n'avais que peur et solitude.

Quand il a disparu, j'ai cru l'avoir perdu pour toujours. J'ai haï mon père. Et me voilà, quarante et un ans plus tard, devant la même violence, à vouloir protéger ceux qui comptent pour moi. Chère Emma, ne laissez pas cette histoire vous engloutir. Elle a déjà détruit tant de vies ; ne lui offrez pas la vôtre. Je vous en prie : abandonnez. Enfin, une ultime faveur : pour votre propre sécurité, ne montrez cette lettre à personne, brûlez-la.

Avec toute ma sincérité,

D.

Emma relut la dernière phrase plusieurs fois avant de reposer le courrier sur ses genoux. Elle sentit une étrange pesanteur la clouer au canapé. Ce n'était pas tant la peur. C'était... la beauté de ce qu'elle venait de lire. Un amour si ancien, si persistant qu'il avait traversé une vie entière. Cet amour avait survécu aux insultes, aux coups, à une famille violente, au mutisme imposé, à la honte qu'on avait tenté de lui inculquer, sans jamais renoncer. Elle pensa aux lettres d'Eliza, à la peine de Dominic qu'elle y décrivait. Il n'était pas un ennemi de Luigi. Non. Il l'aimait. Ses yeux se mouillèrent. Dans cette lettre, il ne s'était pas contenté de raconter une histoire. Il lui avait livré une part de son âme. La crainte qui résonnait dans ses écrits n'était en rien celle d'un vieil homme vulnérable. C'était celle de perdre, une seconde fois, l'être aimé. Et maintenant, elle, par ricochet. Dominic et Eliza avaient aimé Luigi avec une fidélité qui dépassait tout ce qu'elle avait pu concevoir. La force de cet amour inconditionnel avait persisté en dépit de quarante ans de fuite et de dissimulation. C'était cet absolu qu'elle désirait pour elle-même désormais. Un lien si puissant qu'il justifiait tous les risques. Elle relut la signature, un simple D. Il lui demandait de garder le secret pour sa propre sécurité.

****

Cette fois-ci, Emma n'avait pas douté une seule seconde. Une semaine auparavant, elle aurait certainement préservé le secret, par réflexe, par habitude. Mais plus maintenant. Pas après ce qu'elle avait compris. Ian acheva la lecture. Il ne dit rien. Il resta immobile, assis sur le bord du canapé, le calme de l'appartement contrastant avec la beauté brutale des mots qu'il venait à son tour d'absorber. Il tourna lentement la tête vers Emma. Son regard bleu-gris étincelait d'une émotion intense qu'il tentait de contenir. Il posa la lettre sur la table basse avec la précaution.

— Quarante et un ans... murmura-t-il, la voix éraillée. Dominic a cru que son propre père avait tué l'homme qu'il aimait. Et à présent il l'aide à se cacher. Après tout ce temps. Au péril de sa vie.

Emma appuya sa tête sur son bras.

— Je sais... moi aussi, cette lettre m'a bouleversée.

Ian caressa sa cuisse, distraitement.

— Que fait-on maintenant ? demanda-t-elle, levant les yeux vers lui.

— On les retrouve avant son neveu. Et on trouve un moyen d'envoyer Santo derrière les barreaux. J'ai eu l'IRS au téléphone aujourd'hui. Les finances de Santo De Luca ne sont pas clean.

— Tu veux dire que tu peux lui faire un coup comme à Al Capone ?

Un rire bref, incrédule, échappa à Ian.

— C'est ce qu'on essaye de voir, oui. Il y a déjà une enquête en cours. Elle a été ouverte il y a deux mois, après la réception d'une lettre anonyme et de documents comptables accablants.

Emma cligna des yeux.

— Tu crois que... Dominic a envoyé ça dans le but de faire tomber son neveu ?

— C'est très probable.

Il marqua une pause, puis ajouta :

— Maintenant, reste à savoir comment on va les retrouver. J'ai fait lancer des recherches sur l'ancien numéro de portable de Luigi. J'espère qu'on en saura plus rapidement.

— J'ai peut-être une autre idée aussi.

Il se tourna vers elle avec un regard interrogateur.

— Je ne pense pas que Dominic soit venu déposer ce courrier lui-même, expliqua-t-elle. Trop risqué d'être vu dans la résidence après ce qu'il s'est passé. Et elle est arrivée moins de quarante-huit heures après mon agression. Ce qui veut dire...

— ... que quelqu'un à Santa Barbara les a prévenus, termina Ian. Et cette personne suit de près tes faits et gestes pour avoir su aussi vite ce qu'il s'était passé ici. Elle a récupéré la lettre et l'a mise dans la boîte.

— Exactement. Je suis sûre qu'ils ne sont pas loin, toujours en Californie, sinon comment récupérer le courrier en si peu de temps.

Ian acquiesça. Puis il prit le visage d'Emma entre ses mains, avec cette tendresse grave qui exprimait sa profonde affection.

— Tu es brillante. Et je suppose que tu as une idée de qui les a renseignés ?

Un pli rempli de fierté se dessina sur les lèvres d'Emma en guise de réponse.

— Vanessa ? tenta-t-il.

— Non. Elle cache quelque chose sur sa relation avec Luigi, mais ce n'est pas elle. Ce n'est pas quelqu'un de la résidence : je l'aurais su. Non... je pense que c'est Roger Perkins.

— L'ancien patron de Luigi ? Celui que tu as interrogé ?

— Ça colle. Leur amitié, son attitude quand je lui ai parlé, son niveau de vie. Je parierais qu'il possède une habitation secondaire ou, en tout cas, un autre bien immobilier quelque part en Californie.

Il pressa sa main sur la cuisse d'Emma. Ses yeux brillèrent d'un éclat victorieux.

— On forme une sacrée équipe, affirma-t-il, la voix basse et sincère.

Emma soutint son regard.

— J'ai toujours eu un faible pour les shérifs, plaisanta-t-elle. Alors j'ai sauté sur l'occasion.

Il lui sourit. Puis son attention se reporta sur la lettre. Son air redevint sérieux.

— J'ai vu ce qu'il a écrit. La dernière chose qu'il te demandait, c'était de ne montrer ça à personne.

— Je sais, mais tu es tout sauf personne. On a dit qu'on se disait tout. Et, je n'ai pas l'impression de le trahir en t'en parlant.

Ses doigts, toujours sur la cuisse d'Emma, se raidirent légèrement avant de glisser pour envelopper sa main dans un geste tendre et instinctif.

— Oui. Mais tu savais ce que cela impliquerait. Je vais devoir agir en conséquence pour les retrouver. Et je vais m'inquiéter pour toi.

Une forme de calme déterminé passa sur son visage.

— Si je te laissais en dehors de ça, ce serait refuser que tu fasses partie de ma vie. De ce qui me touche. Et je ne veux plus gérer les choses seule. Et puis, tu as le droit de t'inquiéter pour moi.

Ian porta sa main à ses lèvres et y déposa un baiser.

— Cette lettre... je la garde entre nous pour le moment. Je ne la transmets pas. Je vais agir d'après ce qu'elle contient, mais pas au détriment de la sécurité de Dominic ou de Luigi. Ni de la tienne.

— Merci *love.*

— Non... merci à toi, *sweetheart.* D'avoir confiance en moi, souffla-t-il, surpris et ému par ce surnom affectueux.

Il appuya son front contre le sien. Durant un instant, ils restèrent ainsi, respirant le même souffle, le monde réduit à ce contact rassurant. Puis Emma recula légèrement, sans rompre la proximité.

— J'ai réfléchi à autre chose. J'ignore pourquoi... Mais j'ai cette sensation que ce n'est pas pour rien si Dominic a écrit la lettre et pas Luigi. J'ai aussi un doute sur le fait que Luigi soit au courant.

— Tu penses qu'il savait que tu m'en parlerais ou en parlerais à la police ?

— Si nous avons raison et que Perkins les a renseignés, alors Dominic doit savoir qui tu es, ta présence sur place, et celle de la police. Je pense qu'il veut sincèrement me protéger. Mais il a quand même pris le risque de me contacter, en me communiquant des informations sur lui, sur Luigi, sur sa famille.

— C'est vrai. Soit c'est un acte manqué, soit il te transmet des infos, conclut Ian.

Il se leva, déterminé.

— J'appelle Axel. Je veux qu'il commence à creuser Roger Perkins. Il me faut du concret si je veux l'interroger officiellement.

Emma le regarda composer le numéro. Pour la première fois depuis longtemps, elle n'avait plus l'impression de marcher seule.

Chapitre 29

Depuis la lecture de la lettre de Dominic, Ian et Emma ne s'étaient pas quittés. Il avait organisé la déposition d'Emma chez elle, au calme. Le détective Ryan Davis de la police de Santa Barbara était venu le samedi matin. Une fois sa signature apposée sur le procès-verbal, la pression légale s'était envolée. Le week-end ralentirait l'arrivée des informations nécessaires à l'enquête. Ils avaient donc décidé de profiter de ces heures, loin de la tension habituelle. Le reste de la journée s'était déroulé paisiblement.

Emma avait partagé ses photos de famille, parsemant ses récits de tendresse et d'espièglerie. Ian l'écoutait, fasciné par la clarté de ses souvenirs. Chaque geste, chaque sourire laissait une empreinte en lui. Il se surprenait à mémoriser ces instants comme des trésors. Elle lui avait également proposé de célébrer Thanksgiving avec elle chez sa tante Claire et son oncle Robert. Son cousin Samuel et ses enfants seraient présents pour l'occasion. L'invitation le touchait : c'était bien plus qu'un repas ; c'était un signe de permanence, une place qu'elle lui offrait dans son univers intime.

Au fil des heures passées ensemble, elle avait recouvré toute son énergie et, sans se l'avouer, il se sentait fier d'avoir participé à ce retour à la vie. Gabriela avait téléphoné. Une fois rassurée sur l'état de son amie, elle avait eu envie de prendre un verre avec eux. Ils s'étaient retrouvés dans un bar situé sur State Street, l'artère principale animée de la ville. C'était leur première sortie en couple officielle avec un proche. Ian s'était senti inhabituellement exposé. Devant Gabriela, le masque de l'homme de loi devenait plus difficile à porter. Sans être son ami, il la connaissait depuis plus de quinze ans; il avait été le protégé de son père. Il savait lire dans ses yeux la fierté et le soulagement, mais aussi cette attention protectrice qui l'analysait sans filtre. Il avait perçu les regards braqués sur eux, la romancière Montgomery et le lieutenant Miller en couple. Au lieu de se sentir contraint par ce regard public, Ian éprouva pour la première fois un sentiment d'ancrage. Il avait aimé la sensation de faire aux yeux de tous partie de la vie d'Emma, de se positionner comme l'homme à ses côtés. Le simple fait de tenir sa main en public lui procurait une sécurité inattendue.

Le soir, ils se rendirent chez lui pour passer la nuit. En traversant la cour intérieure, il jeta instinctivement un coup d'œil vers le patio du rez-de-chaussée. Greta était là, fidèle au poste. Mais en voyant le couple approcher, elle ne s'était pas redressée pour entamer son manège habituel. Elle s'était contentée d'un signe de tête lointain, presque formel, avant de se replonger dans son téléphone. Ian avait noté ce changement d'attitude radical depuis son retour des urgences avec Madame Ortega. Il se demandait si sa vieille voisine, avec son franc-parler, n'avait pas glissé deux mots bien sentis à la jeune femme pendant qu'il avait le dos tourné. Quoi qu'il en soit, ce silence était un cadeau qu'il acceptait sans poser de questions. Il n'avait plus de place pour les interférences ; seule Emma comptait.

Habituellement silencieux et ordonné, son condo s'éveillait à leur présence. Quelques livres traînaient sur la table basse. Sur le comptoir, une bouteille de vin entamée la veille témoignait de la douceur de leur soirée. Ce dimanche matin, Ian se trouvait dans la cuisine en train de faire le café. Emma s'était retenue jusque-là, mais elle avait déjà remarqué, lors de sa visite précédente, l'instrument dans le coin du salon : une vieille guitare acoustique, plantée sur son support, près du canapé, semblant attendre un retour à la vie.

— Elle est juste là pour décorer, shérif? demanda-t-elle en la désignant du doigt.

Il déposa deux tasses sur le comptoir et sourit, un peu gêné.

— Elle prend la poussière. Je ne joue plus beaucoup.

— Et avant ? Tu jouais souvent ?

— Oui, dès que je pouvais.

— Et tu chantais ?

— Un peu.

Emma s'installa sur le canapé avec son café.

— J'aimerais bien t'entendre.

— Emma… je ne sais pas si j'en suis encore capable.

— S'il te plaît. Joue-moi la mélodie qui te donnait de l'énergie… ou celle qui te calmait quand tu voulais rester seul.

Il hésita quelques secondes. Jouer était un acte de vulnérabilité qu'il partageait rarement. Mais avec elle, tout était différent.

— D'accord. Tu as gagné, annonça-t-il en s'asseyant à côté d'elle.

Il saisit la guitare et l'ajusta d'un geste vif. Ses doigts glissèrent sur les cordes avec une délicatesse inattendue. La mélodie simple et mélancolique de *Fast Car* résonna dans l'appartement. Ian commença à chanter. Sa voix conservait cette gravité chaleureuse qu'elle avait toujours eue, mais elle se faisait plus souple, presque fragile. L'émotion brute passait dans chaque note, sorte d'aveu silencieux de ses propres fêlures. Emma savourait chaque seconde, les yeux rivés sur lui. Elle regardait la lumière du matin qui se posait sur ses traits, amplifiant la magie de l'instant. Lorsqu'il arriva au refrain, elle l'accompagna, d'abord tout bas, hésitante, puis avec assurance. Il releva la tête, surpris, et un sourire d'une tendresse incrédule éclaira son visage. À la fin du morceau, il laissa ses doigts reposer sur les cordes vibrantes. Elle inspira doucement, pour revenir à elle.

— C'était magnifique. Merci. Quand as-tu appris à jouer ?

— Au City College. Il y avait un vieux professeur de musique qui dispensait des cours pour gagner un peu d'argent, et j'y allais durant mes pauses déjeuner.

Les yeux d'Emma pétillaient de malice.

— Guitare, foot, puis l'uniforme... Tu devais avoir un succès fou avec les filles à l'époque.

Il rit légèrement.

— Pas vraiment. J'étais surtout concentré sur le foot. Pas beaucoup de place pour les distractions.

Emma se pencha pour lui donner un petit coup d'épaule affectueux.

— Je t'en prie. Je réitère foot et guitare, le parfait *boyfriend*... Tu m'en caches encore des choses comme celle-ci, hein ?

— Peut-être... murmura-t-il. Tu les découvriras au fur et à mesure.

Un mois. Un mois seulement depuis leur premier rendez-vous, et pourtant, il avait l'impression de la connaître depuis des années. Il affrontait plus de démons intimes avec elle depuis quatre semaines qu'avec n'importe qui d'autre. Leur relation s'était construite très vite, malgré cela, il ressentait cette étrange familiarité. *Éprouvait-elle la même chose ?* Sa manière d'agir, ses mots, tout semblait aller dans ce sens. Un éclair d'incertitude traversa son esprit. *Où voyait-il ce qu'il espérait voir ?* Cette relation était la chose la plus rapide, la plus risquée et la plus essentielle qu'il ait jamais laissée entrer. Il posa la guitare et l'attira contre lui. Son souffle chaud effleura la tempe d'Emma, sa paume large appuyée contre ses côtes. Elle le rendait fou. Il l'embrassa. Quand ils s'écartèrent, le visage d'Emma rayonna d'un sourire coquin, elle s'installa à califourchon sur lui. Ian s'empara de ses lèvres avec fougue. Ses mains voyagèrent le long de son dos, sur ses hanches, chaque contact éveillant un nouveau frisson. Elle pencha la tête en arrière, lui offrant son cou qu'il couvrit de baisers ardents. Dans un mouvement rapide, elle ôta son t-shirt. Sa poitrine se révéla dans l'élégante dentelle noire de son soutien-gorge. Il intensifia ses caresses, explorant son décolleté avec délicatesse, gravant dans la mémoire de ses mains chaque courbe de son buste. Leurs gestes gardaient cette tendresse particulière cultivée au fil du week-end.

Le portable d'Emma, posé sur l'accoudoir, s'anima brusquement. La vibration persistante coupa leur élan. Ils tentèrent d'abord de l'ignorer, leurs lèvres se cherchant à nouveau dans une étreinte plus ferme, pour repousser le monde extérieur. Mais l'appel s'entêtait. À regret, ils finirent par fixer l'écran : Diego.

Une ombre passa sur le visage de Ian; il eut un léger mouvement de recul, un nœud serrait déjà ses entrailles.

— Tu ne prends pas cet appel ? demanda-t-il, la voix soudain plus blanche.

— Non, répondit Emma. Il veut sans doute confirmer l'heure de notre rendez-vous de demain. Ça peut attendre.

Une morsure de jalousie, instinctive, remonta.

— Qu'est-ce que vous faites demain ? interrogea-t-il.

— Il va me montrer le local qu'il a rénové pour sa société de paysagisme. Et on a prévu de déjeuner ensemble après.

Chaque muscle du corps de Ian se raidit. Il baissa les yeux, incapable de masquer son trouble. Emma lut l'inquiétude dans son regard et encadra son visage de ses mains.

— Hé, regarde-moi. C'est juste un déjeuner avec un ami.

Il était arrivé à ce croisement où il devait choisir entre son besoin de contrôle et son amour pour elle.

— Je sais... murmura-t-il en secouant la tête. Je suis désolé.

— Ne le sois pas. Ce n'est pas parce qu'on décide de ne plus avoir peur que ça disparaît du jour au lendemain.

— On s'est promis de se faire confiance... et pourtant, dès qu'on parle de lui, j'ai l'impression que mon cœur va exploser.

Par instinct, il tenta de l'écarter en douceur pour se lever et reprendre contenance. Mais Emma, rapide, le repoussa tendrement, mais fermement contre le dossier du canapé.

— C'est aussi pour ça que j'ai le droit de te rassurer.

Elle plongea son regard dans le sien.

— Tu es le seul homme que je veux, susurra-t-elle.

Cette déclaration frappa Ian de plein fouet. Sa tension se relâcha, pour se muer instantanément en un besoin de possession ardente. Il la voulait tout de suite, sans retenue. Pas seulement pour son corps, non, pour ce qu'elle venait de lui offrir sans réserve. Ce désir lui brûlait la peau. Il se redressa et l'entraîna dans un baiser dévorant. D'un geste ferme, il la coucha sur le dos et se pressa contre elle. Ils se retrouvèrent naturellement, guidés par un même besoin. Le nœud de la jalousie qui lui consumait l'estomac fut balayé par la sensation de sa peau contre la sienne. Leurs caresses n'avaient plus la délicatesse des minutes précédentes; elles portaient l'urgence de la confession d'Emma. Ils s'unirent avec la violence douce d'une passion longtemps contenue, dans une confiance totale, scellée sans un mot de plus.

Chapitre 30

Emma remontait tranquillement Chapala Street. Le soleil de ce lundi matin était brillant, mais la lumière qui l'enveloppait venait de l'intérieur. Elle revoyait le visage de Ian, endormi à ses côtés ce matin-là, sa mâchoire détendue par le sommeil et sa respiration régulière. Ils s'étaient donnés l'un à l'autre sans retenue, sans se cacher derrière leurs peurs. Cet abandon mutuel avait cimenté une certitude nouvelle : rien, ni les menaces de la pègre, ni les souvenirs douloureux, ne pourraient ébranler ce qu'ils construisaient. Elle se sentait physiquement plus forte, la fatigue avait disparu, et plus important encore, émotionnellement à l'abri.

Après ce dimanche passionné, la journée avait commencé par un geste intime et responsable : les tests. Les résultats arriveraient mercredi en fin d'après-midi, mais le simple fait d'avoir partagé cette étape avec lui démontrait à quel point elle était prête à s'engager davantage. Leur relation s'ancrait dans la réalité, les choses se déroulaient de façon naturelle et la perspective d'un futur vécu sans peur lui insufflait une énergie palpable.

Pourtant, en approchant du local, une pointe d'appréhension lui fit ralentir le pas. Certes, elle savait pourquoi elle venait... mais son ventre se tordait malgré elle. Diego s'était déclaré deux semaines auparavant, et elle ignorait s'ils en parleraient à nouveau. Depuis, il avait fait comme si rien ne s'était passé. Elle espérait que leur amitié survivrait, qu'elle ne la perdrait pas en poursuivant son propre bonheur.

— Salut Emma! lança Diego. Laisse-moi te présenter mon oncle Humberto, mon cousin Miguel et son épouse Catalina.

Dès qu'elle aperçut Catalina, Emma fut subjuguée. Cette femme était d'une beauté époustouflante, et elle dégageait une douceur évidente. La complicité du couple était manifeste par leurs éclats de rire synchronisés et la complémentarité spontanée de leurs gestes. Miguel, amusé, confia qu'il avait rencontré Catalina grâce à Diego, « le meilleur ami du monde, mais le pire entremetteur de l'histoire ». Ils avaient tous ri, sauf Diego, dont le sourire crispé trahissait une tension muette. Emma ne laissa rien passer de cette tension fugace. Humberto insista pour lui montrer l'arrière-boutique, déjà remplie d'outils, et d'un tableau où son neveu avait griffonné les premières demandes de clients. Elle ressentit une chaleur particulière dans ces lieux remis à neuf : c'était un mélange d'espoir et de travail acharné. Diego roulait un peu les épaules, fier et nerveux à la fois. Il lui expliqua ses idées de développement, sa volonté farouche de construire quelque chose qui lui appartiendrait.

Ils déjeunèrent tous ensemble dans un restaurant de l'Arcada Plaza, près de la fontaine aux tortues. Après le départ de la famille de Diego, le bruit de l'eau reprit sa place. Le calme retomba, un peu chargé, malgré le clapotis. Diego but une gorgée de café, tentant de contrôler chacun de ses gestes. Emma perçut son trouble avant même qu'il n'ouvre la bouche. Il ne s'agissait pas d'animosité, plutôt ce poids discret qui s'installe entre deux personnes trop conscientes de n'avoir jamais osé tout exprimer clairement. Il fixait la ruelle, comme si la solution à son malaise se cachait parmi les allées et venues des passants. Emma, quant à elle, sentait l'air se raréfier autour d'elle. Il était temps d'aborder le sujet. Elle le savait. Ils en étaient arrivés à un stade où le non-dit devenait plus douloureux que la vérité.

— Alors… tu en penses quoi ? demanda-t-il.

— C'est super, Diego. Tu as fait un sacré boulot. Et tu es bien situé.

Il hocha la tête, faussement détendu.

— Pas aussi ordonné qu'un bureau de shérif, mais bon…

Elle soutint son regard, refusant de se laisser distraire par sa boutade.

— Vous vous êtes réconciliés, n'est-ce pas ?

Emma souffla, soulagée qu'il aborde le sujet.

— Oui. Et… on a compris beaucoup de choses sur nous-même. Nous voulons que ça fonctionne.

— Pourquoi forcer les choses ?

— Ce n'est pas forcer, rétorqua-t-elle d'un ton posé. C'est plutôt chercher à appréhender nos blessures… et avancer ensemble.

— Toi et moi, on se ressemble plus, affirma-t-il.

Il posa sa main sur celle d'Emma. Elle retira la sienne aussitôt. Diego baissa les yeux, surpris par son propre geste. Il poussa un profond soupir.

— Je sais. Je n'ai pas le droit…

Ses doigts tremblaient légèrement.

— C'est juste que… nous sommes devenus si proches, Emma… J'ai cru naïvement que mes sentiments pour toi étaient réciproques. Je me suis encore trompé… j'ai l'impression d'être ridicule.

Emma fut touchée par sa détresse. Il n'y avait plus de jeu, seulement une blessure à vif. Le moment était venu de parler franchement.

— Diego… je suis avec Ian. Tu ne peux pas me prendre la main de la sorte. Et, tu sais… nos similitudes rendraient une relation entre nous instable.

— Au moins, on n'aurait pas été ennuyeux, ironisa-t-il avec une fausse désinvolture.

— Ne fais pas ça. Ça ne te ressemble pas. Et puis… tu ne connais pas Ian. Il est intelligent, investi… et tendre.

— Tendre… ce n'est pas ce que j'ai vu de lui la dernière fois, remarqua Diego, sa voix un peu étranglée.

— Non, c'est certain. D'ailleurs, tu ne verras probablement jamais cette facette-là, mais cela n'a pas d'importance.

L'important, c'est que, moi, je la vois.

Il détourna les yeux.

— Il ne se sent pas en sécurité quand je suis dans les parages, c'est ça ?

— Il est comme tout le monde, tu sais. Il a vécu des expériences qui l'ont fait souffrir.

Sa contenance se rompit. Ses traits se figèrent, et il la regarda enfin sans chercher à tricher.

— Ça, je peux comprendre, répondit-il. Je n'ai rien contre lui. C'est juste que, si j'avais réagi plus tôt, les choses auraient pu être différentes...

— Non, Diego. Je n'étais pas prête avant. Et quand j'ai rencontré Ian... il s'est passé quelque chose en moi. Ça ne se commande pas.

Il eut un bref rire sans joie.

— Je reproduis encore le même schéma.

— Quel schéma ?

— Celui du gars qui finit dans la *friend zone*. Deux fois. J'ai pensé que l'amitié pouvait se transformer en amour. La première fois... ça m'a anéanti.

Emma comprit. Comment avait-elle pu ne pas faire le lien tout de suite ? Bien sûr. Catalina. L'enthousiasme forcé de Diego en leur présence, sa façon de regarder cette femme, les regrets dans ses yeux.

— C'était elle, n'est-ce pas ? Murmura-t-elle. Catalina ?

— Suis-je vraiment aussi transparent ? Oui. Elle était mon idéal. J'ai trop attendu par peur d'être rejeté. Elle a épousé mon cousin. C'était la première leçon. Et toi, leçon numéro deux.

— Diego...

— Laisse-moi terminer, s'il te plaît. Je vois ce que tu as trouvé. Tu n'as pas choisi le shérif, mais l'homme qui te permet d'être toi-même. Moi, j'aurais pu t'offrir la simplicité... mais lui, il t'offre la vérité. Même quand elle est douloureuse.

L'émotion monta d'un cran, étranglant la réponse d'Emma.

— C'est exactement ça. Entre nous, c'est à la fois simple et compliqué, mais... c'est réel.

Il sourit tristement, mais sincèrement.

— Tu as l'air très amoureuse de lui. Je suis heureux pour toi. Tu sais... j'avais besoin que tu me le dises. Maintenant... je vais me concentrer sur ma propre vie. J'espère un jour réussir à construire ça.

— Tu le mérites, Diego.

— Toi aussi. Et pour nous, donne-moi juste un peu de temps, s'il te plaît.

— Bien sûr. Ton amitié compte beaucoup pour moi. Je ne veux pas la perdre.

— Moi non plus.

Après avoir quitté Diego, Emma s'engagea dans une promenade sans but, laissant les sons de la rue apaiser les émotions tumultueuses qui la submergeaient toujours. Le soleil réchauffait sa nuque, mais un frisson la parcourut soudainement. Elle ne s'était pas attendue à autant de sincérité, encore moins à voir son ami mettre des mots si clairs sur sa blessure passée. Cela lui fendait le cœur : il méritait d'être aimé sans réserve. Pourtant, au milieu de tout ce trouble, une évidence s'imposait : elle ne regrettait rien. Pas son histoire avec Ian. Pas la façon dont il faisait tomber ses défenses. Ce déjeuner, aussi douloureux qu'il l'ait été, confirmait une vérité fondamentale : choisir quelqu'un, c'était renoncer à d'autres chemins. Elle avait choisi Ian. Et maintenant, elle l'assumait pleinement, d'abord face à Diego, puis face à elle-même.

****

Les lampes d'appoint diffusaient dans l'appartement d'Emma une clarté tamisée, mettant le monde extérieur en pause. Sur le bureau, Winston était étendu de tout son long parmi les carnets de la romancière, le pelage lissé par la lumière des ampoules.

Emma avait préparé le dîner en attendant l'arrivée de Ian. Dès qu'il pénétra dans la pièce, l'odeur alléchante du poulet rôti, qui cuisait dans le four, fit grogner son estomac. Elle se hissa légèrement sur la pointe des pieds pour déposer un baiser dans le creux de sa mâchoire. Ian soupira, relâchement nécessaire après une longue journée. Quelques minutes plus tard, il était adossé à l'îlot de la cuisine, une bière à la main, le regard perdu dans ses pensées. Dans ce demi-jour, la fatigue se lisait sur son visage, mais son corps restait tendu.

Emma s'approcha et l'enlaça par la taille, captant son attention. Il lui sourit.

— J'aimerais te raconter mon déjeuner avec Diego.

Le simple nom fit vaciller son sourire. Il y eut un silence lourd de sous-entendus.

— D'accord... dit-il enfin, sa voix basse.

Elle glissa sa main contre son torse, juste en dessous de sa clavicule.

— Tu avais raison. Il est mon ami... mais lui s'est attaché d'une manière différente. J'ai mis les choses au clair. Pour lui, pour qu'il puisse avancer... et pour nous. Nous allons prendre un peu de distance au début. Le temps que notre amitié retrouve sa place.

Ian ferma les yeux un instant, pour stabiliser ses pensées.

— Tu n'avais pas à faire ça, murmura-t-il, sa voix plus douce, l'armure commençant à se fissurer.

— Si, je le devais. Par respect pour ce que nous construisons, et par respect pour toi. Je ne veux pas que la peur prenne le dessus entre nous. Ni la tienne ni la mienne.

Elle soutint son regard, les yeux brillants de sincérité.

— Je t'ai choisi, Ian. Il n'y a pas d'autre homme. Diego est mon ami, et il le restera. Mais, je lui ai dit qu'il n'y avait plus de place pour le « si j'avais » entre nous. Il l'a compris.

À ces mots, la tension qui habitait les épaules de Ian s'évapora d'un coup. Il enroula son bras autour de la taille d'Emma et déposa un baiser sur le sommet de son crâne, respirant le parfum citronné de ses cheveux. Tout son être sembla se détendre contre elle.

— Tu as beaucoup de courage, Emma Montgomery. Plus que moi.

— C'est faux.

Il baissa la tête, frôlant son front avec ses lèvres.

— Comment a-t-il réagi ? Il va bien ?

— Il est triste, mais il va bien. Il avait besoin d'honnêteté. De savoir où il en était… et qu'il pouvait tourner la page.

Elle resta silencieuse un instant, une pensée fugitive pour Diego, seul de l'autre côté du couloir. Puis Ian caressa sa joue, la ramenant doucement à lui.

— Et toi… comment tu te sens ? demanda-t-il.

— Ça va bien. Tu sais… j'ai eu une révélation aujourd'hui. Ça peut sembler contradictoire, et en même temps… ça ne l'est pas.

— Qu'est-ce que c'est ?

Elle bascula ses cheveux sur le côté, dénudant sa nuque. Comme à chaque fois, ce mouvement d'une simplicité désarmante fixa le regard de Ian.

— Notre relation n'a jamais été complexe en soi. Depuis qu'on s'est rencontrés, tout a coulé de source. C'était simple. Naturel.

Elle chercha ses mots un instant.

— En revanche, nos blessures… ça, oui, ça a tout compliqué. Comme si nous ne faisions pas confiance à ce qui allait trop bien. Je ne sais pas si tu as ressenti la même chose.

Ian hocha lentement la tête, tandis que son pouce traçait machinalement un mouvement circulaire dans la paume d'Emma.

— Si. Et plus que tu le crois.

Emma le questionna du regard.

— Ça m'a fait du bien que ça coule de source, continua-t-il. Avec toi, je n'ai pas eu le temps de dresser des barrières. Et quand j'ai retrouvé ce vieux réflexe, cela m'a finalement causé plus de douleur.

— Je comprends tout à fait, chuchota Emma.

— Ça me dépasse encore un peu, je ne te le cache pas... mais je n'ai aucune intention de revenir en arrière.

Emma se blottit contre son torse, ses mains se nouant dans son dos.

— Moi non plus, murmura-t-elle contre sa chemise.

Chapitre 31

The Douglas Family Preserve, après la plage, était sans aucun doute le second paradis des chiens à Santa Barbara. C'était aussi l'un des spots favoris d'Emma pour admirer le coucher du soleil sur le Pacifique et les Channel Islands. La réserve, juchée sur un plateau dominant l'océan, abritait de gigantesques eucalyptus et une faune étonnamment riche : papillons monarques, lézards, lapins... Des pics à tête rouge creusaient les troncs nus pour y déposer leurs provisions de glands, tandis que des écureuils jouaient, bondissant de branche en branche. Par endroits, le sol était jonché de feuilles ; plus loin, la terre battue s'invitait entre les bosquets. Depuis l'extrémité ouest du parc, on apercevait Hendry's Beach en contrebas, ainsi que la terrasse du Boathouse, ce restaurant où tout avait commencé pour eux. Sur certains chemins, on en oubliait presque la proximité de la ville. Après une courte promenade dans la réserve, Ian et Emma s'approchèrent du bord de la falaise pour contempler l'horizon.

— Regarde, c'est mon emplacement préféré.

Emma lui montrait le tronc incliné d'un pin, un peu en retrait du sentier. L'arbre n'était pas mort, mais suffisamment penché pour qu'on puisse s'y asseoir ou s'adosser contre son écorce rugueuse. Ils s'installèrent, le dos appuyé au bois. Les derniers rayons de soleil éclairaient l'océan, teintant les cimes des îles d'une aura rose et dorée, comme s'ils les enveloppaient.

— La plupart des gens regardent le coucher du soleil depuis la plage ou la jetée. Mais toi, tu viens ici. T'asseoir dans la poussière et les feuilles d'eucalyptus...

— Oh, j'aime les deux. Mais ici, c'est tellement magique.

Écoute… Qu'est-ce que tu entends ?

Ian, intrigué, la considéra avec amusement.

— Ferme les yeux, insista-t-elle. Juste un instant.

Elle existait, là, dans ces petits morceaux de vie, cette spontanéité qu'il aimait tant chez elle et dont il commençait à voir les bienfaits sur lui. Il décida de se prêter au jeu et se cala un peu plus contre le tronc, comme s'il entrait en méditation.

— Qu'entends-tu ?

— J'entends les vagues… les mouettes… les promeneurs… les chiens qui jouent… le bruissement des eucalyptus… un oiseau qui chante…

Sa voix s'éteignit. Le son du Pacifique avalait toute rumeur de la ville. Ian se sentit suspendu hors du monde. Emma glissa sa main dans la sienne. Il resta immobile, savourant ce contact, les yeux fermés. À travers ses paupières closes, il ressentit son corps se délier. Ils demeurèrent ainsi plusieurs minutes, dans une bulle de tranquillité. Quand il rouvrit les yeux, Emma fixait le large. Quelques-unes de ses mèches se soulevaient dans la brise. Sa chevelure mettait en valeur la douceur naturelle de son visage. Il songea qu'elle n'avait besoin de rien de plus. Et il adorait cela.

Le soleil se coucha. La mer cessa de scintiller, mais le ciel se remplit de violet. Emma souriait devant la beauté du crépuscule. Ian se mit à sourire à son tour en la découvrant si heureuse. Elle tourna la tête et surprit son attention sur elle.

— Es-tu satisfait de ce que tu vois shérif? demanda-t-elle avec espièglerie.

— Très. Même si j'aimerais voir d'un peu plus près.

Elle réduisit l'espace entre eux.

— Encore un peu, dit-il.

Elle se rapprocha en riant. Il saisit délicatement ses joues et l'embrassa. Leurs corps se rencontrèrent, la distance s'estompant derrière la tendresse de leur étreinte. Il remonta sa main le long de sa cuisse avant de la glisser sous son pull. Emma l'attirait contre elle, l'enlaçant plus fort. Soudain, un bruit de pas sur les feuilles se fit entendre. Ian sursauta : un jeune labrador venait de lui lécher l'oreille. Emma éclata de rire.

— Mookie ! Mais non ! Tu exagères ! s'exclama Ian en s'essuyant avec sa manche.

— Tu connais ce chien ? s'enquit Emma, hilare.

Deux silhouettes apparurent sur le sentier.

— Mookie, reviens ici ! ordonna une voix familière.

Ian se mit debout et tendit la main à Emma pour l'aider à se relever. Elle frotta son jean pour enlever les feuilles et la poussière, puis leva les yeux vers le couple qui leur souriait.

— Ian ! Je suis contente de te voir ! lança Deborah. Nous promenons Mookie avant que le jour disparaisse complètement.

Ignacio lui donna une accolade affectueuse, ponctuée de ces tapes viriles dans le dos qui disaient tout de leur complicité, mais son attention glissa rapidement vers Emma avec curiosité.

— Salut, mon vieux. Et qui est cette charmante personne ?

— Deborah, Ignacio… commença-t-il avec assurance. Je vous présente…

Il s'arrêta. Ses yeux passèrent de sa sœur à Emma. Le vide total. L'homme dont l'esprit fonctionnait d'ordinaire avec la précision d'un mécanisme d'horlogerie venait de subir un court-circuit général. Il fixa Emma, la bouche entrouverte. Ignacio arqua un sourcil, savourant chaque seconde de ce supplice. Emma, voyant qu'il était à deux doigts de l'implosion nerveuse, vint à sa rescousse avec un sourire radieux. Elle fit un pas en avant et tendit la main à Deborah.

— Je suis Emma, dit-elle simplement. Enchantée.

Ignacio éclata d'un rire franc en donnant une bourrade amicale à un Ian déstabilisé. Il se tourna vers Emma avec une complicité immédiate :

— Ne vous inquiétez pas, Emma, il connaît très bien votre prénom. À vrai dire, depuis votre rencontre, il ne fait que parler de vous. J'ai bien cru que j'allais devoir demander une ordonnance d'éloignement pour protéger mes pauvres oreilles.

Hier encore, j'ai eu droit à une thèse complète sur votre intelligence et votre intuition dans l'enquête.

Ian ferma les yeux une seconde, maudissant intérieurement Ignacio, la terre entière et ce labrador trop affectueux.

— Ignacio, par pitié, ferme la... marmonna-t-il, la gorge si sèche qu'on aurait pu penser qu'il avait avalé un désert.

— Ha non, mais pas du tout, racontez-moi tout ça! lança Emma à Ignacio en entrant dans son jeu, un sourire malicieux aux lèvres. J'aimerais beaucoup savoir quelles sont mes conclusions d'enquête les plus... brillantes.

Ian regarda Ignacio faire un clin d'œil à Emma, tandis que Deborah passait déjà un bras sous celui de la romancière. En moins de deux minutes, sa bulle de tranquillité venait d'être officiellement dissoute. C'était fini, il était foutu. Ignacio et Emma allaient s'entendre comme larrons en foire, et lui serait la victime désignée de cette nouvelle complicité.

— On devrait aller prendre un verre au Boathouse juste en bas, proposa Ignacio en entraînant le petit groupe, ignorant superbement le soupir de détresse de son ami. Tu nous parleras de ta thèse sur l'intuition féminine, Miller.

****

Après le verre au Boathouse, où Ian avait dû subir les anecdotes savoureuses d'Ignacio sous le l'œil amusé d'Emma, ils rentrèrent enfin chez elle. Le silence de l'appartement agissait comme un baume après l'animation de la soirée. Ian sentait encore l'écho des taquineries de son beau-frère, mais c'était surtout le regard pétillant d'Emma qui le troublait.

— Ils sont adorables, Ian, dit Emma en posant ses clés. On sent qu'ils te connaissent par cœur.

— Hum... vous vous êtes surtout bien amusés à mes dépens, tous les deux, grommela-t-il avec une fausse exaspération. J'ai bien cru qu'il allait sortir les photos de mon premier vélo pour achever le tableau.

— Oh, dommage ! Tu devais être mignon avec tes petites roues, plaisanta-t-elle.

— J'avais surtout l'air avec mes genouillères d'un gamin beaucoup trop sérieux pour son propre bien. Deborah ne rate jamais une occasion de le rappeler.

Il retira sa veste, la posa sur le dossier d'une chaise et fit quelques pas dans le salon avant de se retourner vers elle.

— Plus sérieusement, Emma… commença-t-il d'une voix plus basse. Je ne sais pas ce qui s'est passé sur cette falaise. J'ai juste… paniqué.

Emma s'approcha de lui, une lueur de compréhension dans les yeux. Elle aimait cet homme capable de faire trembler des criminels, mais que la simple idée d'une étiquette sentimentale laissait muet.

— En même temps, nous n'avons jamais qualifié notre relation. On construit ensemble, on partage nos matins et nos nuits, mais on ne s'est jamais dit « tu es mon copain » ou « je suis ta petite amie ».

— C'est exactement ça. Ces mots me paraissent presque dérisoires, voire ridicules. Et comme tout est allé si vite entre nous, je n'ai pas trouvé le bon mot pour nous situer.

Emma s'avança et posa ses mains sur son torse.

— Il n'y avait pas de bon mot et il n'y a pas de règle. S'il y a bien une chose que m'ont apprise les histoires de mon entourage, c'est celle-ci : certains ne peuvent plus se quitter après une nuit, d'autres mettront des années à trouver leur équilibre. Toi et moi, nous nous connaissons depuis un mois. Et pourtant, regarde tout ce qu'on a traversé. Nos vies, nos peines, nos peurs les plus enfouies… on s'est montrés vulnérables là où personne d'autre n'a accès.

— C'est vrai, murmura-t-il en appuyant ses mains sur les siennes.

— Alors, on n'a pas besoin de mettre une étiquette sur tout, continua-t-elle en se levant sur la pointe des pieds pour déposer un baiser sur sa joue. Je n'ai pas envie que tu aies peur de mal faire, ou de mal dire.

Il attrapa ses poignets pour la garder tout contre lui.

— Ce n'est pas de la peur, Emma. Ce n'est pas ça.

Son regard bleu-gris se planta dans le sien, sincère.

— C'est juste… ces mots… petite-amie, copine, compagne… ils me donnent soit l'impression d'avoir quinze ans, soit ils me semblent trop… étriqués pour exprimer ce que j'éprouve pour toi.

La maladresse avait totalement disparu, laissant place à une certitude brute. Une chaleur se répandit en lui. Il la prit dans ses bras et vint poser son front contre le sien, ses yeux brillants d'une excitation fébrile qu'il ne cherchait pas à masquer.

— Je t'aime, Emma. Et si je suis trop con pour savoir comment te présenter dans un parc, je sais au moins que j'ai envie de crier ce que je ressens à la terre entière.

Emma releva le menton, et lui sourit, ses doigts se perdant dans la nuque de Ian pour le ramener vers elle. Elle se pressa contre lui, comme si plus rien ne devait les séparer. Sa paume caressa sa joue avec délicatesse tandis que ses lèvres s'entrouvraient.

— J'adorerais te voir faire ça, shérif, murmura-t-elle contre sa bouche brûlante.

Chapitre 32

— Et si les retrouver, c'était les mettre encore plus en danger… souffla Emma en rattrapant Ian avant qu'il ne franchisse la porte.

— Je sais que tu t'inquiètes. Mais ils seront plus en sécurité avec le FBI ou le Bureau du shérif pour les protéger si c'est nécessaire. Leur témoignage pourrait enfin envoyer Santo en prison.

— Oui… mais Santo n'est toujours pas arrêté.

— Il le sera *sweetheart*, c'est une question d'heures maintenant, rassura-t-il.

— Je suis désolée. Tu vas manquer notre premier Thanksgiving ensemble.

Il la tira vers lui et l'enlaça tendrement.

— Moi aussi. Demande à ta tante et à Maria de me réserver quelques restes.

— Je te rapporterai ça. Fais attention à toi.

Elle déposa un baiser sur ses lèvres.

Depuis l'agression d'Emma, la fuite de Neal et Dominic et la menace pesant sur Luigi, tous les services concernés : IRS, FBI et forces locales avaient travaillé de concert pour faire tomber Santo De Luca. En quelques jours, l'étau s'était resserré autour de lui. L'IRS avait été le premier à repérer plusieurs incohérences flagrantes : acquisitions de véhicules haut de gamme, dépenses personnelles exorbitantes, investissements fonciers coûteux à Manhattan et dans le New Jersey… le tout impossible à justifier avec les revenus officiellement déclarés de sa société de construction. En fouillant plus loin, les agents avaient découvert une série de sociétés-écrans liées, de près ou de loin, au groupe

Lombardini Construction & Development. Ces structures recevaient des paiements récurrents provenant de projets immobiliers en apparence légitimes : rénovations, chantiers privés, travaux publics. Les informations anonymes prirent alors tout leur sens : elles évoquaient des surfacturations massives, des entreprises de sous-traitance mises sous pression pour s'acquitter des « frais supplémentaires » pour conserver leurs contrats, et même des pots-de-vin pour certains promoteurs new-yorkais afin d'obtenir des marchés en priorité.

Le FBI avait ensuite repris le flambeau. En exploitant les documents comptables, les échanges entre filiales et les premiers témoignages de sous-traitants victimes de corruption, les agents fédéraux avaient découvert un système bien rôdé : fausses notes pour des matériaux jamais achetés, facturations doublées ou triplées sur des projets publics, rétrocommissions versées à des intermédiaires liés à De Luca, contrats bloqués jusqu'à ce que les « paiements de garantie » soient effectués. La structure entière avait fini par se fissurer sous le poids des preuves : les comptes étaient gelés, les partenaires interrogés, les sous-traitants prêts à parler. Pour l'IRS et le FBI, Santo De Luca n'était pas un petit joueur, mais un associé périphérique, toujours à la lisière du monde légal, jamais assez frontal pour qu'on le considère officiellement comme membre d'une famille du crime.

Pendant ce temps, l'équipe de détectives d'Axel avait fouillé chaque recoin de la vie de Roger Perkins. S'il ne possédait pas de résidence secondaire, le sergent avait remarqué de nombreux allers-retours entre Santa Barbara et Morro Bay, et surtout ce fameux bateau, The Pelican, amarré là-bas. De plus, le dernier appel passé par Luigi avant la coupure de son portable avait été destiné à Perkins. Il n'en fallut pas plus pour que Ian le convoque. Acculé, Perkins avait fini par parler. Luigi, Neal et Dominic se cachaient sur The Pelican. Ian et Axel les y retrouvèrent sains et saufs, pendant qu'au même moment le FBI mettait enfin la main sur Santo De Luca. En douze heures, l'affaire avait basculé.

L'empire Lombardini-De Luca s'effondrait, non pas par les armes, mais sous le poids de la paperasse et des secrets. Lors de l'arrestation de De Luca, deux autres individus furent interpellés , dont l'un portait toujours sur lui un ticket du Starbucks de Carrillo Street à Santa Barbara.

— Vous pouvez rentrer à Santa Barbara, annonça Ian aux trois hommes. Tout n'est pas terminé : il y aura les dépositions, les témoignages... mais vous êtes hors de danger.

— Merci, lieutenant, répondit Dominic.

— Je ne sais pas si on peut rentrer, se soucia Luigi. Et si d'autres venaient venger Santo ?

— Je comprends votre peur. Mais le FBI et l'IRS savent ce qu'ils font. Dans cette histoire, il faut dissocier la vendetta de Santo à votre encontre et son association à la pègre. Et puis, croyez-moi : j'ai une femme à Victoria House, qui s'inquiète davantage pour vous que n'importe quel associé new-yorkais. Et elle n'est pas la seule.

Alors, Ian leur raconta tout : Emma, la communauté, leurs recherches, leurs préoccupations. Luigi baissa les yeux, touché par ces révélations.

— Laissez-moi un ou deux jours, lieutenant... et je serai de retour.

— Donnez-moi un numéro sur lequel je peux vous joindre.

Dominic fournit à Ian le numéro de son téléphone jetable.

— Ne disparaissez pas, Luigi. Je n'ai pas envie de vous courir après.

Luigi hocha la tête, le regard reconnaissant.

— Je vous le promets. J'ai hâte de tous les revoir.

****

Ian arriva chez Emma tard dans la soirée. Il lui avait téléphoné sitôt l'opération à Morro Bay terminée. L'entendre confirmer que Luigi, Neal et Dominic étaient sains et saufs avait provoqué chez elle un flot de larmes, mélange de soulagement et de joie. Quand il franchit enfin le seuil, une odeur réconfortante l'accueillit. Emma avait tout préparé : les restes du dîner de sa tante Claire, un bain chaud et ce long massage qui avait fini de dénouer ses tensions. Ils étaient étendus, le corps de Ian lourd de fatigue, mais bercé par le parfum de l'huile. Sur l'enceinte, la voix suave de Norah Jones s'élevait doucement, les notes de *Come Away With Me* flottant dans l'air calme. Emma s'était blottie contre lui, sa tête sur son épaule et sa main posée juste au-dessus de son cœur. Ian sentait sa présence apaisante et son engagement total; un refuge bien plus puissant que tous les remparts qu'il avait l'habitude de dresser.

— Je repense à ce que tu m'as raconté. Ces détails sur les comptes de Santo... Le yacht, les villas...

— Hm, fit Ian, fatigué, mais amusé de voir le cerveau d'Emma encore en pleine combustion.

— Je me suis dit... finalement, tu lui as vraiment fait une Al Capone.

Ian émit un rire sourd, un souffle chaud effleurant son front.

— J'adore ta façon de tout romancer, murmura-t-il. C'était une fraude énorme, oui, mais Al Capone était le boss. Santo, lui, n'était qu'un associé qui s'est rendu trop visible. Il était gourmand, c'est tout. Et non, *sweetheart,* ce n'est pas moi. Le vrai coup de grâce vient de l'IRS et du FBI.

Elle leva la tête vers lui.

— Oui, mais... c'est toi qui as réuni tout le monde autour de la table. Et surtout... c'est toi qui as retrouvé mon ami.

La sincérité qui vibrait dans sa voix l'ébranla.

— Merci, *my love*, murmura-t-elle.

Elle avait dit *my love*, et non *love*. Nuance infime, et pourtant immense. Le cœur de Ian accéléra, un martèlement sourd qu'Emma sentit contre sa paume. Sans réfléchir, elle se colla un peu plus à lui. Ian l'entoura d'un bras, la serrant contre lui. Ses doigts effleurèrent sa joue avec une douceur chargée de tout ce qu'il éprouvait pour elle.

— Pourquoi t'es-tu autant attachée à lui ? demanda-t-il après un instant.

Elle prit quelques secondes avant de répondre.

— Il me rappelle mon grand-père, et il m'a toujours touchée. Il y a une mélancolie heureuse chez lui. Nous partageons des choses simples. La cuisine, les roses... Je crois qu'il incarne cette douceur que j'ai longtemps redouté de perdre dans la vie.

Ian acquiesça, comprenant parfaitement ce lien intime et mystérieux que l'on ne choisit pas. Le visage de Madame Ortega passa dans son esprit. Emma se redressa un peu, la voix soudain plus grave.

— Je m'en veux. J'ai lu ses lettres, Ian... Elles ont aidé... mais j'ai besoin de m'excuser. J'aimerais les rapporter chez lui.

— Les scellés sont levés. L'appartement est clean sur le plan légal.

— Mais pas sur le plan humain. Ils ont tout saccagé. J'ai vu l'état des coussins... des plantes... Je ne veux pas qu'il rentre dans ce chaos.

Elle le fixa intensément.

— Tu vas dire que je m'en mêle encore, mais...

— Tu veux nettoyer et ranger l'appartement ?

— Oui. Effacer toutes traces de cette histoire. Jeter ce qui est abîmé. Sauver ce qui peut l'être. Je veux qu'il retrouve son foyer, pas un champ de bataille.

Ian la regarda longuement. Cette femme aimait comme d'autres respirent : sans calcul, avec un cœur plein et un instinct de protection immense.

— Tu es toujours avec moi ? s'enquit-elle en le voyant pensif.

— Oui. Je réalisais juste quelque chose.

— Quoi ?

— J'aime la façon dont tu aimes.

Le sourire qui fleurit sur les lèvres d'Emma lui traversa entièrement la poitrine. Elle se pencha vers lui, ses cheveux chatouillant sa peau, et l'embrassa. Un baiser langoureux.

— Alors, laisse-moi t'aimer, susurra-t-elle.

Elle se glissa sur lui, passa une main derrière sa nuque et l'autre sur son flanc. Son corps se pressa doucement contre le sien. L'enceinte jouait *One Flight Down* et la note basse fit vibrer l'air autour d'eux. Ian ferma les yeux un instant, surpris de sentir son buste se détendre d'un coup. La fatigue s'en alla comme une marée qui se retire. Ses forces revinrent, portées par son parfum et sa chaleur. En la regardant, il songea une seconde au message du laboratoire : les résultats étaient arrivés. Leur dernière barrière venait de tomber. Il n'y avait plus rien entre eux pour les retenir. D'un geste lent, elle caressa la longueur de son torse, faisant frissonner chaque centimètre de sa peau. Leurs battements se rapprochaient. Elle se pencha, déposa un baiser au creux de son cou, puis un autre, plus bas. Il ancra ses mains sur ses hanches, s'assurant un instant qu'elle était bien réelle. Emma le contemplait si intensément que, l'espace de quelques secondes, il se sentit totalement mis à nu.

— Regarde-moi… murmura-t-elle tout près de sa bouche.

Il obéit. Dans ses yeux, il n'y avait ni crainte ni impatience, juste cette forme de loyauté intime, sauvage, qu'il n'avait jamais reçue d'aucune femme. Une promesse silencieuse de ne plus jamais le lâcher. Ils cherchèrent, puis trouvèrent leur rythme. Emma se mouvait avec une tendresse dévorante, l'incitant à savourer chaque instant, chaque battement. En l'observant ainsi, si sincère et si vraie, il comprit ce qui le chamboulait tant : depuis le début, elle faisait l'amour à son corps… et à son âme.

Chapitre 33

Victoria House bourdonnait d'agitation. Luigi devait rentrer le soir même, et chacun voulait que son retour marque aussi celui du calme après la tempête. La petite communauté avait décidé de l'accueillir avec un verre de l'amitié, avant de le laisser se réapproprier son foyer en paix. Ian avait appelé Luigi via Dominic pour obtenir son autorisation de vider le réfrigérateur des denrées périssables, sans révéler qu'Emma avait lancé une opération « remise à neuf » de grande envergure.

À peine avait-elle proposé l'idée que toute la résidence s'était mobilisée. Même Vanessa avait répondu présente. Martha et Guadalupe s'affairaient à cuisiner des collations, tandis que Gil et Jimmy installaient les tables et préparaient le brasero dans le jardin. Diego avait retiré les plantes irrécupérables et en avait rapporté d'autres, fraîches. Il avait remonté les tiroirs, rangé les papiers, replacé les livres, puis s'était attaqué à la réparation de peinture éraflée près de la porte. Emma et Vanessa, armées de gants, avaient ouvert toutes les fenêtres. Elles avaient frotté, aspiré, secoué les textiles, remis de l'ordre. Quant à Karen et Mike, ils avaient pris soin d'acheter de nouveaux coussins aux mêmes teintes que les précédents. Petit à petit, l'appartement reprenait vie, et chacun, à sa manière, déposait un fragment de son affection dans ce foyer à reconstruire.

Et puis, il y eut l'idée de Gilbert. Dans le hall, une nappe en papier blanc servait de toile improvisée. Le jeune homme tenait les feutres. Aiden, lui, gérait la symétrie avec la concentration d'un architecte en chef. Jimmy, appuyé contre un mur, observait le chantier avec un air mi-amusé, mi-dubitatif. Les garçons s'étaient lancés dans « LE projet banderole ».

— Bleu roi ? Sérieusement ? questionna Gilbert.

— C'est ce que la blancheur de la nappe met le mieux en valeur, répondit Aiden, comme si c'était une évidence universelle.

— Ouais, mais ça fait « Votez Luigi »... marmonna Jimmy.

— Alors, on ajoute du jaune, proposa Gilbert.

— Non, s'insurgea Aiden. Le jaune, ça crie.

— Ça crie quoi ? demanda son petit-ami.

— ... Juste ça. Ça crie.

Emma, qui passait par là, leva les yeux au ciel en souriant. Finalement, ils s'accordèrent sur le bleu et un rouge brique. Une combinaison choisie après un débat digne d'un conseil municipal miniature. Jimmy, plus grand, se chargea de l'accrochage. Petit escabeau, bras tendus, focus.

— Si ça tombe, je te jure... grogna-t-il.

— Elle ne tombera pas, assura Aiden. J'ai placé quatre bandes de ruban adhésif industriel.

— Ah oui, donc si elle tombe, c'est le bâtiment qui vient avec, conclut Jimmy.

— Essaie plutôt de ne pas tomber, toi, plaisanta Gilbert.

Le papier flotta enfin devant eux : WELCOME HOME, LUIGI ! Sobre et accueillant. Et surtout, c'était la première chose que leur ami verrait en entrant. Winston s'arrêta près d'eux. L'animal se promenait partout depuis le matin, passant d'un groupe à l'autre comme un petit inspecteur en tournée. Il jetait un œil à la cuisine, reniflait les plantes neuves, observait la banderole, puis repartait trotter ailleurs, visiblement satisfait de l'avancement des travaux.

Vers 15 heures, tout était prêt. Emma referma les fenêtres de l'appartement de Luigi.

— Tu viens tout à l'heure ? demanda-t-elle à Vanessa.

Vanessa la regarda, un peu étonnée.

— Je sais, d'habitude, tu n'aimes pas venir, mais cette fois-ci, c'est différent, ajouta Emma.

— Je serai là.

Elle fut surprise de lire dans les yeux de sa voisine une joie spontanée à l'idée qu'elle se joigne au groupe. Elle ne s'attendait pas à ce genre de chaleur, après les avoir si souvent tenus à distance.

— Tu sais, Emma, j'ai réalisé quelque chose ces dernières semaines. Il existe ici une solidarité sincère, une vraie affection entre vous. Je n'aurais jamais pensé cela possible... Je n'ai pas connu ça.

Emma demanda spontanément :

— Ton refus de t'impliquer avec nous, c'est à cause de ça ?

Vanessa sourit, un peu mélancolique, et Emma eut le sentiment qu'elle venait peut-être de dépasser une nouvelle limite.

— Pardon, je ne voulais pas être indiscrète.

— Tu ne l'es pas, répondit Vanessa à mi-voix. C'est juste que... quand on n'attend rien des autres, on ne risque pas d'être déçu. Mais vous voir faire tout ça pour Luigi, ça change la perspective.

À ce moment, Ian passa la tête par la porte.

— Je peux entrer ?

Elles acquiescèrent. Il entra, ses yeux parcourant l'appartement impeccable.

— Je suis impressionné par ce que vous avez accompli en si peu de temps. Luigi va être ravi. Je vais finir par vous faire venir pour mon condo !

Le rire des deux femmes accompagna sa remarque. Il se dirigea vers Emma et déposa un baiser rapide sur ses lèvres.

— Par contre, qui a choisi ce bleu pour la banderole? s'enquit-il avec une pointe d'ironie.

— Ha ! Ça, tu vois avec Aiden, rigola Emma.

Winston se leva du canapé derrière eux, en descendit, et s'arrêta près du lieutenant avant de se frotter à ses jambes avec l'air le plus débonnaire. Ian se baissa pour le caresser. En les regardant,

Emma sentit une chaleur réconfortante se répandre en elle, une sensation de foyer. La maison semblait enfin respirer de nouveau.

****

Une douce effervescence continuait de planer dans l'atmosphère de Victoria House. Chacun se surprenait à imaginer la réaction de Luigi en franchissant la porte. Même les plus pragmatiques d'entre eux, comme Jimmy ou Diego, trépignaient d'impatience, heureux de participer à cet épisode de pure camaraderie. Ian gardait un œil sur son téléphone ; Dominic venait de lui confirmer leur arrivée imminente. Vers dix-sept heures, toute la communauté s'était rassemblée à l'extérieur. Le soleil déclinant jetait un halo orangé sur la façade. Chacun retenait son souffle. Dix minutes plus tard, Luigi apparut, Neal à ses côtés, Dominic juste derrière. Luigi s'immobilisa, les yeux embués devant cette haie d'honneur improvisée. Neal posa sa main sur son épaule. Un sourire mêlant soulagement et fierté, illumina le visage du jeune homme. Dominic, discret, suivait, son regard scrutant la scène.

— Luigi ! s'écria Martha.

Les acclamations, les rires et les saluts fusèrent. Les bras se levèrent, les embrassades se multiplièrent.

— Bienvenue chez toi, lui murmura Emma à l'oreille en l'étreignant. Je suis heureuse de te retrouver.

— Moi aussi, ma douce. Merci pour tout.

Il se recula.

— Merci... à tous... souffla-t-il, la voix tremblante, remplie d'émotion et de gratitude. Voici Neal, mon petit-fils, et Dominic, mon ami d'enfance.

Après les accolades et les félicitations, Emma invita les trois hommes à entrer. Ensemble, ils franchirent le seuil de la résidence. La lumière intérieure révéla la banderole WELCOME HOME, LUIGI ! Un silence traversa le hall, suivi immédiatement par de la joie, des applaudissements et quelques larmes retenues.

— On s'est permis de faire un petit peu de rangement, annonça Emma en poussant la porte du logement de Luigi.

Il resta stupéfait. Lui qui croyait devoir remettre son appartement en état eut le souffle coupé. Il découvrit chaque petit détail : les coussins neufs, les plantes fraîches, les livres alignés avec soin. Une sensation profonde de sécurité et de détente l'envahit.

— Vous... vous avez tous fait ça pour moi ? s'étonna Luigi, de plus en plus ému.

La communauté se rapprocha, les entourant tous les trois d'une chaleur palpable. Un moment de relâchement collectif et de bonheur avait investi les lieux. Chaque personne avait recouvré sa place, et Victoria House renaissait de ses retrouvailles.

Les festivités se poursuivirent dans le jardin. À la tombée de la nuit, l'air se rafraîchit vivement. En cette fin novembre, la morsure de l'hiver commençait à se faire sentir. Diego alluma le brasero. Vanessa servit à boire à tout le monde. Si Luigi se trouvait au cœur de l'attention, le couple Emma et Ian suscitait également des sourires affectueux. Les voisins semblaient ravis pour eux. Ian avait discuté tour à tour avec Mike, Martha, Luigi ou encore Jimmy, se mêlant au groupe avec une aisance tranquille. Emma l'observait, un pli de bonheur ne quittait plus ses lèvres.

— Tu as l'air radieuse, Emma.

Elle tourna la tête. Vanessa se tenait à côté d'elle.

— Je me sens bien. Luigi va bien. Nous sommes réunis ici, tous ensemble.

— Et le lieutenant Miller semble s'entendre avec tout le monde, remarqua Vanessa.

Le visage d'Emma s'éclaira davantage. Ses yeux bruns étincelaient d'une joie innocente.

— Vous êtes ma famille d'adoption. Donc, oui, c'est important pour moi qu'il s'entende bien avec vous.

Une vague d'émotions passa dans le regard de Vanessa. Emma venait de l'inclure dans quelque chose qu'elle croyait inaccessible.

— Pourquoi as-tu besoin de rassembler les gens, Emma ?

Emma accueillit la question avec une douceur évidente.

— J'aime profondément mes parents, mais ils ont consacré une grande partie de leur vie au travail. Par passion, et pour m'offrir un avenir, aussi. Nos moments ensemble étaient précieux. J'aurais juste voulu qu'ils soient plus fréquents. J'ai trouvé ça à Santa Barbara. D'abord avec mon oncle et ma tante, la famille de mon amie d'enfance… Puis ici, à Victoria House. J'ai plusieurs familles, comme tu vois.

Elle jeta un coup d'œil vers Ian, qui riait avec Mike à l'autre bout du jardin. Vanessa, elle, la regardait, étonnée, avec une pointe d'admiration.

— Ça te dirait d'aller boire un verre dans les prochains jours ? lui proposa-t-elle.

Emma peina à masquer sa surprise. Sa voisine s'ouvrait, enfin, et elle ne voulait pas risquer de la voir se refermer.

— Cela me ferait plaisir.

Gil se dirigea vers elles. Vanessa se crispa imperceptiblement. La bulle de leur conversation venait de s'évaporer.

— Je te tiens au courant rapidement, murmura-t-elle à l'adresse d'Emma avant de s'éclipser vers Luigi.

Gil s'approcha.

— Emma, j'ai quelque chose à te dire, annonça-t-elle.

— Tout va bien ?

— Très bien, oui.

Son sourire en disait long. Emma se pencha vers elle, un éclat complice dans le regard, pour lui chuchoter :

— Toi, il y a eu des changements dans ta vie… Tu sembles rayonner.

— Oui. Jimmy et moi…

— Vous êtes ensemble ! s'exclama Emma en terminant sa phrase.

La jeune femme secoua la tête.

— Je suis tellement heureuse pour vous deux.

— Nous voulons rester discrets. Voir si ça fonctionne avant de l'annoncer à tout le monde.

— Message reçu, fit Emma en mimant un zip sur ses lèvres.

Gil inspira légèrement.

— Le lendemain de notre conversation, j'ai suivi ton conseil. Je lui ai parlé. Je ne pense pas que j'aurais eu le courage de faire le premier pas sans notre échange. Et j'ai appris que tu lui avais donné le même conseil. Alors, merci.

— De rien. Je suis contente si ça a pu aider.

La jeune femme hésita un instant avant de se lancer.

— Je t'avais demandé aussi de ne pas inclure mon histoire dans ton prochain roman.

— Je m'en souviens, Gil.

— J'ai changé d'avis.

— Ah bon ? Tu es sûre ? Qu'est-ce qui t'a fait changer d'avis ?

— Oui je suis sûre. Je me dis que mon histoire peut peut-être aider d'autres femmes dans la même situation, avec les mêmes doutes...

— J'en suis convaincue. Ton histoire inspirera beaucoup de gens.

Ses mots s'éteignirent brusquement. Son regard venait de dévier par-dessus l'épaule de Gil. Son expression changea.

— Oh non... murmura-t-elle, les sourcils froncés. Ce n'est pas l'idée du siècle, ça.

Gil se retourna. À quelques mètres de là, Diego s'avançait vers Ian, l'air bien trop sérieux pour une fin de soirée. Emma sentit une pointe d'appréhension la traverser. *Qu'est-ce que Diego allait bien pouvoir lui raconter ?*

Chapitre 34

Emma ne lui avait rien demandé. Aucune question sur sa conversation avec Diego la veille. Cela ne lui ressemblait pas. Ian était persuadé que sa curiosité était piquée, mais qu'elle avait délibérément choisi de ne pas suivre cet élan. Il avait perçu son regard sur eux quand son voisin s'était soudain approché. Diego l'avait d'abord remercié d'avoir retrouvé Luigi avant de lui parler sans détour. «Je vais être clair, Miller», avait-il commencé. «Je ne pense pas que toi et moi puissions devenir proches un jour. Mais Emma tient à toi. Et elle tient à moi aussi, autrement. Je ne veux pas qu'elle soit prise entre deux feux. Alors on va se comporter comme deux adultes responsables.» Ian avait été un peu surpris par cette franchise. Il n'était plus habitué, par sa position professionnelle, à voir un autre homme s'adresser à lui sans aucune réserve. À l'exception d'Ignacio ou d'Angel, bien sûr. Pour ça, une pointe d'admiration naquit en lui. Il avait aussi remarqué chez Diego cette même spontanéité qui existait en Emma. Il comprenait mieux pourquoi ils s'entendaient bien. En d'autres circonstances, lui et Diego auraient peut-être pu devenir amis.

Installé sur le balcon d'Emma, il savourait son café. Un colibri d'Anna aux plumes magenta irisées déchirait l'air à grands battements d'ailes, butinant avec une énergie frénétique chaque fleur de fuchsia. Cette espèce présente toute l'année en Californie le long de la côte raffolait du nectar de ces fleurs, véritables aimants à colibris. L'oiseau et les plantes constituaient la seule palette de couleur dans la grisaille ambiante. C'était un de ces jours de brouillard marin. La masse nuageuse s'était accrochée obstinément à la ville depuis l'aube, un couvercle froid et opaque qui refusait de se lever, même à l'approche de dix heures. Ian plissa les yeux : il ne pouvait distinguer les montagnes; elles avaient été gommées de l'horizon, comme si le monde s'arrêtait à cinquante mètres du balcon. Il sentit soudain le poids d'un corps contre le sien. Emma, vêtue d'un long tee-shirt et enveloppée d'un grand châle, enroula ses bras autour de son cou. Elle se pencha vers lui pour l'embrasser.

— Bonjour, *sleepyhead,* dit-il en souriant.

— Bonjour, *my love*, répondit-elle en s'asseyant sur ses genoux.

Il entoura sa taille de ses mains. Elle se blottit contre lui pour se réchauffer, et les enlaça tous les deux dans son châle.

— Tu n'as pas froid, demanda-t-elle ?

— Un peu, mais j'aime bien ce temps.

— Moi aussi. Il me donne une excuse pour rester sous la couette. Ou pour faire des gaufres.

Ian se mit à rigoler.

— Je voulais dire que cela apporte une touche mystérieuse à la ville, d'habitude si lumineuse.

Elle le regarda avec curiosité.

— Oui, ce serait idéal pour une atmosphère de polar.

— Imagine, dit-il en désignant de son doigt la masse grise. Le brouillard constitue le cadre parfait. Le coupable peut s'introduire et disparaître sans laisser de traces, et c'est le seul témoin des actes qu'on souhaite cacher. Un voleur ou un rendez-vous clandestin... personne ne verrait son visage.

Emma s'amusa de son imagination. Elle découvrait tous les jours de nouvelles facettes de lui, et elle adorait ça. Elle se perdit dans ses traits.

— Emma, tu rêves ?

— Quoi ? Oh, pardon.

— Je te demandais si tu avais décidé d'arrêter définitivement l'écriture de polars.

— Je ne sais pas. Mais étonnamment, depuis que je te connais, j'ai un regain d'intérêt pour les histoires d'amour. Allez savoir pourquoi shérif.

Ian lui adressa un sourire canaille.

— Très bien, tu as gagné. Nous retournons sous la couette, annonça-t-il en la mettant debout. À moins que tu ne préfères les gaufres maintenant.

Un pli malicieux se dessina sur le visage d'Emma, qui saisit sa main et l'entraîna dans la chambre. Ian s'assit au bord du lit, la regardant du coin de l'œil. Elle repoussa son châle, s'agenouilla derrière lui et l'étreignit en déposant son menton sur son épaule. Son souffle tiède glissa sur sa nuque.

— Tu sais..., murmura-t-elle d'une voix qui semblait venir d'un endroit plus profond qu'elle ne l'aurait voulu.

Ian tourna légèrement la tête, interrogateur. Les lèvres d'Emma effleurèrent sa joue.

— Quoi ? demanda-t-il doucement.

— Je... j'aime bien quand tu inventes des histoires de brouillard et de polar, chuchota-t-elle à son oreille, avec un sourire qu'il sentit sans le voir. Ça me donne envie de passer toute la journée enfermée ici avec toi.

Ian se retourna complètement et la ramena contre lui. Il la regarda, ses doigts caressant délicatement ses cheveux.

— Rester ici ensemble toute la journée... je signe où ?

Elle éclata d'un petit rire nerveux. Elle s'allongea, l'attirant vers elle. Il glissa sa main froide le long de sa cuisse, puis sous son tee-shirt. Sa paume remonta jusqu'à sa taille, cherchant la chaleur de sa peau. Il attrapa les bords du vêtement d'Emma et l'aida à s'en défaire. Il disparut en un geste fluide. Son corps, encore frais de l'extérieur, se réchauffa aussitôt contre le sien quand il se colla à elle. Leurs regards ne se détachaient plus. Il y avait chez Ian une manière de la contempler qui faisait fondre en Emma l'ancien réflexe qu'elle avait de se tenir sur ses gardes.

— Ian...je...

Les mots restèrent coincés dans sa gorge, mais l'éclat de ses yeux brûlait d'une tendresse qui traversa Ian de part en part.

— Je sais, murmura-t-il.

****

Deux jours plus tard, la chape grise qui avait obscurci le ciel de Santa Barbara s'était enfin dissipée. Vanessa et Emma avaient décidé d'aller prendre un verre sur la jetée, profitant de la vue dégagée sur les montagnes et la mer depuis la terrasse du Deep Sea Winery. Installé depuis des années sur le Stearn Wharf, ce bar à vin était l'un des endroits emblématiques de Santa Barbara. Le fond de l'air demeurait frais, et, si les embruns venaient picoter leurs joues, le soleil réchauffait agréablement leurs visages. Elles commandèrent un rosé. Un vol d'une dizaine de pélicans passa au-dessus de leurs têtes. Emma fit tourner la bouteille entre ses doigts pour lire l'étiquette : une étoile de mer y était imprimée ; le nom du cru, *Seastar*, évoquait l'océan et la lumière de la côte.

— Pardonne-moi d'être directe, mais j'ai une question à te poser, lança Emma.

— Je commence à m'habituer, répondit Vanessa en souriant. Dis-moi.

— Pourquoi m'as-tu proposé ce verre ?

— D'abord parce que je te trouve sympathique. Ensuite... je pense m'être coupée du monde trop longtemps. Je veux que ça change.

— Ce qui vient de se passer avec Luigi t'a touché ?

— Oui. Je t'ai dit que j'avais été surprise par cette solidarité. Je n'ai pas connu ça. J'ai connu tout l'inverse.

Une ombre traversa les yeux sombres de Vanessa.

— Tu n'es pas obligée d'en parler, rassura Emma.

— J'en ai envie.

Elle ancra ses mains sur ses genoux, ses jointures blanchissant sous l'effort.

— Avant Santa Barbara, je vivais en Arizona. À Phoenix.

J'étais mariée à Terry. Quand il a perdu son travail, il a commencé à boire... puis à devenir violent. Au début, il frappait les murs. Jusqu'au jour où ses poings ont atterri sur mon visage.

Emma sentit un frisson glacial parcourir sa colonne vertébrale. Ses mains se crispèrent légèrement autour de son verre.

— Il ne supportait pas que je gagne ma vie et pas lui. Il me rendait responsable de tout. Après chaque crise, il s'excusait, arrêtait de boire, cherchait un job... n'en trouvait pas... et tout recommençait. Et moi, j'avais trop peur de partir. Trop peur qu'il me suive.

— Tu n'avais personne pour t'aider? demanda Emma, incrédule.

— Je vivais dans une petite résidence de six condos. Personne n'a jamais bougé. Une fois, une voisine a tenté d'intervenir... son mari lui a ordonné de se mêler de ses affaires.

— Quel connard! soupira Emma. Comment as-tu réussi à t'en sortir?

Vanessa baissa les yeux sur son verre de vin.

— À l'époque, je dirigeais l'équipe de coachs d'une salle de fitness. Un jour, il m'a tant amoché que mon patron a remarqué mes blessures. J'ai fini par tout lui raconter. Il voulait que je porte plainte... j'étais terrorisée. Alors, il m'a proposé de me transférer immédiatement dans une nouvelle salle de la chaîne, dans un autre état. Et il m'a avancé deux mois de salaire pour que je trouve un logement.

— C'était un homme bien.

— Oui. C'est comme ça que j'ai atterri en Californie. À Los Angeles d'abord. Puis Terry m'a retrouvée. J'ai fini à l'hôpital... et là, j'ai enfin porté plainte. Il a été condamné.

Un silence. Emma avait écrit des scènes de crime, imaginé des motifs et des colères, mais la voix monocorde de Vanessa rendait la violence réelle d'une manière qu'aucun adjectif ne pourrait jamais traduire. Au loin, le cri grave d'un lion de mer fendit un instant le silence.

— Je suis désolée que tu aies vécu ça. Il est toujours en prison ?

— Il a été libéré en conditionnelle… puis renvoyé. Il avait l'interdiction de s'approcher de moi. Quelques mois après mon emménagement à Santa Barbara, il est réapparu. Il m'a suivi un soir. Il a attendu que je sorte les poubelles pour m'attraper. Luigi rentrait par l'arrière de la maison juste à ce moment-là. Il n'a pas hésité. Ils se sont battus. J'ai cru que Terry allait le tuer, mais Luigi l'a sonné avec le couvercle de la poubelle.

— Ça, c'est bien notre Luigi !

— Oui. Terry s'est enfui. Luigi m'a amenée au poste. La police l'a retrouvé et il est retourné en prison. Ce soir-là, j'ai décidé de ne plus vivre dans la peur. Je refusais de déménager encore.

— Qu'as-tu fait ?

— J'ai pris des cours d'autodéfense et j'ai rejoint un collectif de victimes. Puis j'ai commencé à aider les nouvelles. Aujourd'hui, je mène les groupes de parole.

Une profonde humilité saisit Emma. Vanessa avait survécu à l'enfer.

— Tu es vraiment courageuse.

— Merci, Emma.

Emma n'avait pas imaginé une telle confession. À l'écoute du passé de sa voisine, une évidence s'imposa à elle. Sa propre sécurité auprès de Ian contrastait violemment avec ce récit de survie. Un sentiment de gratitude inattendu la gagna.

— Je comprends mieux pourquoi tu n'avais pas envie de tisser des liens dans la résidence. Tu craignais d'être déçue à nouveau.

— Oui. Et pourtant, cela me réconfortait de savoir que Luigi habitait juste à côté.

— Avec ton club de golf, tu es plus terrifiante que lui, rétorqua Emma avec humour.

Vanessa éclata de rire. Derrière la plaisanterie d'Emma, elle percevait une véritable gentillesse, et une petite lueur d'admiration qu'elle n'aurait jamais pensé inspirer à quelqu'un.

— Je me suis sentie impuissante pendant tellement d'années. Aujourd'hui, ce n'est plus le cas. Et là… j'étais en position de pouvoir t'aider.

— Et je ne te remercierai jamais assez pour ça. Je comprends aussi mieux ta relation avec Luigi.

Vanessa pinça les lèvres, avant de laisser passer un souffle étonné.

— Je sais maintenant que d'autres feraient la même chose pour moi. Pas juste Luigi. Je réalise à quel point j'ai de la chance de vivre ici et de ne plus être seule.

Emma posa sa main sur celle de Vanessa. Vanessa fixa un instant cette main posée sur la sienne, comme si elle redécouvrait le poids d'une présence bienveillante. Elle parut sur le point de flancher, mais finit par retourner légèrement la paume pour presser brièvement les doigts d'Emma. Une émotion vive fit briller ses yeux sombres, mais elle se reprit vite, esquissant un sourire reconnaissant.

— Ça veut dire que je peux espérer te voir lors de nos prochaines soirées ? s'enquit Emma, d'un ton plus enjoué.

— Absolument !

Elle hésita avant de poursuivre :

— Mais dis-moi… Ian te fait te sentir en sécurité, n'est-ce pas ?

— Oui. Je me sens bien avec lui. On a passé une période difficile, on s'est auto-sabotés avec nos vieilles blessures… mais on apprend. On affronte ça ensemble. Avec lui, le besoin de me protéger s'envole petit à petit. Je peux juste être moi…

Vanessa hocha la tête, pensive. Puis, un petit éclat de malice revint dans ses yeux.

— J'ai aussi remarqué qu'il discutait avec Diego l'autre soir… Il y a une sorte de rivalité entre eux, non ?

Emma se mit à rire.

— À présent, c'est toi la curieuse !

Puis, avec un air de conspiration amusée :

— Tu sais quoi ? Ils devront régler ça eux-mêmes. Pour une fois, j'ai décidé de ne pas m'en mêler.

Vanessa prit une gorgée de rosé, un demi-sourire aux lèvres.

— Je ne sais pas si je tomberai amoureuse un jour… Après tout ce que j'ai vécu, refaire confiance est compliqué. Mais en vous voyant toi et Ian… la façon dont tu te sens bien avec lui, la manière dont vous vous regardez… ça me donne envie de croire de nouveau en l'amour.

Emma ressentit un mélange de chaleur et de nervosité. Ses yeux se plissèrent au soleil. Elle remplit ses poumons d'air, goûtant cette sensation étrange, mais agréable. Avec Ian, c'était exactement ça : une sécurité physique et émotionnelle. Son être tout entier savait qu'il était son refuge. Elle aurait voulu l'expliquer, le crier, ou simplement le résumer en trois petits mots. Mais sa gorge se serrait à chaque tentative. Elle, qui lui avait répété qu'il fallait affronter leurs peurs, se sentit soudain prise à son propre piège. Ian n'avait rien à voir avec ses anciennes blessures, et elle voulait lui donner la place qu'il méritait. Alors pourquoi diable ces mots restaient-ils coincés là, au bord de ses lèvres, alors que son cœur, lui, n'avait plus aucun doute ?

Chapitre 35

Dans le silence du matin, un juron étouffé monta soudain du pied du lit.

— C'est pas vrai... Fais chier !

Emma, encore à moitié endormie, se redressa sur un coude, les cheveux en bataille. Elle vit Ian, debout, ne portant que son caleçon, fixant son téléphone avec une expression d'horreur.

— Qu'est-ce qu'il y a ? marmonna-t-elle d'une voix pâteuse.

— Mon réveil. Il n'a pas sonné. Ou je l'ai éteint dans mon sommeil, j'en sais rien.

Il commença à s'agiter dans la pièce comme une tornade, attrapant sa chemise sur le dossier d'une chaise. Emma ne put s'empêcher de laisser échapper un rire en le voyant tenter d'enfiler son pantalon tout en sautant sur une jambe.

— Arrête de rire, Emma ! Je n'ai jamais été en retard de ma vie. Jamais ! J'ai un briefing avec le commandant et le shérif dans vingt minutes à Goleta. Si j'arrive à la bourre, c'est tout le bureau qui va jaser.

— C'est la faute de Victoria House. Cette résidence ramollit les gens les plus rigoureux.

— Non, c'est ta faute, grogna-t-il, les yeux pétillants malgré la panique. Voilà, maintenant que je te connais, mon horloge biologique est totalement déréglée. Tu as une influence néfaste sur ma carrière.

Il boutonna sa chemise et passa ses doigts dans ses cheveux pour essayer de dompter sa coiffure matinale. Son apparence était moins « l'officier imperturbable » et plus « l'homme dont elle était amoureuse ».

Il s'approcha du lit en un clin d'œil, saisit le visage d'Emma et déposa un baiser rapide sur ses lèvres.

— Je dois y aller. Écoute, ce soir, sois prête pour 20 heures. Je t'emmène dîner.

— Déjà une tentative de rachat pour ce départ en coup de vent ? s'amusa-t-elle. Tu me sors le grand jeu.

— Pas tout à fait, mais crois-moi ça vaut le détour.

La porte claqua derrière lui avant même qu'elle n'ait pu répondre. Emma se laissa retomber contre les oreillers, un sourire idiot collé au visage, sentant encore sa présence qui flottait dans la chambre.

Une fois installé dans sa voiture, Ian démarra au quart de tour, le regard rivé sur l'horloge du tableau de bord. En traversant Santa Barbara, il jeta un coup d'œil à son reflet dans le rétroviseur. Il arborait toujours cette « tête de réveil ». *Les joggings matinaux, Ian. Souviens-toi de ce concept,* grommela-t-il. Depuis qu'Emma était entrée dans sa vie, ses baskets prenaient la poussière. Le lit douillet de Victoria House avait remplacé le bitume froid de la côte. Il aimait ce changement, passionnément, mais il ne pouvait pas nier que son endurance de lieutenant commençait à être sérieusement testée par des nuits beaucoup trop courtes et un manque d'exercice. *Demain, je cours.*

Dix minutes plus tard, il se garait sur le parking des locaux de Goleta. Il traversa le hall d'un pas pressé, saluant ses adjoints d'un signe de tête sec, l'air de celui qui a déjà résolu trois enquêtes avant son premier café. Axel, assis à son bureau, releva les yeux de son dossier. En détaillant la coiffure un peu trop libre de son ami et sa chemise froissée, un sourire en coin, lent et tout à fait entendu, étira ses lèvres. Il ne prononça pas un mot, mais son coup d'œil en disait long sur ce qu'il pensait de ce retard inédit. Ian soutint son regard pendant une seconde, sans ciller, avec un visage de marbre. Il répondit par un mouvement de menton imperceptible avant de poursuivre sa route, mais intérieurement, il grinçait des dents. *Bon sang, je vais y avoir droit,* songea-t-il. Il imaginait déjà le prochain verre avec Axel et Ignacio. Ces deux-là n'allaient pas rater l'occasion de le charrier sans pitié sur son sens du devoir, qui s'évaporait mystérieusement dès qu'il franchissait le seuil de l'appartement d'Emma. Une fois dans les toilettes du personnel, il s'aspergea le visage d'eau glacée. Dans son bureau, il verrouilla la porte et ouvrit le tiroir du bas. Là, rangée avec une maniaquerie rassurante, se trouvait sa « trousse de secours » : une chemise repassée à la perfection, une bombe de déodorant et un peigne.

En quelques gestes, il redevint le Lieutenant Miller. Le pli de son pantalon était net, ses cheveux domptés, son col rigide. Seul l'éclat dans ses prunelles, ce petit reste de lumière de la chambre d'Emma, trahissait le fait qu'il n'avait pas consacré sa nuit à étudier des rapports.

Il ajusta son insigne, jeta un dernier coup d'œil à sa montre, et quitta son bureau. Il entra dans la salle de briefing avec exactement trente secondes d'avance.

— Miller, vous avez l'air en forme, nota le commandant Reynolds en le voyant.

— Toujours, Monsieur, répondit-il d'une voix maîtrisée.

Il se plongea dans la réunion avec une rigueur absolue. Mais derrière le masque de l'officier, une certitude tranquille l'accompagnait : la journée ne serait qu'une suite de formalités avant de récupérer Emma pour la soirée.

****

Le dîner chez Angel's tacos fut une révélation pour Ian. En trois quarts d'heure, Emma en avait appris plus sur la vie du vieil homme que lui en deux ans de visites régulières. Angel, d'ordinaire habitué à la posture de celui qui écoute les confidences des autres derrière son gril, s'était retrouvé pour la première fois sous le feu des projecteurs. Emma ne se contentait pas de savourer ses tacos ; elle s'intéressait à l'homme. Ian l'avait observé, captivé par sa façon de le questionner sur l'origine de sa recette secrète de *carnitas* ou sur ses souvenirs d'enfance à Guadalajara. Le restaurateur, d'abord surpris que l'on s'attarde sur lui, s'était laissé prendre au jeu. Il parlait avec une animation inhabituelle, ponctuant ses phrases de gestes larges, tandis qu'elle l'écoutait avec cette attention totale. Pour la première fois, ce n'était plus Angel le confident, mais Angel le conteur. Ian éprouvait une joie sincère en la regardant s'intégrer dans son monde à lui. Il aimait la façon dont elle ne se contentait pas de survoler les lieux et les gens, mais cherchait à en comprendre l'âme.

Après le repas, ils rentrèrent chez lui. Ils avaient convenu de se réveiller de bonne heure : lui pour aller courir et Emma pour rejoindre Gabriela au yoga, avant un brunch avec son oncle et sa tante. Ian avait été soulagé de pouvoir aborder la question de son emploi du temps avec elle. Il redoutait un peu de briser leur bulle ou d'être trop rigide, mais Emma avait balayé ses inquiétudes avec son humour habituel.

— *My love,* lui avait-elle dit en riant alors qu'ils marchaient jusqu'à la résidence, lève-toi aussi tôt que tu veux pour aller courir. Pendant ce temps, j'ai le lit pour moi toute seule, je peux m'étaler en étoile et personne ne me pique la couette. C'est un plan parfait.

Il s'était arrêté net, la détaillant avec une pointe de surprise. Il s'attendait à un compromis, peut-être à une moue déçue, mais pas à cette décontraction totale.

— Tu ne m'en voudras pas de te laisser parfois seule au réveil ? avait-il insisté, cherchant une faille dans son sourire.

— Au contraire, shérif. Savoir que tu es en train de transpirer sur le bitume pendant que je finis ma nuit, ça rend mon sommeil encore plus délicieux.

Incroyable, songea-t-il. Pour un homme qui avait passé sa vie à essayer de tout compartimenter, cette fluidité était une libération. Il n'avait pas besoin de choisir entre son identité de coureur solitaire et son amour pour elle. Tout pouvait coexister.

Elle acceptait l'homme qu'il était sans vouloir le changer.

Et pourtant, une chose dans son monde s'apprêtait à changer. Aujourd'hui, la résidence de Ian perdait sa plus vieille locataire. Comme elle l'avait très justement supposé, suite à son passage aux urgences, Ricardo, le fils aîné de Madame Ortega, était parvenu à la convaincre d'aller vivre avec eux à Phoenix. Malgré une petite résistance de façade, elle n'avait pas mis longtemps à céder. L'idée de voir grandir ses arrière-petits-enfants l'emportait sur son attachement aux embruns de Santa Barbara.

Ian et Ricardo venaient de terminer le chargement des cartons dans le pick-up. Le fils le salua et monta à l'avant, laissant à sa mère le temps de faire ses adieux. Pilar, vêtue de son manteau, tenait fermement son sac à main.

— Alors, ça y est, c'est vraiment le moment du départ? demanda Ian en s'approchant.

Elle leva vers lui ses yeux de braise, dont la vivacité semblait défier la fatigue du voyage à venir.

— Mon fils a gagné, lieutenant. Il dit que l'Arizona est plus sec pour mes vieux os. Mais je sais qu'il veut surtout avoir sa mère à portée de vue.

Elle tendit une main vers lui et Ian la prit entre les siennes. Pour la première fois, il ne sentit pas la force de la travailleuse des champs, mais la fragilité de la porcelaine.

— Vous allez me manquer, Pilar. Qui va me harceler pour la machine à laver maintenant?

Elle eut un petit rire sec, puis son regard devint plus intense, presque malicieux.

— Oh, je ne me fais pas de souci pour vous. Vous ne serez bientôt plus là vous non plus.

Elle serra un peu plus fort les mains du lieutenant.

— Je pars tranquille parce que je sais que vous n'êtes plus seul. Ne laissez pas le silence revenir s'installer ici. La solitude, c'est comme la rouille : ça finit par attaquer le moteur si on ne fait pas attention.

Ian se pencha vers elle et déposa un baiser tendre sur sa joue.

— Soyez heureux, Ian, murmura-t-elle.

Il ouvrit la portière et l'aida à se hisser sur le siège passager du pick-up. Ricardo démarra, et Ian leur adressa un dernier signe de la main à travers la vitre. Quand ils se mirent en route, il resta immobile sur le trottoir, suivant du regard le véhicule qui s'insérait dans la circulation de San Andres Street. Il ne s'était pas rendu compte à quel point la présence de cette femme avait été un garde-fou pour lui pendant ces deux années de vide. Mais aujourd'hui, alors qu'il faisait demi-tour vers son appartement, il savait que Pilar avait raison : le moteur avait redémarré. Désormais, il était déterminé à ne jamais l'éteindre.

Chapitre 36

Les eucalyptus du jardin des roses de l'ancienne mission se balançaient lentement sous la brise. Poussée par le vent, des nuages épars se déplaçaient dans le ciel. Luigi regardait Emma, dont le nez était plongé dans la dernière rose de Sugar Moon.

— Je suis tellement heureuse d'être ici avec toi, lui dit-elle en le rejoignant sur leur banc. Je ne pourrais jamais me passer de cet endroit. Ni de nos discussions.

C'était leur premier moment tous les deux depuis le retour de Luigi. Il avait repris le café du matin, le taï-chi, sa marche autour de la mission.

— Ça te fait du bien de retrouver ta routine ? demanda-t-elle.

— Oui... même si... rien ne sera plus jamais comme avant. Chaque geste me rapprochait d'une lettre d'elle, d'un jour avec elle... et maintenant... ça n'arrivera plus.

La tristesse dans sa voix était une déchirure.

— Mais j'ai mon petit-fils... et j'ai retrouvé mon ami, ajouta-t-il.

— Ils vont repartir pour New York ?

— Temporairement. Ils doivent régler quelques affaires. Mais ils veulent venir vivre ici.

— C'est formidable ! s'exclama Emma.

— Neal va intégrer UCSB, en droit... puis il vise Berkeley ou Stanford. Il est brillant, tu sais.

— Je n'en doute pas. Et Dominic ?

— Il souhaite vendre sa galerie à New York et profiter de sa retraite.

Emma hocha la tête, mais une question la brûlait.

— Et pour Neal... son héritage ?

— Il a tout perdu… sa cousine Caroline aussi. Alors qu'ils ne sont que les victimes collatérales. Mais tu sais ce qu'il m'a dit ? Qu'il n'aurait jamais voulu d'argent gagné comme ça.

— C'est un jeune homme honnête.

— Oui. Plus que je ne l'ai jamais été… et certainement plus que le reste de cette famille.

Elle fronça les sourcils.

— Pourquoi tu dis ça ?

— Je crois que… c'est le moment. Je vais tout te raconter.

— Attends, Luigi… je dois te dire quelque chose avant.

Sa voix vacillait.

— Je tiens à m'excuser… Diego et moi avons trouvé les lettres d'Eliza chez toi. Je les ai lues. J'étais tellement inquiète… je voulais te retrouver. Je… je suis désolée.

Luigi posa délicatement sa main sur la sienne.

— Ma douce… sans toi, sans ta détermination, je serais encore caché sur ce bateau.

Elle l'enlaça, soulagée. D'une voix calme, Luigi commença à remonter le fil de son histoire. Il n'avait pas toujours été cet homme paisible de Victoria House ; il était né Louis Caroli dans le Sud du Bronx, avant de déménager à Fordham. C'est là qu'il avait entendu parler pour la première fois des Lombardini, ces figures intouchables de Riverdale. Il décrivit Salvatore, le patriarche, comme un individu impitoyable, soulignant que seule Vittoria, la mère, avait transmis sa douceur à ses enfants.

Il s'arrêta un instant, le regard embrumé par des décennies de souvenirs.

— Dominic et moi, on se connaissait de vue, mais on n'était pas amis avant le lycée. Son père… le dégoût qu'il avait pour lui… ça a poussé les autres à le harceler. Personne n'aurait osé si Salvatore l'avait aimé, mais il ne l'aimait pas.

Emma se mordit l'intérieur de la joue, sentant une colère sourde monter en elle. La passivité cruelle de ce père, qui avait livré son fils aux loups en refusant de le protéger, lui était insupportable.

— Tu veux dire qu'il était au courant... que Dominic est homosexuel ?

— Les mots n'avaient pas été prononcés, mais il le savait. Et il le méprisait pour ça, pour sa sensibilité aussi. Parfois, j'ai l'impression qu'il espérait que la violence le « corrigerait »... le remettrait sur ce qu'il appelait « le droit chemin ».

Une moue de dégoût déforma les traits d'Emma, une expression viscérale qu'elle ne chercha même pas à dissimuler.

— C'est horrible...

— Oui. Et ça a empiré après la mort de Vittoria. Elle était son rempart. Après elle, il n'avait plus nulle part où se réfugier. Il préférait sortir au risque d'être harcelé plutôt que rester seul face à son père.

— Dominic m'a écrit que tu lui avais sauvé la vie...

Luigi confirma d'un hochement de tête, évoquant ce jour où il avait plongé dans l'Hudson pour repêcher Dominic, incapable de nager. Les brutes l'y avaient poussé. Ce sauvetage scella leur amitié et il devint son protecteur au lycée. Tandis que le patriarche se choisissait Franck De Luca comme fils de substitution et futur gendre, Dominic, entre soulagement et culpabilité, profita de ce désintérêt pour s'exiler à Philadelphie. Inscrit aux Beaux-Arts, il fut définitivement renié par son père. Durant ces années de silence radio avec Riverdale, Luigi resta son unique lien avec New York, le seul ami fidèle qui faisait le pont entre sa nouvelle vie d'artiste et son passé.

— Quand Eliza a eu son premier enfant, elle a supplié son père d'autoriser Dominic à rencontrer son neveu. Salvatore a accepté, mais à ses conditions : il pouvait revenir la voir, mais il ne retrouverait pas sa place dans la famille. Il a renoué avec Eliza, a ouvert sa galerie. Et c'est là... que je l'ai recroisée. Elle n'était plus la petite sœur de mon ami. Elle était devenue une femme. Magnifique. On est tombés follement amoureux. J'avais vingt-sept ans, elle en avait vingt-cinq. Son mariage avec Franck De

Luca n'était qu'une prison dorée, une mascarade pour satisfaire les ambitions de son père. Pendant deux ans, nous avons volé chaque seconde. La galerie de Dominic était notre couverture parfaite ; il ne soupçonnait rien, et Salvatore encore moins.

Il laissa échapper un petit rire triste.

— Ce vieil homme était tellement persuadé que Dominic et moi étions ensemble qu'il nous laissait tranquilles. Il pensait que j'étais une mauvaise influence pour son fils, alors qu'en réalité, je vivais mon amour avec sa fille, juste sous son nez. Mais, nous sommes devenus imprudents. Elle venait chez moi. Nous vivions comme si le monde extérieur n'existait plus.

Il marqua une pause. Sa voix se voila.

— Et puis... la vie s'est rappelée à nous. Eliza est tombée enceinte.

Luigi ferma les yeux, réveillant l'évènement.

— Elle m'avait téléphoné en pleurs. Elle n'avait pas supporté l'idée de l'annoncer à Franck, sachant que cet enfant n'était pas le sien. Elle était terrorisée. Je suis allé la retrouver dans le jardin. Je l'ai prise dans mes bras pour la rassurer. Et puis je l'ai embrassée... un baiser fou, désespéré. Le baiser de trop.

— Franck... souffla Emma, redoutant la suite.

— Non... c'est Thomas, l'avocat de Franck, qui nous a surpris. Depuis la terrasse. Il n'a rien dit. Le seul bruit fut celui de son verre qui s'est brisé en tombant.

Emma eut la sensation de voir la scène se dérouler sous ses yeux. Luigi avait toujours su raconter les histoires de manière captivante. Cette fois encore, alors qu'il lui livrait la sienne, elle percevait son talent de conteur. Il lui expliqua ensuite l'urgence de sa fuite. Eliza, terrifiée à l'idée qu'on lui arrache son fils aîné, avait refusé de partir, le suppliant de se sauver seul. Deux jours plus tard, Louis Caroli disparaissait pour devenir Luigi Salerno, emportant pour simple bagage l'adresse d'un ami à San Francisco. Il décrivit à Emma ces semaines d'angoisse dans l'attente d'un signe, jusqu'à l'arrivée de la première lettre : Eliza y confessait avoir acheté le silence de Thomas en lui jurant que ce baiser n'était qu'un égarement sans lendemain.

Il soupira par le nez.

— Tu sais ce qui est insensé? Thomas n'a rien dit. Pas par bonté... par peur. Peur que tout explose, que les affaires s'effondrent, que l'alliance Lombardini–De Luca soit compromise. Et quand la grossesse a commencé à se voir, il a compris que Franck n'était pas le père. Mais après des mois de silence, comment aurait-il pu aller lui annoncer : « Au fait, j'ai surpris votre femme en train d'embrasser un autre homme... et je l'ai dissimulé » ? Il aurait été le premier sacrifié. Alors il s'est tu. Moi... je devais rester invisible. J'avais aussi honte. Dominic... a été brisé par mon départ. Il a cru que son père m'avait fait disparaître à cause de notre amitié. J'ai menti à mon ami. Je l'ai abandonné. Et malgré tout... c'est lui qui a fini par venir me sauver.

— Comment a-t-il appris que tu étais vivant... et ici ? demanda Emma, les larmes aux yeux.

— Eliza lui a dit. À lui... et à Neal. Avant de mourir. Je ne savais pas qu'elle le ferait.

— Ça a dû être si dur de garder ce secret. Et pour toi... de ne pas connaître ton fils.

Luigi hocha lentement la tête.

— Oui... je ne vivais qu'avec les photos qu'elle m'envoyait. Une fois, je me suis rendu à Boston, juste pour le voir... pour assister de loin à sa remise de diplôme. Je voulais apercevoir mon fils... même si lui ne me rencontrerait jamais.

Il passa le revers de sa main sur sa joue pour cueillir une larme solitaire, le regard fixé sur un point invisible.

— Eliza et moi, nous nous sommes revus vingt ans après... quand Thomas est décédé. À cette époque, j'avais déjà déménagé de San Francisco à Santa Barbara. On trouvait toujours un moyen de se retrouver une ou deux fois par an. Ici ou ailleurs. Après la mort de Salvatore et le départ de Joey en Australie,

Franck s'est complètement désintéressé d'elle. Il n'y avait que Santo qui comptait pour lui. Ça nous a donné plus de liberté.

Ses yeux se voilèrent à nouveau de tristesse.

— Et puis notre Joey a été tué dans cet accident de voiture, murmura-t-il. Eliza et Franck ont élevé Neal. Le petit s'entendait bien avec ses cousins, mais ça a été très compliqué dès le début avec son oncle. Santo ne supportait pas de voir son père s'intéresser à son neveu. Il a nourri une jalousie féroce.

Sa voix s'étrangla avant qu'il ne trouve la force de poursuivre.

— Quand Eliza a découvert son cancer, c'est Santo qui dirigeait l'entreprise familiale. Seul depuis un an. Franck avait été diagnostiqué avec la maladie d'Alzheimer. Elle a très vite réalisé qu'il ferait tout pour que Neal soit dépouillé de son héritage… même pire.

Emma resta un instant le souffle court, les yeux écarquillés par la révélation. Elle sentit un froid polaire l'envahir tandis que les pièces du puzzle s'emboîtaient enfin.

— C'est elle qui a envoyé le dossier anonyme à l'IRS… pas Dominic, murmura-t-elle, bouleversée par la logique implacable de cette trahison protectrice.

Luigi acquiesça lentement.

— Oui, ça lui a brisé le cœur. Elle a dû choisir entre son fils et son petit-fils. Quelque temps avant de mourir, elle a tout raconté à Dominic et lui a fait promettre de s'occuper de Neal et de venir me voir avec lui. Elle pensait que Santo serait arrêté avant sa mort… mais ça n'a pas été le cas. Le jour des obsèques d'Eliza, dans un moment de lucidité, Franck a demandé à Dominic et Neal de partir immédiatement… car Santo en avait après lui.

— Il a voulu protéger Neal ? interrogea Emma.

— Oui… pourtant, il savait que Neal n'était pas son petit-fils biologique. Il leur a dit.

— Comment l'a-t-il appris ?

— Franck n'était pas idiot. Il était froid, dur… mais pas idiot.

— Quand Neal a grandi… continua Luigi… il a commencé à

me ressembler.

— Oui, j'ai vu... il a tes yeux, ton sourire... la même fossette sur la joue gauche.

— Je suis persuadé que c'est ce qui a mis la puce à l'oreille de Franck. Et je pense... qu'au fond de lui, il l'avait déjà deviné bien avant.

— Et il n'a rien dit ? murmura Emma, stupéfaite.

— Non. Il n'a jamais confronté Eliza. Elle m'en aurait parlé, sinon. Il n'a pas cherché à nuire à l'enfant non plus... peut-être parce que Joey venait de mourir, et qu'il n'avait plus la force d'un autre combat. Peut-être parce qu'il se fichait d'Eliza... mais aimait Joey. Et Neal... Neal était tout ce qu'il lui restait de lui... même si ce n'était pas son sang. Je me dis aussi parfois... qu'il n'a pas voulu ajouter un désastre de plus à une vie déjà pleine de regrets.

— Mais c'est lui qui en a parlé à Santo ?

— Non... je ne pense pas, ou alors pas dans un passage lucide. Avec la maladie, on ne peut jamais être sûr. Eliza était beaucoup trop prudente pour laisser traîner quoi que ce soit. Je ne lui ai jamais écrit sous mon véritable nom. Elle brûlait mes lettres... et pourtant... Santo a fini par comprendre et a voulu se venger.

Luigi fixa ses mains jointes, une expression de lassitude sur le visage.

— On le saura peut-être avec les interrogatoires. Eliza disait toujours que dans cette famille, les secrets ne sont jamais vraiment enterrés.

Il laissa ses épaules retomber. Le silence revint, simplement perturbé par le souffle du vent dans les roses et le léger bruit d'une voiture qui passait au loin. Emma ne trouvait plus ses mots. Ils restaient coincés, remplacés par une vague de tristesse pour cet homme et l'amour qu'il avait perdu. Elle tendit la main, et cette fois, ce fut elle qui serra la sienne. Il venait de lui révéler la dernière pièce du puzzle, la clé de la tragédie des Lombardini, un secret qu'il avait porté seul pendant quatre décennies. Le silence s'étira avant qu'Emma ne reprenne la parole d'une voix presque timide.

— Luigi… J'ai encore une confidence à te faire.

Il tourna la tête vers elle avec un regard attentif.

— Eliza… Je l'ai rencontrée. Sans savoir qui elle était, à l'époque.

Un sourire fin affleura les lèvres de Luigi.

— Je suis au courant.

Emma ouvrit grand les yeux.

— Comment ? Elle t'en a parlé ?

— Il n'y a pas mille écrivaines aux longs cheveux bruns, qui s'appellent Emma, et qui déclarent ne plus croire en l'amour.

Emma laissa échapper un petit rire incrédule.

— Elle t'a raconté ça…

— Mot pour mot.

Une chaleur agréable l'envahit en repensant à cette conversation.

— Tu sais… Ce qu'elle m'a dit ce jour-là m'a profondément marquée, et j'ai eu du mal à l'admettre. Elle m'a dit aussi de ne jamais renoncer à l'amour.

Luigi serra plus fort la main d'Emma.

— Elle a toujours eu le don de voir ce que les autres cachaient, murmura-t-il. Même chez une inconnue dans un coffee shop. Elle avait raison, tu ne crois pas ?

Chapitre 37

Prête, vêtue d'un pull crème et d'un jean décontracté, Emma attendait patiemment. Cette fois, elle n'était pas en retard. Peut-être parce que pour une fois, Ian n'était pas à l'heure. *Décidément, shérif, tu files un mauvais coton,* songea-t-elle avec un sourire intérieur. Entre son réveil raté l'autre matin et ce rendez-vous décalé, la légendaire ponctualité de Ian Miller semblait avoir capitulé face à leur nouvelle vie.

Trois coups retentirent à l'entrée.

— Salut, *sweetheart*, lança Ian.

Il se tenait là, irrésistible, sa veste ouverte sur un tee-shirt blanc, un air malicieux dans les yeux.

— Désolé pour le retard... murmura-t-il. J'ai une petite surprise pour toi.

Emma fronça les sourcils, curieuse. Il saisit sa main, claqua la porte derrière eux et l'entraîna vers l'escalier.

— Attends, je n'ai pas pris mon sac ! protesta-t-elle.

— On le récupérera plus tard, répondit-il, l'excitation dans la voix.

Ils descendirent au jardin.

— Ferme les yeux, lui intima-t-il.

Emma obéit, légèrement hésitante, sentant son souffle chaud contre sa joue. Il la guida. Un pas, puis deux. Il la fit pivoter sur elle-même, avant de dire :

— Tu peux les ouvrir.

Ses paupières se soulevèrent lentement. Tout était paisible. La lumière des guirlandes suspendues dans les arbres dévoilait une petite merveille. Devant elle se tenait un rosier, encore couvert de deux roses, tardives et un peu fragiles, mais d'une blancheur presque irréelle. Le parfum subtil de la fleur lui chatouilla les narines quand elle s'en approcha. Elle reconnut instantanément l'odeur. Son cœur fondit.

— Sugar Moon... souffla-t-elle, effleurant délicatement les pétales.

Elle pivota d'un geste vif vers Ian.

— Je... je n'arrive pas à y croire, tu as fait ça, balbutia-t-elle.

— C'est ton préféré, non ?

— Comment l'as-tu découvert ?... Oh. Luigi ?

Il acquiesça, fou de joie de la voir émue.

— Il m'a mis dans la confidence et m'a donné un petit coup de main, avoua Ian. Et Martha t'a tenue occupée cet après-midi... pour que tu ne le voies pas avant.

Emma avança d'un pas vers lui, se cramponna à sa veste et l'embrassa passionnément. Tout son amour et toute sa gratitude passèrent dans ses lèvres. Ils s'écartèrent, un peu essoufflés.

— Merci. Je n'en reviens pas. Tu as conspiré avec eux pour le planter... ici... à Victoria House..., murmura-t-elle.

Ian l'attira de nouveau contre lui, dans la chaleur de son torse.

— Parce que je veux que tu saches... que je suis là, et que je ne bougerai pas. Ce que nous construisons ensemble, c'est pour durer.

Cette fois, Emma eut l'impression que son cœur dans sa cavale allait abandonner son corps. Elle resta suspendue un instant à ses mots, le vertige de cette certitude la faisait vaciller.

— Moi aussi, j'ai quelque chose pour toi, finit-elle par annoncer d'une voix douce.

Elle glissa sa main dans la poche de son jean et en retira une fine clé argentée. Ian fixa la petite tige. Celle-ci pesait une tonne de confiance. Elle la déposa dans la paume de Ian et la serra.

— Qu... tu es sûre ?

— Oui, chuchota-t-elle. Tu viens de planter tes racines dans ma vie. Moi, je souhaite que tu n'aies plus jamais à frapper pour entrer... Et puis, comme ça, tu pars faire ton jogging, tu rentres, tu sors. Tranquille.

Il sentait le métal froid de la clé contre sa peau, mais ce fut la chaleur d'Emma qui s'empara de lui tout entier. Le contact de sa main dans la sienne, la subtilité et le sens du geste... Tout se mariait : la tendresse, le désir et le bonheur pur.

— Merci... Merci, répéta-t-il, incapable de dire autre chose.

Sans un mot de plus, il se pencha vers elle et écrasa ses lèvres sur les siennes. Le parfum doux du rosier se mêlait à l'odeur boisée et chaude de Ian, et Emma frissonna de plaisir. Il glissa ses mains le long de son dos, l'attachant à lui. Le baiser s'enflamma. Il la souleva délicatement et la colla contre lui, leurs corps soudés en une étreinte brûlante. Ses doigts plongèrent dans sa chevelure, puis descendirent sur ses flancs, jusqu'à sa taille. Emma se pressa contre lui, enivrée par cette proximité.

— Emma... souffla-t-il, sa voix grave, presque étouffée par le désir.

— Tu veux zapper le resto? susurra Emma, la respiration courte, pleine d'impatience.

— Si tu savais comme j'aimerais... Mais il y a une autre surprise là-bas.

— Tu me gâtes trop, shérif.

— Impossible, murmura-t-il en déposant un dernier baiser sur sa bouche. Je ne fais que rattraper le temps perdu.

****

Vingt minutes plus tard, le couple arriva devant The Red Piano. Emma, étonnée, fixa l'enseigne. Pas de restaurant, mais ce bar chaleureux et vivant, aux murs en briques, situé sur State Street. Sur la façade, un piano rouge suspendu attirait l'attention, un clin d'œil audacieux à l'intérieur où la musique *live* dominait. La salle, à taille humaine, offrait suffisamment d'espace pour ceux qui voulaient danser, sans jamais perdre la sensation d'intimité. Le videur, respectueux des règles, examinait l'âge sur les pièces d'identité. D'ordinaire, Emma aurait présenté la sienne, mais, à la vue du lieutenant, l'homme hocha simplement la tête et ne prononça pas un mot. Il leur ouvrit la porte et Ian laissa Emma passer devant, avec un petit sourire de triomphe.

À la place d'un dîner romantique, elle aperçut un groupe rassemblé autour de deux tables accolées le long des banquettes rouges, face au piano qui trônait au centre : Ignacio et Deborah partageaient un rire complice. Gabriela était là, en pleine discussion avec ses parents Jacob et Maria et un autre homme au crâne rasé, qu'Emma identifia comme étant Axel. En les découvrant tous ensemble ici, une buée d'émotion commença à brouiller sa vue.

— Tu les as tous réunis... Ian...

Son nom mourut sur ses lèvres, étouffé par la boule de gratitude dans sa gorge.

— On a fêté le retour de Luigi, expliqua Ian, posant une main rassurante sur son dos. Maintenant, c'est à ton tour, car grâce à toi, nous avons pu mener cette enquête.

Il chuchota, pour qu'elle seule l'entende.

— Et surtout... je voulais que les nôtres soient ensemble avec nous ce soir. Et te présenter, Axel.

Ils s'avancèrent vers la tablée. L'odeur des cocktails imprégnait la salle, accompagnée d'un léger fond de piano et de voix suaves. Ignacio leur adressa un signe de la main dès qu'il les repéra.

— Hey ! Vous voilà enfin ! Et vous êtes... rayonnants !

Emma se laissa porter par cette vague de chaleur. Le regard fier de Ian, braqué sur elle, fit éclore un sourire qu'aucune émotion ne pouvait plus contenir.

Gabriela et Maria se levèrent pour l'accueillir.

— Nous avons réservé les tables, annonça Gabriela.

— Tu as l'air en forme ! s'exclama Maria par-dessus le son du piano, sa main pressant l'épaule d'Emma avec une affection maternelle.

— Ton oncle et ta tante t'embrassent, ajouta-t-elle. Ils auraient aimé venir, mais ils sont à Denver pour le week-end.

— Alors, qu'est-ce que vous avez manigancé tous les deux ? s'enquit Ignacio, un éclair de malice dans les yeux.

— Rien d'extraordinaire, répondit Ian avec un air faussement innocent. Juste un petit quelque chose pour Emma.

Jacob l'étreignit, suivi par Deborah. Emma se laissa embrasser, émue par l'affection qu'on lui témoignait. Axel s'approcha, une expression franche sur ses traits. Il ne se contenta pas d'une poignée de main polie, il la dévisagea avec une curiosité amicale.

— Ravi d'enfin te rencontrer, Emma. J'ai tellement entendu parler de toi que j'ai l'impression de te connaître déjà.

Il marqua une pause, son ton se faisant plus sérieux, mais sincère :

— Et bon boulot pour Lombardini. Et Perkins. On n'aurait jamais établi le lien aussi vite sans toi. Bravo.

Un sentiment de légèreté grisa Emma face à cette reconnaissance publique inattendue. Ignacio, toujours plus expansif, la serra à son tour en manquant de la soulever de terre.

— Content de te revoir, Emma. Voilà, maintenant, tu connais Axel, tu connais toute la famille.

Ils commandèrent des cocktails.

— À l'amour, à la famille, à l'amitié ? proposa Deborah en levant son verre quand chacun fut servi.

À cette table, entre les rires d'Ignacio, les sourires de Deborah et d'Axel et la présence familière des Walsh, Emma sentit son horizon s'ouvrir. Ce n'était pas seulement son histoire avec Ian qui s'écrivait, c'était tout son univers qui s'élargissait, intégrant ces nouveaux visages comme s'ils avaient toujours été destinés à être là. Il enroula un bras protecteur autour de sa taille. Emma ferma les paupières un instant, savourant la chaleur de sa main sur sa hanche. Elle était là où elle devait être. Bien entourée. À sa place.

****

La nuit s'écoulait paisiblement, les discussions flottaient sur des notes de musique. Le pianiste, face à eux, passait d'un morceau à l'autre avec aisance. Finalement, après un dernier accord, il rabattit le couvercle du clavier dans un petit claquement courtois.

— Merci à vous, Santa Barbara, lança-t-il avec chaleur. Je vous laisse maintenant entre les mains de la meilleure playlist de la côte. Bonne soirée à tous.

Des applaudissements retentirent. Le brouhaha reprit, moins feutré. Une première chanson démarra. Puis une seconde. Gabriela et Emma se joignirent à d'autres personnes sur la piste de danse.

— J'ai rompu avec lui, confia Gabriela à l'oreille d'Emma.

Emma leva légèrement la tête, surprise.

— Et tu tiens le coup ?

— Oui. Ce n'est pas toujours facile. Mais cette fois, c'est pour de bon.

Son amie caressa son bras.

— Ce n'est jamais simple... mais tu peux être fière de toi. Tu penses enfin à toi.

Gabriela soupira.

— Je mérite quelqu'un qui sera disponible pour moi.

— Bien sûr !

Elle étreignit Gabriela. Sur le côté, Maria et Jacob échangèrent un regard curieux, se demandant ce dont les filles pouvaient bien parler. Ian, quant à lui, ne quittait pas Emma des yeux. Ignacio posa sa main sur son épaule, un sourire mi-tendre, mi-taquin au coin des lèvres.

— Tu as géré ça comme un chef, mon vieux. Et surtout, tu as géré le plus difficile : toi.

Un pli amusé se dessina sur le visage de Ian, dont l'attention se portait toujours sur Emma.

— Par bonheur, mon beau-frère est conseiller conjugal, ironisa-t-il.

Ignacio ne put se retenir de rire.

— Il fallait bien te secouer. En tout cas, je suis heureux pour toi, *amigo*.

— Merci. Et merci de m'avoir secoué.

Soudain... les premières notes, suaves et légèrement poussiéreuses, de *That's How I Get To Memphis* se firent entendre. C'était la version studio, celle qui semblait porter le cœur à nu de son interprète. Emma releva la tête. Ian la regardait déjà. Il se fraya un chemin jusqu'à elle, sans bousculer personne, mais avec cette détermination tranquille qui faisait tout son charme.

Il tendit la main vers elle, la paume ouverte. Elle y glissa la sienne. Emma inspira. Le parfum de Ian se mêlait cette fois à la mélancolie vintage de la musique. Ils ne dansaient pas de manière complexe, se contentaient de se balancer lentement, l'un contre l'autre. Mais chaque pas semblait les plonger dans une intimité plus profonde et toujours plus partagée. Les paroles de la chanson évoquaient une longue route pour atteindre l'être aimé. Emma ressentit cette vibration dans chaque cellule de son corps. Ses paupières se fermèrent un instant. Elle se colla davantage à lui. Plus le morceau avançait, plus leurs visages se rapprochaient, envoûtés l'un par l'autre. Emma se perdit dans ses yeux bleu-gris. Il vivait là, tout cet amour, simple, fiable, offert sans condition. Tout se dénoua d'un coup. Elle fit un pas de plus, approcha lentement ses lèvres de son oreille.

— Je t'aime, Ian.

Les mots restèrent suspendus entre eux, plus vibrants que la musique. L'air vint à manquer à Ian. Emma le vit se figer, ses doigts se crispant imperceptiblement contre sa taille. Il la dévisagea comme s'il cherchait à s'assurer qu'il n'avait pas rêvé, ses yeux sondant les siens avec une intensité déconcertante. Un sourire tremblant s'esquissa sur les lèvres d'Emma, un mélange de soulagement et d'abandon. Elle venait de lui livrer son ultime défense. Quand la dernière note s'effaça, seul un souffle les séparait encore. Ian ne lutta plus. Il céda, sa main glissant dans la nuque d'Emma pour l'attirer à lui. Il l'embrassa. Un baiser public, possessif, assumé.

Gabriela et Deborah, à la table, les observaient, attendries et amusées. Ignacio asséna un petit coup d'épaule à Axel, l'invitant à jeter un œil dans la direction du couple d'amoureux. Son expression satisfaite en disait long sur son envie de taquiner son ami plus tard.

— Regarde-moi ce lieutenant… murmura-t-il, feignant un air scandalisé. Je n'aurais jamais parié un cent sur le fait de le voir un jour se donner en spectacle comme ça.

— On l'a définitivement perdu, confirma Axel. C'est officiel. Il faut croire que l'amour transforme même les plus coriaces.

Gabriela lâcha un petit rire en secouant la tête.

— Quand je pense que Papa et Maman viennent de rater ça…

Deborah finit son verre, l'air amusé.

— Laissez-les, dit-elle. Ils sont dans leur bulle.

Elle ajouta plus bas, dans un sourire et pour elle-même :

— Mais franchement… mon frère, tu as intérêt à marcher droit après une telle déclaration publique. Sinon, c'est à moi que tu auras affaire.

Chapitre 38

Le téléphone d'Emma émit un bip sur son bureau. Gilbert. Elle sourit en découvrant le message.

« Update pour ton bouquin. Ça y'est, les parents d'Aiden sont au courant. On a passé une super soirée avant-hier chez eux. Ils m'adorent. » Emma envoya un cœur en guise de réponse. Savoir ses amis enfin sereins lui donnait un élan supplémentaire.

Installée devant son ordinateur depuis environ deux heures, elle avait bien progressé sur son manuscrit. Elle pensa à toutes ces voix qui habitaient désormais ses pages. Et celles qui les rejoindraient bientôt. Elle n'avait pas simplement collecté des anecdotes ou recopié leur existence ; elle avait tissé un canevas d'histoires d'amour entrelacées où chaque fragment de vie trouvait sa place. Elle avait façonné des personnages anonymes qu'elle espérait capables de parler à n'importe quel lecteur. Elle s'était nourrie de leurs doutes et de leurs lumières comme d'une matière première. L'amour immuable de Martha et Grayson, l'amitié devenue amour d'Aiden et Gilbert, l'amour pluriel de Guadalupe, celui secret de Luigi. Et tous les autres. En écrivant leurs vérités, elle avait fini par découvrir la sienne. Ce roman n'était plus un exercice de style, c'était le témoin de sa propre transformation.

Un courant d'air frais la fit tout à coup frissonner. Elle ferma la fenêtre entrouverte à côté d'elle et se rassit, s'apprêtant à se replonger dans son texte. À quinze jours de Noël, les températures avaient bien chuté, même si les après-midis restaient parfois trompeusement doux. Soudain, la caresse moelleuse d'un plaid recouvra ses épaules. Des bras familiers l'enveloppèrent aussitôt. Elle saisit les mains de Ian, resserrant l'étreinte contre elle. Un sentiment de plénitude l'envahit.

— Merci, murmura-t-elle en déposant un baiser sur son avant-bras.

Elle leva les yeux vers lui. Ian se pencha pour l'embrasser un court instant, puis s'éloigna vers l'îlot. Emma le suivit du regard une seconde, sa douceur flottant encore sur ses lèvres, avant de se concentrer à nouveau sur l'écran.

— Je suis en train de chercher un prénom pour l'un de mes personnages. C'est rare, mais je ne sais pas pourquoi, j'ai du mal à le nommer. Tu as des idées ?

— Quelle est son histoire ?

— Il est le propriétaire d'un coffee shop à Los Angeles. Il tombe amoureux d'une jeune femme qui vient tous les jours, mais ne parle pas beaucoup aux autres. Il est drôle, un peu séducteur, mais très maladroit.

— Intéressant. Maladroit. Il ne serait pas surfer aussi, affirma-t-il avec un clin d'œil.

Emma eut un rictus amusé.

— Je pensais à Nathan.

— Sympa, mais tu as déjà un Nathan dans *Paper Hearts*.

— C'est vrai ! J'avais complètement oublié.

Tout à coup, elle se retourna vers Ian.

— Tu l'as lu ?

— Oui, bien sûr. Je t'avais dit que je voulais le lire.

— Mais... mais quand l'as-tu lu ?

— Je l'ai commencé dès que tu me l'as donné, à notre retour des Channel Islands.

Emma fut émue de constater à quel point Ian tenait à elle, non pas par de grands gestes, mais par des attentions silencieuses. Elle se leva pour le rejoindre et enroula ses bras autour de sa taille, plantant son regard dans le sien.

— Ça me fait plaisir que tu l'aies lu.

— Je l'ai adoré.

Il s'interrompit un instant.

— Je ne voulais pas que ma lecture se termine. On s'était disputés, et j'avais besoin d'être avec toi.

Il prit son visage dans sa main et caressa sa joue.

— Tu avais raison : il y a tellement de toi dans ce roman. Ta sensibilité, ton humour...

Elle le regarda avec un petit air surpris.

— C'est étrange... D'habitude, l'idée qu'on puisse lire entre les lignes me terrifie. Mais là, avec toi, je ne me sens pas nue.

Ian la détailla lentement avec son sourire canaille, celui qu'il ne réservait qu'à elle. Ses doigts quittèrent sa joue pour s'attarder sur sa nuque.

— Si ce n'est que ça, *sweetheart*... murmura-t-il d'une voix plus basse, sache que c'est un détail qui peut s'arranger très facilement.

— Tu deviens joueur, shérif.

D'un mouvement vif, il l'attira contre lui, ses mains descendant sur ses hanches pour la saisir fermement par les fesses, la collant contre son bassin. Emma laissa échapper un soupir, son cœur s'emballant sous la promesse de son regard, mais il s'arrêta soudain, le nez en l'air.

Une odeur de brûlé se répandait dans la pièce.

— Merde... jura-t-il entre ses dents.

Il lâcha Emma pour se précipiter vers le four. Il retira en catastrophe un gratin de courgettes dont le dessus était carbonisé.

— Ah, c'est pas vrai, putain ! pesta-t-il.

— Ce n'est pas grave, rassura Emma. On enlèvera la partie cramée. Le reste est mangeable.

Elle observa Ian se déplacer dans la cuisine, ramasser le plat d'un geste sec, puis ouvrir la fenêtre pour chasser l'odeur. Il tenait à réparer la situation, aussi minime soit-elle, mais il y mettait une intensité presque démesurée. Il y avait chez lui cette difficulté à composer avec l'échec. Emma songea qu'il y a quelques mois, cette exigence l'aurait exaspérée. Elle aurait voulu comprendre ce que cela disait de lui, d'eux. Mais aujourd'hui, elle voyait les choses autrement. Elle refusait de transformer ses gestes en une équation à résoudre. Il n'y avait rien à réparer. Rien à prouver. Juste deux personnes qui apprenaient à être là, imparfaitement, ensemble.

— Et même si le reste était immangeable, ce n'est pas grave.

Ian s'appuya contre le plan de travail dans un soupir, avant de laisser poindre un sourire. Ce simple lâcher-prise toucha Emma plus que n'importe quel déjeuner réussi.

— Je ne suis vraiment bon à rien dans une cuisine, admit-il.

Elle saisit ses poignets pour l'attirer contre elle.

— Je t'aime, avec ou sans talents culinaires.

Il la fixa. Le bonheur d'entendre à nouveau ces mots l'emporta sur son agacement. Il l'emprisonna dans ses bras. En vérité, il se fichait du gratin. Ce qui comptait, c'était cette légèreté nouvelle, ce privilège de pouvoir échouer sans craindre de conséquences dramatiques.

— Et puis, je désapprouve, ajouta Emma. Tu n'es pas bon à rien. Tu ouvres particulièrement bien les paquets de chips et les bouteilles de vin.

Ian pouffa de rire, le visage débarrassé de sa contrariété.

— Moque-toi.

— Moi ? Jamais ! Bon, c'est vrai, il sera très très croustillant, ce gratin.

— Ah tu veux jouer ?

Elle tenta de fuir, mais il la fit basculer sur le canapé et se mit à l'assaillir de chatouilles. Elle se tortillait sous ses doigts, riant encore lorsqu'il l'immobilisa sans effort sous lui, ignorant ses protestations pour la forme. Son rire se mua en un souffle plus court quand leurs regards se croisèrent. Il cessa enfin et l'embrassa avec fougue. En un clin d'œil, les vêtements se retrouvèrent sur le sol. Le déjeuner venait officiellement de passer au second plan.

Trente minutes plus tard, le gratin avait fini de refroidir dans la cuisine tandis qu'ils avaient oublié le temps sur le divan. Ian ramassa son tee-shirt, le geste lent, l'esprit toujours embrumé par leur étreinte. Il jeta un regard vers le plat, puis vers Emma. Qu'il aimait cette vie-là. La sonnerie discrète du téléphone d'Emma les ramena à la réalité. Elle décrocha.

— Ça va, ma chérie ? s'enquit Martha. Je ne te dérange pas ?

Emma échangea un coup d'œil complice avec Ian, qui esquissa une moue amusée.

— Non, pas du tout.

— Aurais-tu un moment cet après-midi ? Ou demain. J'aimerais passer te voir.

— Oui, viens dans une petite heure, si c'est bon pour toi.

— Parfait.

En raccrochant, le sourire d'Emma s'élargit. Ian la regarda, intrigué.

— Que désire l'éminence grise de Victoria House ? plaisanta-t-il.

— Je le saurai tout à l'heure. Non, ce qui m'amuse, c'est le comportement de mes voisins. Maintenant qu'ils savent tous que nous sommes ensemble, ils m'appellent avant de venir frapper à ma porte. Ils ne s'étaient jamais encombrés avec ce type de considération auparavant.

— Ils ont peur de moi, blagua Ian en lui lançant une œillade.

— Je ne vois pas d'autres explications, shérif.

Elle glissa sa main sur son torse avec un regard provocateur, savourant la force tranquille qui émanait de lui sous le coton fin. Puis, son geste s'attarda. Elle se mit à jouer machinalement avec la manche du tee-shirt de Ian, tout à coup songeuse. Lui l'observait en silence, fasciné par ces moments où elle se laissait emporter par ses pensées. Il ne parvenait pas toujours à en deviner le sillage, mais il adorait cette part de mystère chez elle.

— À quoi penses-tu ? demanda-t-il.

— À tout ce qui bouge, répondit-elle. À quel point les choses changent vite ici.

Il hocha la tête.

— C'est plutôt bon signe, non ?

— Oui. On se retrouve ce soir ?

— Évidemment, affirma-t-il sans aucune hésitation.

Et dans ce « évidemment », il y avait tout ce qui, autrefois, lui avait manqué : la certitude apaisante d'être attendue.

****

Une heure plus tard, Emma partageait un thé avec Martha dans la chaleur de son salon, tandis que Ian avait rejoint Axel à la salle de sport.

— Comment ça se passe avec Ian ? demanda Martha, les mains entourant sa tasse fumante.

— Très bien.

— Il est souvent ici, nota-t-elle avec une pointe de malice.

— Oui, et j'en suis très heureuse.

Martha la sonda du regard, visiblement apaisée par ce qu'elle y vit.

— C'est un homme bien. Je suis contente pour vous deux, et vous aviez besoin de cela après ce que vous avez vécu.

— Merci Martha. Et toi, comment vas-tu ?

— Je voulais te voir pour ça. J'ai pris une décision.

Les yeux bruns d'Emma s'agrandirent de curiosité. Elle posa sa tasse, accrochée par le ton solennel de son amie.

— Je vais partir en croisière dans les Caraïbes avec Guadalupe.

— C'est merveilleux, Martha ! Je suis ravie pour toi.

— J'appréhende, mais je vais le faire.

— Tu sais, dit doucement Emma, partir, ce n'est pas fuir. Parfois, c'est juste se donner la permission d'exister autrement.

Martha la regarda avec une fierté presque maternelle. La clairvoyance d'Emma la surprenait encore.

— J'ai consacré une grande partie de mon temps à m'occuper

des autres. À être celle sur qui on peut compter. J'aimerais, pour une fois, ne pas connaître ce qui m'attend.

Emma sourit, touchée par cet aveu de vulnérabilité.

— C'est effrayant… mais c'est souvent là que les plus belles choses commencent. Qu'est-ce qui t'a décidé ?

— D'abord, Guadalupe ne m'a pas lâchée une seconde avec ça.

Un éclat de rire retentissant s'échappa d'Emma.

— Cela, je n'en doute pas. Son énergie est communicative.

— Mais surtout c'est toi, et tout ce qui vient de se passer ici pour nous tous.

— Comment…

— Emma, tu ne réalises peut-être pas, mais il y a à peine deux mois, tu disais ne plus croire en l'amour. Ni dans la vie ni dans tes romans. Et regarde-toi maintenant. Tu t'es ouverte, tu as pris le risque d'accueillir quelqu'un. C'est inspirant.

Les paroles de Martha lui rappelèrent la vitesse avec laquelle sa relation avec Ian avait transformé son existence, et plus encore, ce qu'elle désirait pour cette existence.

— C'est gentil, Martha.

— Alors je ne dis pas que je veux rencontrer quelqu'un, je ne sais pas si j'en ai envie pour le moment. Mais j'ai besoin de laisser entrer de la vie dans ma vie. Tu comprends ?

Emma approuva d'un vif mouvement de tête.

— Regarde ici, poursuivit Martha. Vanessa est en train de s'ouvrir. Je sais que Diego t'a confié ses sentiments. Luigi, lui, t'a enfin livré son histoire. Il a son ami et son petit-fils avec lui, maintenant. Karen et Mike attendent un enfant… et je ne suis pas aveugle, je vois bien ce qui se trame entre Gil et Jimmy. Sans parler des garçons qui sont sur un nuage depuis que Aiden a fait son coming-out auprès de ses parents.

Martha croisa le regard d'Emma, une étincelle de résolution brillant dans ses yeux clairs.

— J'ai envie de me lier aux autres, Emma. De me montrer telle que je suis. Et pas seulement avec vous, ici, même si je vous aime énormément.

— Complètement d'accord. Nous aussi, nous t'aimons fort, mais nous désirons te voir heureuse en dehors de ces murs. Tu ne pouvais pas choisir mieux. Partir avec Guadalupe facilitera bien les choses au début. Elle parle littéralement à tout le monde.

— C'est ce qui m'angoisse le plus, répliqua Martha en riant.

— Tu n'es pas obligée de la suivre dans tous ses délires.

— Ça ne risque pas d'arriver. J'ai besoin d'y aller à petits pas.

— Tu sais, Martha, l'inspiration a fonctionné dans les deux sens. C'est toi qui m'as insufflé l'envie d'écrire sur l'amour lorsque tu as raconté avoir des difficultés à vivre sans Grayson. Toi et Eliza. Puis, entendre vos histoires à tous a été révélateur pour moi.

Elle se demanda si Martha avait conscience de ce qu'elle représentait pour elle. La voir prête à s'ouvrir à de nouvelles perspectives donnait à Emma l'impression qu'un phénomène plus vaste était à l'œuvre. À Victoria House, chaque habitant avançait à son propre rythme, mais le mouvement de l'un finissait toujours par entraîner celui de l'autre. Comme si l'amour, dans toutes ses manifestations, s'était remis à circuler librement, irriguant chaque recoin de la vieille demeure.

Chapitre 39

Emma, devant le miroir, appliquait une légère touche de mascara, concentrée sur son geste.

— Au fait... Le vol de mes parents atterrit dans quarante-huit heures. J'ai prévu d'aller faire des courses ce matin.

Le jet d'eau de la douche s'arrêta. Ian écarta la porte coulissante, la peau fumante, un sourcil levé.

— Quarante-huit heures ? Tu ne m'avais pas dit qu'ils arrivaient si tôt.

— Ne me dis pas que tu appréhendes, shérif ? s'amusa-t-elle en croisant son regard dans la glace alors qu'elle rangeait son tube. C'est juste un repas de Noël.

— Très drôle. Ton père va me passer au crible.

— Oh, ne t'inquiète pas pour mon père. C'est un militaire : tu es sérieux et tu es ponctuel, tu as déjà fait la moitié du chemin. Non, si j'étais toi, c'est de ma mère dont je me méfierais.

— Ta mère ?

— Elle est juge, Ian. Une vraie. Elle ne fait pas de menace, elle cherche les failles dans les témoignages. Elle va te cuisiner sans même que tu t'en aperçoives. À côté d'elle, un interrogatoire à ton bureau, c'est une promenade de santé.

Ian sortit de la cabine et noua une serviette autour de sa taille. Il tendit naturellement la main vers l'étagère du meuble où certaines de ses affaires avaient pris place quelques jours plus tôt. En récupérant son peigne, il jeta un regard à Emma, qui terminait de se préparer en déposant deux gouttes de parfum au creux de son cou. Son sourire malicieux ne la quittait pas.

— Tu te moques de moi, là.

Elle éclata de rire.

— Je suppose que tu le découvriras dans quarante-huit heures. Bon, reprit-elle, je file à la poste et au supermarché. Sois prêt pour seize heures. Ton programme d'anniversaire commence tôt.

— Tu ne veux vraiment pas me dire ce que c'est ?

— Je ne peux pas te le dévoiler maintenant. Je te le dirai plus tard.

— Tu vas me laisser toute la journée au travail à gamberger là-dessus ?

— Tu ne vas pas gamberger. Laisse-toi porter.

— Tu sais à qui tu parles ?

— Je sais. Mais as-tu le choix ?

Elle s'approcha pour déposer un baiser rapide sur ses lèvres, mais il ne l'entendait pas ainsi. Il referma ses bras sur elle, la pressant contre lui alors qu'il était encore ruisselant. Emma laissa échapper un petit cri étouffé en sentant l'humidité de sa peau et de sa serviette imbiber son chemisier en soie.

— Ian ! Regarde-moi, je suis trempée... Tu es content de toi ?

Il resserra son étreinte un instant, un éclat de défi brillant dans ses yeux bleu-gris.

— C'est ma vengeance pour ton silence, murmura-t-il contre son oreille. Considère ça comme un acompte sur le supplice que tu m'infliges.

Emma se dégagea en riant, secouant la tête devant son air canaille.

— Ça se paiera !

****

Aux alentours de seize heures, Ian quitta le bureau. Exceptionnellement, le Lieutenant Miller avait délégué ses derniers dossiers. Alors qu'il franchissait le seuil de son appartement, son téléphone vibra. Un SMS. « Rejoins-moi dans les gradins de La Playa Stadium. » Son pouls s'accéléra. *Pourquoi ce lieu ? Se souvenait-elle de ce qu'il représentait pour lui* ?

Le jour déclinait quand il stationna sa voiture. Il n'eut pas besoin de chercher longtemps ; il la repéra immédiatement, silhouette lumineuse au milieu des gradins. Elle était assise seule sur l'une des larges lattes de bois patiné qui recouvraient le béton. Ian s'arrêta un instant pour l'observer. Elle portait ce jean, ce tee-shirt et ce gilet beige qu'il avait gravés dans sa mémoire lors de leur premier rendez-vous. Il aimait cette simplicité qui la rendait plus belle que n'importe quel artifice. Les yeux cachés derrière ses lunettes de soleil, elle semblait perdue entre l'horizon et l'entraînement des Vaqueros en contrebas.

À ses pieds, un panier de pique-nique attendait. Sur le gradin juste au-dessus d'elle, elle avait disposé avec soin quelques collations, deux jolies parts de gâteau et un paquet cadeau. Lorsqu'elle tourna la tête vers lui, son sourire fit taire tout le reste. Elle se leva d'un bond, entoura son cou de ses bras et l'embrassa.

— Comment s'est passée ta journée ? lui demanda-t-elle.

— Interminable, répondit-il en laissant ses mains s'attarder dans son dos. J'ai compté les minutes.

Il se détacha doucement d'elle et son regard balaya l'horizon : le stade, le large, puis, la rangée de bois et de béton où sa mère s'asseyait autrefois.

— C'est si beau ici, soupira-t-il.

— Oui, un des plus beaux endroits de la ville.

Le terrain de football s'étendait face à eux, ses lignes blanches tranchant avec la pelouse verdoyante, tandis qu'au loin, l'océan se déployait, immense. Le bruit des vagues se mêlait aux cris des joueurs à l'entraînement, créant un mélange étrange entre l'effort et cette éternité tranquille que seule la mer pouvait connaître. Le ciel promettait déjà l'incandescence du crépuscule.

— *Sweetheart*, pourquoi ici ?

Elle s'assit et l'invita à la rejoindre. Elle prit sa main.

— Je désirais te ramener ici, au cœur de ton jardin secret, pour te dire que je t'adore tout entier. Pour ce que tu m'offres chaque jour, sans condition. Et c'est exactement ce que je veux t'offrir en retour.

Le cœur de Ian se gonfla, lui donnant la sensation de manquer d'espace dans sa poitrine. Ce stade... c'était la fierté de sa mère, ses rêves de jeunes adultes, sa souffrance, son sens du devoir. Emma n'avait pas choisi cet endroit pour la gloire ni pour réveiller le passé. Non. Sur le bois patiné et le béton brut des gradins, elle ancrait leur lien dans la solidité. Il serra sa main, un peu trop fort sans doute. En contrebas, la pelouse se brouillait doucement sous son regard. Ce n'était pas de la tristesse. C'était le vertige d'être enfin vu tel qu'il était, dépouillé de son insigne et de ses masques.

— Je ne sais pas si mon cœur va supporter tout ça, dit Ian, dans un sourire, l'œil humide.

— *Happy birthday, baby.*

En quelques minutes, le ciel s'était habillé de nuances orangées, tandis que des teintes pourpres se fondaient avec l'azur, créant une toile impressionnante qui s'achevait sur l'océan. C'était l'horizon, vaste et dégagé. Le même que Ian avait l'habitude d'admirer seul. Cette fois, cet horizon était partagé.

— Regarde, chuchota-t-elle en soulevant le couvercle du panier.

Il se pencha et aperçut une bouteille de vin blanc.

— J'attends la tombée de la nuit. Je ne voudrais pas me faire embarquer pour consommation d'alcool sous tes yeux, shérif.

Ian rigola.

— Jamais tu ne changeras.

— Non, répondit-elle d'un air triomphant.

— Promets-le-moi.

Elle acquiesça et lui vola un baiser rapide, un de ceux qui ne risquaient pas de les faire arrêter, mais qui fit pourtant sourire Ian jusqu'aux oreilles.

— On devrait ouvrir cette bouteille, non ? proposa-t-il.

Emma la lui tendit. Ils se servirent deux verres et trinquèrent.

— Et j'ai aussi ça pour toi, annonça Emma, en lui offrant le paquet cadeau.

Ian enleva le papier comme s'il déballait un objet précieux. Il découvrit un livre. Le titre *Beyond*, l'auteur Emma Montgomery.

— Tu as écrit un autre roman ? demanda-t-il, surpris.

— C'est plus un recueil de morceaux d'écriture.

— Tu vas le publier ?

— Non, il n'y a qu'un exemplaire celui-ci, répondit-elle en effleurant l'ouvrage du bout du doigt.

— Pourquoi ? Ça parle de quoi ?

— Oh, c'est l'histoire d'un homme courageux, tendre, un peu têtu... qui a quarante-trois ans aujourd'hui et qui, selon des sources fiables, est un piètre cuisinier, mais un chef d'orchestre exceptionnel sur son volant.

Ian rit, mais son regard resta fixé sur son nom à elle, juste au-dessus du titre. Son pouce caressa le grain du papier.

— J'aurais dû me douter, murmura-t-il avec un sourire en coin, qu'en tombant amoureux d'une romancière, mon anniversaire ne ressemblerait à aucun autre.

— Il y a un chapitre entier sur la manière dont tu fronces les sourcils quand tu réfléchis, reprit-elle, sa voix perdant son ton moqueur pour devenir plus basse. Et un autre sur la façon dont tu as chamboulé mon monde sans même t'en rendre compte.

Il resta muet. Jamais il n'aurait pensé que quelqu'un puisse cueillir des fragments de sa vie pour en faire un trésor.

— Avant toi, je croyais que la liberté, c'était de n'appartenir à personne. Aujourd'hui, je sais que c'est d'être assez en sécurité pour oser enfin se montrer. Tu me vois telle que je suis, tu me laisses être moi-même, avec mes élans, mes doutes et mes imperfections... et je voulais que tu puisses te voir, à travers mes mots, comme moi, je te vois.

Sans un mot, Ian se rapprocha et l'embrassa avec une ferveur qui valait tous les aveux. Ce baiser scellait tout : les incertitudes passées, le livre, et cet avenir qu'ils construisaient. Quand ils s'écartèrent l'un de l'autre, la nuit était complètement tombée et les lumières du stade s'étaient allumées d'un coup. Les Vaqueros avaient quitté le terrain. Il ne restait qu'eux.

Ian encadra son visage de ses mains.

— Je ne t'en ai jamais parlé... mais il m'arrive de venir m'asseoir ici pour réfléchir ou pour me ressourcer. Je suis venu après notre dispute.

Il s'arrêta un instant, ses pouces pressant ses pommettes avec une force presque inconsciente, puis la relâcha doucement.

— Être éloigné de toi m'a fait réaliser que je t'aimais et à quel point aussi tu me faisais du bien ! Et ça m'a foutu une trouille terrible. Rien ne pouvait combler ton absence. Pas parce que tu combles un manque chez moi, mais parce que... Je veux marcher avec toi. Tu comprends ce que j'essaye de te dire.

— Oui. Tu sais, j'ai fait un rêve étrange cette nuit...

Elle se mordilla la lèvre, hésitant un instant avant de se lancer.

— On était parents.

Elle vit Ian se figer, le verre à mi-chemin de sa bouche. Elle sourit, amusée par sa réaction.

— Détends-toi, shérif, je n'ai pas dit que c'était pour demain. Mais pour la première fois, l'idée ne m'a pas donné envie de prendre un vol sans retour pour l'Alaska. Parce que dans ce rêve, tu étais là. Et je savais que, même si le gamin repeignait le salon avec de la purée de carotte, on gèrerait ensemble.

Ian posa son verre, son expression devenant d'une intensité déconcertante.

— Si c'est avec toi, Emma... je peux gérer toute la purée du monde.

Elle sourit.

— Je savais aussi que je pourrais t'en parler sans que tu partes en courant.

— *Sweetheart*, on pourrait vivre l'un sans l'autre, on l'a fait pendant des années. Mais la vie n'avait pas la même saveur. Et moi, je suis accro à cette saveur.

Il se tourna complètement vers elle.

— Ce matin, dans la salle de bain, en te voyant organiser notre vie comme si j'en avais toujours fait partie, j'y pensais. Je veux ça tous les jours, Emma. Les parents, les courses, le désordre du matin… je veux tout. Parce que je suis fou de toi.

Emma s'approcha, le cœur battant, prête à l'embrasser.

— Répète-le encore.

Ian sourit contre son front, puis se recula juste un peu pour croiser son regard.

— Je suis fou de toi, Emma.

— Tu sais que je vais te le faire répéter toute ta vie ?

Le rire de Ian, franc et léger, résonna dans le silence de la nuit.

Ça tombait bien. Ils avaient tout le temps du monde.

Epilogues

Trois mois plus tard, mars 2023.

Emma avait préparé des exemplaires dédicacés pour chacun d'entre eux. Ils avaient décidé de célébrer la sortie du roman tous ensemble, dans le jardin de Victoria House.

Martha et Guadalupe étaient rentrées la veille de leur croisière, avec un joli teint hâlé et plein d'anecdotes à raconter. Bien sûr, durant cette absence, Winston avait été surpris de ne pas trouver son dîner sur le perron de Martha, mais il s'était vite consolé en allant quémander chez Luigi, qui ne résistait jamais très longtemps. Gil, toujours volontaire, avait aidé Emma à préparer quelques plats, tandis que Jimmy s'était occupé de la playlist musicale. Les voisins arrivèrent peu à peu, remplissant le jardin de d'animation. Le cœur d'Emma s'emballait à chaque ami qui s'approchait de la table où les livres étaient disposés. Ce n'était pas de la peur, mais de l'émotion pure. Chaque exemplaire renfermait un mot écrit à la main, différent pour chacun. Des phrases simples, sincères, des mercis discrets, personnels, parfois teintés d'humour. La romancière avait pris soin de ne jamais nommer personne dans le roman. Leurs histoires l'avaient inspirée, mais elles leur appartenaient. Mais ces mots-là, glissés à l'intérieur, étaient pour eux.

Luigi garda le silence plus longtemps que les autres. En ouvrant son exemplaire, il respira l'odeur de l'encre et du papier neuf. Assis à l'écart, l'ouvrage posé sur ses genoux, il relut plusieurs fois son petit message et le passage des remerciements. « Merci à tous ceux qui ont nourri mon imagination par leurs histoires, leur courage et leur humanité.» Puis, il tourna lentement une autre page et découvrit la dédicace du livre. «À Eliza.» «À ceux qui ne renoncent jamais à l'amour.» Emma l'observait à quelques pas de là, le cœur serré. Les doigts tremblants de Luigi sur le papier la ramenèrent à leurs discussions dans le jardin des roses. Elle entendait sa voix lui décrire ce qu'il percevait chez elle et Ian : un amour libre, s'épanouissant au grand jour. Pour lui, leur lien devenait courageux dans la simplicité du quotidien, loin des secrets et des attentes l'ayant lui-même emprisonné pendant quarante ans.

Il leva le regard vers Emma. Ses yeux brillaient d'une émotion qu'il ne cherchait même plus à cacher.

— Merci ma douce, murmura-t-il quand elle s'approcha.

Elle posa sa main sur son épaule. Il n'y avait plus rien à ajouter. Ce livre ne lui appartenait plus. Il était devenu un morceau de leur histoire collective.

À quelques mètres d'eux, Karen était installée sur une chaise, sa paume caressant son ventre arrondi. Mike ne la quittait pas d'une semelle, vérifiant sans cesse si elle avait besoin de quelque chose, inquiet au moindre soupir.

— Tu sais, on a encore un peu de temps, tenta-t-elle de le rassurer gentiment.

— Oui, mais pas trop quand même, réagit-il, déjà prêt à bondir au premier signe.

À côté d'eux, Dominic et Neal discutaient, des cartons et des meubles. Ils allaient bientôt emménager dans l'appartement laissé vacant par les futurs parents, après leur installation dans une petite maison à quinze minutes à pied.

— New York va nous sembler bien loin maintenant, plaisanta Dominic.

— Et toi, Neal, demanda Mike. Tu es heureux de t'enraciner ici ? Du moins pour un certain temps.

— Je ne pouvais pas rêver mieux, répondit-il sincèrement. Je vais pouvoir profiter de ma famille. Pouvoir vivre près de mon grand-père et avec mon grand-oncle… c'est comme si je récupérais enfin le temps perdu.

Dominic passa un bras protecteur autour des épaules de son petit-neveu. Pour lui aussi, la présence de Neal était un miracle inespéré. Emma les observait avec tendresse. Le jeune homme était le pont vivant entre le passé de Luigi et l'avenir de cette famille.

Son attention glissa vers Diego et Vanessa, qui discutait près du rosier Sugar Moon dénudé par l'hiver. Il n'y avait rien de flagrant dans leurs gestes, mais Emma remarqua leurs épaules un peu trop proches, leurs sourires qui se répondaient, la façon dont ils semblaient se chercher du regard sans même s'en rendre compte. Cette constatation amena un pli discret sur ses lèvres. Certaines choses avaient besoin de temps.

Gil et Jimmy apparurent, main dans la main. Personne n'avait été surpris la première fois en les voyant ensemble. Emma leur adressa un clin d'œil complice.

— Attention ! s'exclama Martha.

Le clin d'œil avait suffi à distraire Jimmy qui, trop occupé à lui répondre, trébucha contre un pied de table. Il manqua d'emporter le buffet dans sa chute, sous les rires étouffés de Gil.

Soudain, un éclat de voix retentit.

— Ce n'est PAS une stratégie valable, protesta Aiden.

— C'est précisément la raison pour laquelle tu perds, rétorqua Gilbert, faussement sérieux.

Emma pouffa discrètement de rire. Certains débats semblaient éternels, même quand l'amour était bien installé.

Ian la rejoignit et passa un bras autour de sa taille.

— Tu réalises ? murmura-t-il.

Elle parcourut du regard le jardin.

— Oui. Je crois que je réalise.

Victoria House bruissait de voix, de rires, de vies qui se croisaient et s'entremêlaient. Au cœur de ce tourbillon, Emma ressentit soudainement une paix profonde : elle n'avait pas seulement écrit un livre. Elle avait trouvé un endroit où l'amour, sous toutes ses facettes, pouvait exister.

Six mois de plus s'étaient écoulés. Octobre 2023.

Le soleil était déjà haut dans le ciel quand Emma et Ian quittèrent Elings Park. La matinée s'était déroulée au rythme des cris des enfants, de l'odeur de l'herbe fraîchement coupée et des acclamations enthousiastes d'Ignacio et Deborah, déterminés à encourager Noah et Rafael comme s'il s'agissait d'une finale nationale. Emma et Ian avaient applaudi, ri et s'étaient laissé emporter par cette énergie simple et joyeuse. Sur le chemin du retour, la voiture roulait fenêtres ouvertes. L'air d'octobre était doux, imprégné de cette lumière particulière qui caractérise l'automne à Santa Barbara sans lui retirer toute sa chaleur. À la radio, les premières notes de *Volver Volver* d'Ana Gabriel s'échappèrent par les vitres baissées. Ian augmenta légèrement le volume, laissant comme à son habitude sa main battre la mesure contre le volant. Emma s'appuya contre le dossier du siège, heureuse.

— La fête des voisins, quand même... lança-t-il en se garant.

— Quoi ? s'étonna Emma en sortant du véhicule.

— C'est officiellement la fête aujourd'hui, alors que, depuis un an, on trouve un truc à célébrer quasiment toutes les semaines.

— Oui, mais aujourd'hui, c'est sur le calendrier shérif, répondit-elle en glissant sa main dans la sienne.

Ian avait quitté son appartement quatre mois plus tôt pour emménager (officiellement) avec Emma. Sans surprise, sa brosse à dents, sa guitare, ses livres, ses matins silencieux s'étaient installés à Victoria House, comme s'ils avaient toujours été destinés à cet endroit. Pourtant, il n'avait pas renoncé à toutes ses habitudes sur San Andres Street. Il continuait de pousser, en compagnie d'Emma, la porte d'Angel's Tacos les soirs de fatigue. Angel, fidèle au poste derrière son comptoir, les accueillait toujours avec un sourire.

Ils entrèrent dans le jardin, où régnait déjà une certaine effervescence. Les guirlandes de lumières traversaient l'espace, encore éteintes. Une table se montait, des conversations se chevauchaient. Dans son massif, Sugar Moon était en pleine floraison. Ses roses, éclatantes, semblaient presque trop généreuses. Emma s'arrêta pour le regarder.

— Tu te rends compte ? chuchota-t-elle.

— De quoi ?

— Il a tenu le coup, il est magnifique.

— Comme nous. Tu en doutais ? taquina Ian.

Elle lui donna un léger coup d'épaule, suivi d'un sourire.

Vers dix-sept heures, Karen et Mike rejoignirent leurs anciens voisins, leur petite Sophia éveillée dans les bras de son père. À six mois à peine, elle avait déjà de grands yeux curieux et attentifs. Mike la portait avec une concentration presque comique, comme s'il craignait qu'elle lui échappe à tout moment.

— Tu respires parfois ? plaisanta Ian.

— J'essaie, répondit-il.

Il tendit sa fille à Ian sans la lâcher des yeux. Ian prit Sophia dans ses bras avec une aisance qui surprit Emma. Il y avait quelque chose dans la façon dont ses grandes mains sécurisaient l'enfant qui la toucha.

— Tu vois, lui murmura-t-il en berçant doucement la petite, je crois que je pourrais m'habituer à ce genre de chaos.

Il lui adressa un sourire entendu. Sans dire un mot, Emma passa son bras autour de sa taille, et lui sourit à son tour.

Un éclat de voix familière s'éleva près du buffet. Emma et Ian tournèrent la tête.

— Martha, ce n'est pas une bonne idée de les mettre ici !

— Laisse-moi vivre Luigi.

Ces deux-là avaient repris leurs vieilles habitudes et se

chamaillaient sans cesse comme chien et chat. Dominic, coincé entre eux, faisait de son mieux pour servir de médiateur, avec un air résigné, mais amusé. Il était devenu l'allié le plus inattendu de Martha, se retrouvant souvent au milieu de ses élans et de ses contradictions. Il l'accompagnait parfois à son groupe de soutien, sans jamais juger. Leur amitié avait cette solidité tranquille qui ne demandait aucune explication.

— Tu vois, déclara Martha, même Dominic est d'accord avec moi.

— Je n'ai rien dit, protesta-t-il.

— Ton silence parle pour toi, trancha Luigi.

La scène aurait sans doute réjoui Guadalupe si elle avait été présente. Pour une fois, elle était absente. Une carte postale était posée sur la table, envoyée d'un pays lointain, évoquant une rencontre amoureuse imprévue et un homme bien plus jeune qu'elle. Martha avait levé les yeux au ciel en la lisant, avant de sourire malgré elle.

Ian pinça doucement les doigts d'Emma.

— Neal n'est pas là ?

— Non il devait assister à l'anniversaire de l'un de ses copains de promo, répondit-elle.

— Au fait, Gabriela aimerait qu'on aille boire un verre cette semaine, lança-t-elle.

— Quand ça ?

— Mardi. Elle veut nous présenter Josh. Elle se dit qu'il se sentira moins seul dimanche, pour l'anniversaire de Jacob, s'il connaît déjà quelques têtes.

— Sage décision, plaisanta Ian. On lui servira de garde du corps s'il se retrouve coincé avec son beau-père.

Emma rit et lui pressa la main.

— Ne sois pas trop dur avec lui. Elle a l'air heureuse.

Elle s'imagina un instant le pauvre Josh, ignorant tout du sort qui l'attendait, passé au rayon X par le regard de Ian avant de subir l'interrogatoire en règle de son futur beau-père. Il allait lui falloir de sacrés nerfs.

— Tiens, regarde qui voilà.

Winston venait d'apparaître, après avoir patienté que tout soit bien en place pour les honorer de sa présence. Il traversa le jardin avec sa nonchalance habituelle, la queue dressée, s'arrêta près du brasero pour humer l'air chaud, puis se faufila entre les jambes d'Emma avant d'aller s'installer juste à côté de la table des plats.

— Il ne perd pas ses bonnes habitudes, constata Ian.

— Non... il ne va pas oser sauter sur la table quand même ? réagit Emma, amusée, son regard fixé sur l'animal.

Luigi, qui l'aperçut à son tour, leva les yeux au ciel l'air de rien, tout en lui glissant discrètement un morceau de saucisse.

— Ne dis rien à Martha, murmura-t-il.

Winston cligna lentement des paupières, tout à fait satisfait. Emma et Ian échangèrent un coup d'œil complice avant d'éclater de rire. À quelques mètres d'eux, Gil et Jimmy discutaient avec les jeunes mariés. Les alliances de Gilbert et Aiden scintillaient sous les rayons du couchant. Ils s'étaient unis un mois plus tôt, entourés de leur famille, de leurs amis et de tous leurs voisins.

— Nous avons visité un appartement ce matin, raconta Jimmy.

— Alors ? demanda Aiden

— Trop petit et beaucoup trop cher, répondit Gil. Mais on va trouver. Et vous, vous comptez rester là ?

— Oui, pour le moment, on est bien ici, expliqua Gilbert. Et notre logement est assez grand comparé aux vôtres.

Le regard d'Emma rencontra celui de Vanessa, qui lui adressa un sourire chaleureux en retour. Assis près du brasero, Diego la tenait par les épaules. Leur relation avait évolué naturellement. Vanessa avait réappris à faire confiance, et, depuis, elle s'était apaisée. Elle et Emma étaient devenues de véritables amies. Et, à la surprise générale, Diego et Ian échangeaient parfois des plaisanteries presque amicales.

Emma sourit à Ian.

— Tu vois… tout s'est apaisé.

— Oui. L'amour adoucit les angles.

Au crépuscule, Ian sortit sa guitare. Il joua quelques accords simples. Juste assez pour accompagner les conversations qui se calmaient progressivement. Emma le regardait, cet homme qu'elle adorait. Celui qui avait su se frayer un chemin dans son cœur et trouver sa place dans sa vie sans faire (trop) de bruit. Elle posa sa tête sur son épaule, et ferma les yeux un instant. Autour d'eux, il n'y avait rien d'extraordinaire. Juste des gens imparfaits, des histoires en cours, des rires, des blessures qui cicatrisaient. L'amour, la vie.

FIN

Envie de savoir ce que le destin réserve à Ian et Emma après la fête des voisins ?

Un épilogue bonus vous attend sur mon site dans l'onglet cadeaux !

Plongez dans les coulisses de leur nouvelle vie et découvrez les surprises de ces cinq dernières années.

www.veroniquetouzeau.com

Remerciements

Je remercie du fond du cœur mes deux précieux bêta-lecteurs, qui ont accompagné la naissance de ce second roman. Votre bienveillance et vos retours constructifs ont permis de faire évoluer mon manuscrit vers le roman qu'il est aujourd'hui.

À mon oncle, **François Touzeau** : merci d'avoir débusqué avec une rapidité impressionnante les moindres incohérences et tics de langage qui s'étaient glissés dans ces pages. Ton œil de lynx a été une aide précieuse.

À mon amie autrice, **Nadège Vialle** : un immense merci pour ton regard de professionnelle de la romance contemporaine. Merci de m'avoir poussée à donner plus d'espace à mon personnage masculin et à retravailler la fin pour lui donner tout son souffle.

Merci pour votre honnêteté et votre soutien tout au long du processus de réécriture.

Mes remerciements vont également à mon amie autrice, **Amandine Hurtaud**, pour nos échanges passionnés et inspirants sur ce roman ; nos discussions ont été de véritables bouffées d'oxygène pendant l'écriture.

Merci à vous, **chers lecteurs et chères lectrices**, d'avoir suivi les aventures d'Emma, de Ian et de Victoria House. J'espère que vous avez pris autant de plaisir à lire cette histoire que j'en ai eu à l'écrire. Si vous avez apprécié votre lecture et que vous avez envie d'échanger, vous pouvez me faire un petit signe par mail ou sur les réseaux sociaux ; je serai ravie de discuter avec vous.

- 🕮 **Facebook :** Véronique Touzeau
- 📷 **Instagram :** @veroniquetouzeau.autrice

N'hésitez pas non plus à en parler autour de vous et à laisser un petit commentaire étoilé sur **Amazon**. Cela m'aiderait beaucoup à faire connaître ce roman afin qu'il rencontre ses prochains lecteurs.

Si vous souhaitez prolonger l'aventure encore un peu plus, je vous invite à rejoindre ma newsletter via mon site www.veroniquetouzeau.com. En vous inscrivant, vous recevrez en cadeau l'épilogue bonus (ou une courte nouvelle inédite) ainsi que mes actualités, des extraits exclusifs et les coulisses de mon travail d'écriture.

Merci encore pour votre confiance et votre lecture. À bientôt pour d'autres histoires,

Véronique

UN JOUR, LEO

Quand deux cœurs que tout devrait éloigner se reconnaissent...

Depuis la mort de son mari, Olivia dessine sans véritable inspiration. Le cœur brisé, elle avance sans trop savoir comment se reconstruire — dans sa vie, sa famille, son art. De retour à Londres après neuf ans sur l'île de Wight, elle espère y retrouver un nouveau souffle.

Quand elle revoit Léo, le compagnon de sa sœur, elle est loin d'imaginer le fragile équilibre de son monde sur le point de vaciller. Une attirance naît, inavouable. Rien ne les prédestinait à se rapprocher, pourtant, un projet artistique les réunit.

Un lien se tisse, discret, profond... assez fort pour changer leur destin et tout remettre en question.

Jusqu'où peut-on suivre son cœur quand l'amour menace de tout emporter ?

Un roman émouvant sur le deuil, la famille, l'art et ces amours imprévus qui transforment une vie.

www.ingramcontent.com/pod-product-compliance
Lightning Source LLC
LaVergne TN
LVHW100515110826
845146LV00002B/651